BREAK NEWS
ブレイクニュース
薬丸岳
YAKUMARU
GAKU
集英社

目次

ブレイクニュース

ブレイクニュース

真柄新次郎は憤然としながら編集部に入った。まっすぐデスクの佐野の席に向かう。

「デスクは？」

真柄が訊くと、自席でパソコンを見ていた宮本がこちらに顔を上げて小首をかしげた。

「さっきまで席にいたんだけどなあ」

それを聞いて真柄はすぐに編集部を出た。廊下を進んで喫煙室に向かう。ガラスの壁越しに煙草を吸っている佐野が見え、勢いよくドアを開けた。

「デスク――さっきのメールはいったい何なんですか！」

喫煙室に入って真柄が言うと、うるさいというように佐野が顔をしかめた。

一時間ほど前に『撤収になったからすぐに戻ってこい』と佐野からメールがあった。意味がわからず『どういうことですか？』とメールしたが、返信はないままだ。

「おまえは日本語が読めねえのか。そのまんまの意味だ」佐野が事もなげに言って煙草をくわえた。

うまそうに煙を吐き出す佐野を見ながら、苛立ちがこみ上げてくる。

真柄はこの三週間ほど同じデスクの辻とともに、厚労省の副大臣である江副幸也の動向を追っていた。赤坂にある議員宿舎に江副が愛人を頻繁に引き入れているという匿名のタレコミがあったからだ。

取材を始めてしばらくすると、たしかに身元のよくわからない若い女性が議員宿舎に出入りしているのを確認した。女性は銀座にある高級クラブのママだとわかったが、彼女が江副の愛人である確証はなかなか得られずにいた。だが、昨夜の張り込みの際にふたりが高級割烹店で食事をとり、その後一緒に議員宿舎に入っていく姿をキャッチすることができた。そのまま議員宿舎の近くで夜を明かし、昼過ぎにひとりで出てきた女性にコメントを求めた。大したコメントはとれなかったが、これでようやく記事にできると勢い込んでいた矢先に届いたのがそのメールだった。

「そうふてくされた顔をするなよ。おまえと辻の苦労はわかるけど、上からの指示だからしかたないだろう」

「編集長と話してきます」

真柄はそう言ってドアに手を伸ばしたが、すぐに佐野に肩をつかまれた。

「さらに上から来た話だ」話しても無駄だと佐野が首を横に振る。

「どこですか?」

「さあなあ……おれたちには知りようもない。まあ、こうなったら次の機会を窺うしかないだろう」

佐野に肩を叩かれ、力が抜けた。ポケットから煙草を取り出してくわえると、佐野が持っていたライターで火をつけてくれた。

胸に溜まった憤懣を何とか紛らわせようと煙草を吸うが、いっこうに収まることはない。

「辻にはユミリンのほうに合流してもらうことにした」

別のデスクがユミリンこと、アイドルタレントの星川祐実と男性モデルの熱愛を追っている。

「おまえには至急違う記事を書いてもらいたい」

その言葉に反応して、真柄は灰皿から佐野に視線を移した。

「今週はどこも裏取りに苦戦してるみたいで、ネタが揃うかわからない。さっき編集長と話して、予備としてもう一本記事を用意しておいたほうがいいだろうってことになった」

原稿の締め切りまで四日しかない。その時間で一から取材を始め、記事にするのはかなり大変だ。

「記事の内容は決まってるんですか?」

真柄が訊くと、佐野が頷いて「ユーチューブだ」と言った。

ユーチューブは世界中で利用されている動画共有サービスだ。インターネットにつながってさえいれば誰でも無料で動画を観ることができ、また個人や企業が動画を投稿することもできる。

「ユーチューブの何を記事に?」

「危なっかしいユーチューバーの問題を記事にしてはどうかと、な」

なるほど。真柄は納得した。

ユーチューブにアップされている動画の中には、過激なものや危険なものも存在する。法定速度をはるかに超えたスピードで車を運転する様子や、チェーンソーを手にして宅配便会社を襲撃する動画をアップして逮捕された者もいた。どうしてそんな馬鹿なことをする輩(やから)がいるのかというと、動画の視聴回数を増やすのが目的だと言われる。

ユーチューブでは、自分の動画と一緒にCMを流すことができ、一回視聴されるごとにおよそ〇・一円の広告料が支払われる仕組みになっているという。微々たる金額に思えるが、百万回の再生があるような人気の動画なら単純計算で十万円の収入になるから、小遣い稼ぎにはいいだろう。さらにそれで生計を立てられるような『ユーチューバー』と呼ばれる存在もいるし、中には年に一億円以上稼ぐ者もいるという。最近では、小学生に調査したなりたい職業ランキングの上位にユーチューバーが入ったことが話題になった。

「乗り気じゃないか？」

自分の思いが顔に出ていたようで、佐野に訊かれた。

「いや、そういうわけじゃないんですけど……」

たしかにその内容の記事であればそれほど取材をしなくても原稿を書けるだろう。だが……

「ただ、他の雑誌でさんざんやられたネタですよね。いまさらって感じが……」

「ユーチューバーの問題っていっても、暴走男やチェーンソー男とは違う切り口だ」遮るように佐野に言われた。

どういうことだと見つめると、佐野がズボンのポケットに手を突っ込み、ティッシュを取り出した。洟をかむのかと思ったが、そうではなく中の広告を取り出し、その裏に耳に挟んでいたペンで何かを書いてこちらに渡した。

くしゃくしゃな紙に目を向ける。

野依美鈴――と書いてあった。

真柄は駅の改札を抜けてエスカレーターに乗った。ちょうど下のホームに和光市行きの電車がやってきたようだが、だるくて駆け出す気になれない。ホームに降り立ったときにドアが閉まり、電車が走り出した。

空いているベンチを探して座ると、真柄は思わずうなだれた。

昨日から一睡もしていない。そんなことには慣れているのだが、江副の件が記事にできないと知らされてから一気に虚脱感に襲われている。

メモ紙を渡すと佐野は満足げな笑みを浮かべて喫煙室から出ていったが、自分が心惹かれるネタとは到底思えない。

たしかにユーチューブに過激で危険な動画を投稿する輩も問題だが、副大臣のスキャンダルを暴くことに釣り合うはずもないと、今まで放置している。

気を取り直そうと真柄はひとつ息を吐き、上着のポケットからスマホとメモ紙を取り出した。スマホにイヤホンをつないで耳にはめ、ユーチューブのアプリを起動させる。

検索画面に『野依美鈴』と入力してタップすると、いくつかのサムネイル画像が縦並びに表示された。

いずれもこちらを見据えるような女性の静止画像であり、その下に『野依美鈴のブレイクニュース』というタイトルと公開されてからの経過時間、視聴回数などが記されている。

ニュース――？

画面が小さいので女性の容貌ははっきりわからないが、どこかのテレビ局のアナウンサーなのだろうか。

最も多い視聴回数は八百十万回となっている。かなり人気のチャンネルのようだ。

三時間前に公開されたものをタップすると、テレビでよく観るビールのＣＭが流れた。それが終わって画面が切り替わる。屋外にいる女性の姿が映し出された。

全身をとらえていた映像が上半身にアップしていき、女性の顔があらわになった。全画面表示に切り替える。

凜(りん)とした切れ長の目が印象的な美人だ。テレビなどでは見かけたことがないから、局のアナウンサーではなさそうだ。何をしている女性なのだろう。

だがそれ以上に気になったのは、彼女の身なりだ。紺のパンツスーツを着ているがその中の白いブラウスは上のボタンがふたつ外され、胸もとが大きくはだけて谷間が覗(のぞ)きそうになっている。

「皆さん、こんにちは。ブレイクニュースの野依美鈴です。今わたしは埼玉県のふじみ野市(のし)内にいます。昨日に引き続いて、四歳の男児が大怪我をした件についてお伝えします」

女性は涼やかな声音(こわね)で言うと、こちらに背を向けて歩き出した。カメラは彼女の後ろ姿を追っていく。住宅街のようだ。

画面の所々に小さなモザイクが施され、番地や表札は隠されている。

「……二日前の三月十九日の午前六時半頃、このあたりに救急車のけたたましいサイレンが響き渡りました。近くに住む四歳の男児が家の階段から落ちて動かないと、母親のA子さんが一一九番通報をしたのです」

野依は時折こちらを振り返りながら説明する。

「病院に搬送された男児は頭部外傷を負い、今も意識不明の状態が続いているとのことです。男児は九歳になる兄と母親のA子さんの三人で生活していました」

野依がそこまで言ったところで画面が切り替わった。どこかの家の玄関先の映像で、半分開いたドアの向こう側がモザイクで隠されている。画面の下のほうに『A子さん宅の近所の住民』とテロップが出ていた。

「……あそこの家からは、よく子供の泣き声とお母さんが怒鳴り散らす声が聞こえてきたよ……夜中でもかまわずだったから、ちょっと迷惑だったねえ」

声は加工されていたが、女性だと思った。

「どういったことで怒っている様子でしたか？」野依が画面に映り込んで相手に訊く。

「はっきりとはわからないけど……すごくヒステリックな調子だったね」

「虐待しているようだとか？」

「そこまではわからないけど……ただ、尋常ではない泣き声だったから」

「児童相談所に通告などは？」

野依が訊くと、モザイク越しにも相手が頭を振ったのがわかった。

「虐待してる現場を見たわけじゃないし、それに下手なことをして逆恨みされたらたまらないから。茶髪で、ヤンキーっていうの？　なんかそういう怖い感じに思えたから」

「お母さんとは普段の交流などは？」

「引っ越しの挨拶のときにちょっと話したぐらいかしら。道ですれ違っても特に挨拶してくるわけでもないし。ところでこれはどこのテレビ局なの？」

「テレビではなく、ネットで流すニュースなんです」

「そうなの。ネットってよくわからないから自分では観られないわね」

「引っ越しの挨拶というのは相手のほうが？」

「そうよ」

「いつこちらに？」

「一年ぐらい前。アパートの二階に住んでたけど、子供が床をどんどんやってうるさいと下の人から責められて居づらくなってしまったって。それで安い一軒家を探してあそこに……」

「ふたりのお子さんと三人暮らしということですが、ご主人は？」

「三年前に離婚したって」

そこで画面が切り替わった。夜のコンビニの映像だ。コンビニから出てきた人物に野依が近づいていく。顔にはモザイクがかかっているが、若い女性のようだ。

「突然申し訳ありません。ブレイクニュースの野依美鈴と申しますが、○×保育園で働いていらしたかたでしょうか」

固有名詞に自主規制音がかぶる。

声をかけられた人物が驚いたように身を引き、「そうですが……」と加工された声で答えた。

「実は、○×ちゃんのことについてお訊きしたくて」野依が言う。

「○×ちゃん？　ああ……、○×ちゃんがどうかしたんですか」

「一昨日(おととい)の朝、○×ちゃんが自宅の階段から落ちて病院に運ばれたんです」

「えっ？　それで……」

「頭に大怪我を負って意識不明の重体だそうです」

「うそっ」

「近所のかたの証言で、日ごろからお母さんにきつく叱りつけられていたということで……、○×ちゃんを預かっていたときに何か異変を感じたりしませんでしたか」

「異変って……もしかして、虐待されていたんじゃないかっていうことですか？」

「そうです」

「特に感じたことはありません。身体にあざや怪我の痕があったりもしませんでしたし、○×ちゃんもとても元気なお子さんでした。お母さんもわたしと同世代ですけどしっかりした優しい感じに思えました」

「じゃあ、お母さんが虐待しているとは思えないと？」

「まあ、そうですねえ……でも半年以上お会いしてないんで、今のことは何とも……」

「そうでしたね。○×保育園は七ヵ月前に閉園したそうですが、どうしてですか？」

「職員不足で閉園せざるを得なくなってしまったんです」

「大変でしたね」

野依が言うと、相手が「そうですね……」と頷いた。

「急に決まったものですから、わたしたち職員も新しい職場探しに駆けずり回ることになりました。ただそれ以上に保護者さんのほうが大変だったでしょうけど」

「通っていたお子さんは他の保育園に移ったんですか？」

「一部のお子さんは……でも保育園自体が足りないので、ほとんどのお子さんは難しかったです。○×ちゃんも新しい保育園が見つからないまま閉園になってしまいました」

画面が切り替わり、最初の風景に戻った。住宅街を歩いていく野依の背中をカメラが追う。野依が細い路地に入っていく。舗装されていない小道を進み、一軒の家の前で立ち止まる。

「ここがA子さんたちの住む家です」こちらに顔を向けて野依が言った。

築五十年以上は経っていそうな小さな二階建ての家だ。外門や庭はなく、小道沿いにドアがある。窓のすべては雨戸で閉ざされ、一見して人が住んでいる様子は窺えない。ドアに貼られた表札らしきものにモザイクがかかっているが、近くに住んでいる人ならすぐに特定できるだろう。

カメラが野依の足もとに向けられる。すらっとした彼女の足の横に三輪車が置いてあった。

「○×ちゃんの怪我は本当に事故によるものだったのか、それとも……昨日こちらにお伺いしたときには、ドア越しに取材を断られてしまいました。今日は何か語っていただけるでしょうか」

そう言いながら野依がベルを鳴らした。応答がない。もう一度鳴らす。だが、反応がないまま野依がこちらに顔を向けた。まっすぐ視線を据えて口を開く。

「家の中にどなたかいらっしゃる気配はありますが出てもらえないようです。でも、諦めずにこれからも真実を追求しようと思います。以上、野依美鈴がお伝えしました——」


ようやく目当てのものを見つけ、真柄は足を止めた。

住宅街に立つ電柱に『松本医院』という看板広告が取り付けられている。

真柄は昨日観たユーチューブの映像を思い返しながら歩き出した。細い路地を入ってしばらく進んでいくと、見覚えのある古い一軒家にたどり着いた。目の前に三輪車が置いてある。ドアに目を向けると『富永』という表札が貼られている。

とりあえず動画にあった場所はわかった。さて、これからどうしたものか。

ここの家の者に野依美鈴のことを訊ねるのは抵抗がある。人権侵害に当たりそうなあんな動画を勝手にアップされて、野依に対してはもとより、マスコミそのものに不信感を抱いているかもしれない。それに野依の話によればドア越しに取材を断ったというから、名刺などはもらっていないだろう。

真柄は踵を返して来た道を戻った。路地を抜けてすぐのところに自販機があったから、缶コーヒーでも飲みながらこれからどうするか考えよう。

それにしても、野依美鈴とはいったい何者なんだろうか——

彼女の動画を観た直後から、それまでの虚脱感が嘘のように激しく興味をかきたてられた。家に戻ると睡眠不足であることも忘れ、パソコンの大きな画面でユーチューブにアップされたブレイクニュースの動画をすべて確認し、ネットで野依美鈴のことを調べた。

ネットの中で野依美鈴はちょっとした有名人だった。ブレイクニュースのSNSでもユーチューブの動画のリンクを貼りつけ、それに関連する記事を発信している。コメント欄は彼女の言動に対する賛否両論であふれていた。昨日公開された虐待の疑いに関する件でも三百件以上のコメントがあった。意識不明の男児の母親に対して『鬼母』などの罵詈雑言や、それを追及しようとする野依への賛辞がある一方で、その何十倍もの数の彼女への非難の声があった。中には身の危険を匂わせるような脅迫まがいのコメントも含まれている。

真柄が確認できたかぎり、野依の動画が最初に公開されたのは約半年前だ。近隣住民から悪評を買っているごみ屋敷の住人への取材だった。それ以降も定期的に動画と記事を更新している。

ネット上では他にも野依に関する書き込みがたくさんあった。ただ、いくらそれらに目を通してみても、彼女が何者であるのか杳としてわからない。年齢も経歴も不明で、野依美鈴という名前が本名かどうかも怪しい。ブレイクニュースという名前で検索をかけたが、どの企業にも組織にも関連するものがなかった。

野依美鈴とは、ブレイクニュースとは、いったい何なのか。

真柄はSNS上で野依にダイレクトメッセージを送り、取材したい旨を伝えたが連絡はなかった。しかたなく昨日最初に観た動画の隅に映っていた電柱の看板を手掛かりにして、ここまでやってきたのだ。

近づいてくる足音に、真柄は目を向けてはっとした。

野依美鈴がこちらに向かって歩いてくる。紺のパンツスーツ姿で、中のブラウスは薄いピンクだ。あいかわらず上のふたつのボタンを外している。隣にはぼさぼさの髪に眼鏡をかけた若い男がいた。

真柄は缶をごみ箱に捨てて野依に近づいた。

「あの、ちょっとよろしいでしょうか」

声をかけると、ふたりが足を止めてこちらを見た。

「ブレイクニュースの野依美鈴さんですよね」

警戒心をにじませた眼差しで野依が頷く。

「わたしはこういう者でして」

真柄は名刺を差し出した。真正面に立っていると目のやり場に困り、野依の顔を注視する。

「ユーチューブの動画を観て興味を持ちまして、少しお話を伺いたいんですが」

名刺からこちらに視線を戻して野依が微笑する。

「週刊現実はよくコンビニで立ち読みしますよ。たまにおもしろい記事が出てますよね」

金を出すほどではないと言われているようで気分はよくないが、顔には出さないでおいた。

「そういえば、昨日ダイレクトメッセージをくださったかたですよね。時間ができたら返信するつもりでした。あらためまして、ブレイクニュースの野依美鈴です」野依がスーツのポケットから名刺を取ってこちらに差し出す。

受け取った名刺に視線を走らせた。『ブレイクニュース　代表　野依美鈴』とある。他には携帯番号とメールアドレスだけで住所などは書いていない。

「お話ってどんなことでしょうか。あまり時間はないんですが」

「そんなにお時間は取らせません。いくつか質問させてください。ブレイクニュースはどちらの会社が運営されているんでしょうか。ネットで調べても……」

「会社なんてありませんよ。あくまでもわたしひとりでやっていることですから」

「……ひとりで？　こちらのかたは？」真柄は野依の隣にいる若い男に目を向けた。

「カメラマンが必要なときに同行してもらっている樋口さんです。ただ、ブレイクニュースのメンバーというわけではありません。ネタの選択、取材、発信については、すべてわたしひとりの責任においてやっていることなので」

所在なさそうに立っている樋口から野依に視線を戻す。

「どうして今回の事故をお知りになったんですか？」真柄は訊いた。

「ニュースソースを明かすわけにはいきません。記者である真柄さんでしたらおわかりですよね」

「ええ」

「でも、ひとつ言えるとしたら、わたしにはコネクションがありますから」

「コネクション？」

「ユーチューブやSNSのコメントやダイレクトメッセージです。始めた頃はネタ探しにずいぶん苦労しましたけど、今では様々な情報が寄せられます」

「今回の事故もそういった方法でお知りになった？」

野依が頷く。

もしかしたら、この近所に住む人たちや男児が搬送された病院の関係者なのだろうか。

「虐待によるものかもしれないと？」

「ダイレクトメッセージによれば、その可能性も踏まえて警察が捜査をするようだとありました」

「メッセージをくれた人とお会いしたんですか？」

「いえ」野依が首を横に振る。

「その人の身元はご存じなんですか」

「知りません。ネット上のやり取りだけです」

「でもそれじゃ、どれぐらい信憑性のある話かわかりませんよね」

「だから、それを確かめるためにこうやって取材してるんです」

その言葉を聞いて思わず笑いそうになったが、思い留まった。

たったひとりでどんな取材ができるというのだ。

「いったいなぜ、このようなことを始めようと思われたんですか？」真柄は最も訊きたかったことを訊いた。

「なぜ……」

野依が考えるように視線を巡らせる。答えが定まったようでこちらを見つめた。

「真柄さんはどうしてですか？」野依が問いかけてくる。

「え？」

「どうして雑誌の記者をやってらっしゃるんですか」

社会にはびこる不正や、人が悲しみ苦しむような事件や出来事を、少しでもなくす力になりたいからだ。

だがあまりにもまっとうすぎる答えを口にするのが恥ずかしく、黙っていた。

「おそらく真柄さんと同じだと思いますよ」

野依の言葉に反発を覚えた。同じにされたくない。

「わたしと同じではないと思います」

「そうですか……残念ですね」

苦笑を漏らしてこちらから視線をそらした野依がはっとなった。野依の視線の先を目で追うと、先ほどの路地から男の子が出てくるのが見えた。

「フミヤくん――？」野依が呼びかけながら男の子のほうに向かっていく。

怪我をした男児の兄だろうか。

樋口もそちらに近寄っていくと、並んで歩く野依と男の子をスマホで撮影し始める。

真柄は少し距離を取って歩きながら三人の後ろ姿を見つめた。男の子の気を引こうとしながら野依が話しかけているが、会話は聞こえない。

ふたりの大人に付きまとわれながら歩く男の子を見ているうちに、何とも居たたまれない思いに苛（さいな）まれる。

今すぐ駆け寄って野依たちにそんなことはやめろと言ってやりたい。だがそうすれば、彼女はきっと真柄たちも同じことをしているではないかと反論するだろう。

たとえ子供であっても、その人にとって辛（つら）いことでも、記者として訊かなければならないときがあるのは事実だ。

だけど、自分と彼女はあきらかに違う。毎週七十万部の売り上げを誇る週刊誌の記者である真柄はそれに見合うだけの責任と覚悟を負っているのだ。

彼女はいったい何のためにこんなことをしているのか――

真っ先に思いつくのは金だ。八百万回以上の視聴回数があれば、十五分ほどの動画を作るだけで八十万円の収入になる。おいしいと言えばおいしい商売だ。もしくはネット上で目立つことをして、それを足掛かりにどこかのタレント事務所からスカウトされるのを期待しているのか。

胸もとをはだけさせているのは、それらを達成するためのアピールではないか。

だが、いずれにしてもリスクのある話だ。世間に顔をさらして無責任なことをすれば、いずれその報いを受けることになるだろう。名誉毀損(めいよきそん)で訴えられるかもしれないし、警察に捕まってしまうこともありえる。それ以上に、人から恨みを買って危ない思いをすることだってあるかもしれない。

男の子が野依たちから離れて近くの児童館の敷地に入っていった。手を振りながら男の子を見送っていた野依に近づいていく。

「もう少しお話を聞かせてもらえませんか」

真柄が声をかけると、一拍間を置いて野依がこちらに顔を向けた。

「ごめんなさい。この後、用事があるので」野依は素っ気なく言うと、樋口を伴って大通りのほうに向かっていった。


ポケットの中で振動があった。

真柄は吊り革をつかんでいた手を離し、スマホを取り出した。

野依からメールが届いている。今日の午後六時に高円寺(こうえんじ)駅前にあるファミレスに来られるのであれば会ってもいいという内容だ。

腕時計に目を向けると、もうすぐ午後五時になろうとしている。

『わかりました。伺います』

野依のメールに返信して、ふたつ先の大手町(おおてまち)駅で電車を降りた。改札を抜けて東西線の乗り場に向かう。

今日の昼、野依の名刺にあったアドレスに『話したいことがあるので会いたい』とメールを送った。文字ではなく、直接彼女に言ってやりたいことができたからだ。

東西線の電車に乗って席に座ると、真柄はスマホとイヤホンを取り出した。ユーチューブを起動させ、ライブラリの履歴をタップする。

一番上に表示された最後に観た動画の視聴回数に目を留めた。自分が観たときには六百万回ぐらいだったが今は一千万回を超えている。やはり大きな反響があったのだと、唇を噛み締めた。

ふたたび観たい動画ではないが、女性を目の前にして手心を加えないよう、イヤホンをはめて再生した。

「○×くん、弟の○×ちゃん、怪我して入院しちゃったよね。大丈夫なのかな」

ピーという自主規制音が混じった野依の声が聞こえ、画面の中の男の子が顔を向けた。モザイクはかけられておらず、怯えたような目でこちらを見つめる。

昨日、野依がフミヤくんと声をかけた男の子だ。

「心配だよね。○×ちゃんのこと、好き？」

ようやくフミヤが反応して頷いた。

「そっか。よく一緒に遊んだりしてたの？」

フミヤがふたたび頷く。

「どういうことして遊ぶの？」

指を画面の外に向けてフミヤが「公園で……」と機械で加工されていない声で呟く。

「○×ちゃん、早く元気になってまた一緒に遊べるといいね」

野依の言葉を聞いて、フミヤが暗い表情でうつむく。

「ところで……お母さんはよく○×くんや○×ちゃんのことを叱っていたみたいだけど、どんなことで叱られてたの?」

「部屋を散らかしっぱなしだとか……うるさいとか……早く起きなさいとか……」

「そうか。お母さんが怒ると怖かった?」

フミヤが頷く。

「でも……お母さんは悪くない。怒られるようなことをするぼくたちが悪いから。お母さん、仕事で疲れてるし……」

「○×ちゃんが階段から落ちたとき、○×くんはどこにいたの?」

「自分の部屋……」

「お母さんが怒ってるとき、叩かれたり蹴られたりしたことはない?」

フミヤが頷いた。

「○×ちゃんが叩かれたり蹴られたりしているのは?」

少しの間があってから、フミヤが「ない」と首を横に振って画面から離れていく。

フミヤが児童館に入っていったところで映像が終わった。

スマホの画面を見つめながら真柄は重い溜め息を漏らした。


ファミレスに入ると、真柄は店員の案内をとりあえず制してフロアを見回した。少し先の席に並んで座り、顔を見合わせながら話している野依と樋口を見つけて、近づいていく。

「お待たせしました」

声をかけると、ふたりがこちらに顔を上げた。真柄はそのまま向かい合わせに座り、やってきた店員にホットコーヒーを頼んだ。

「話したいことがあるということでしたけど?」野依がこちらに身を乗り出して訊いた。はだけた胸もとからブラが覗きそうになり、すぐに野依の顔に視線を合わせた。

「コーヒーが来てからにしましょう」

「わかりました」

野依がテーブルに置いたスマホをつかんで姿勢を戻した。スマホを操作し始める。

コーヒーが運ばれてきてひと口飲むと、真柄は口を開いた。

「昨日公開されたあなたの動画を観ましたよ」

「それで?」と野依がスマホをテーブルに置いて、ふたたび身を乗り出してくる。

「あれは大問題じゃないですか」

野依が首をかしげた。

「勝手に子供の顔をネットにさらすなんて」

「ああ……」その話かと野依が頷いた。「勝手にじゃありませんよ。ちゃんと本人の承諾は得ています」

「承諾?」真柄は眉根を寄せた。

「ええ。フミヤくんの顔をカメラで撮ってネットに流していいかなって訊いたら、うんって頷きました。ユーチューブの動画では編集してますけど、ちゃんとそのときの映像も残っています。御覧になりますか?」

「だからといって……九歳の子供をだますような手口で……」

「だます?」

「だってそうでしょう。まともな判断ができない子供を口車に乗せて」

「九歳の子供はまともな判断ができないというんですか？」

「そうは言ってないけど、事によるでしょう。自分の顔がネットに出ることの重大性を認識できるとは思えない」

　ここに来るまでにネットを確認すると、この件に関する掲示板ができていた。長男の顔がわかったことで家族が特定されてしまったのだろう。富永菜々美（ななみ）という母親の名前や、文哉（ふみや）と尚人（なおと）という息子の名前、家族の写真、文哉の小学校などが掲示板にさらされていた。さらに動画の文哉の受け答えを観て、母親の菜々美はシロかクロかと投稿者による推測合戦が繰り広げられている。

「あなたのせいで、あの家族は大変なことになっているんですよ」

「真柄さんに責められる覚えはありませんけど。顔を出した文哉くんからはちゃんと承諾を得ていますし、菜々美さんが尚人くんを虐待して大怪我を負わせたと断言するようなことは一切言っていません。いったい何が問題なんでしょう」

「そんなのは詭弁（きべん）だ。そういうふうに思わせるよう巧みに煽（あお）っているでしょう。視聴回数を増やして収入を上げるために」

「あなたたちもやっていることじゃないですか」

　冷ややかな口調で野依に言われ、一瞬言葉に詰まった。

「そうでしょう？　読者の興味をそそって部数を増やすために、罪が確定していない、逮捕すらされていない人を吊るし上げて、さもこの人は怪しいですよという報道をしているでしょう」

「わたしたちはきちんと裏を取ったうえで記事にしてますよ。あなたがやっていることと一緒にしないでほしい」

真柄が言い放つと、野依が大仰に溜め息を漏らして隣の樋口を見た。お手上げだというように両手を上げて立ち上がる。そのまま手洗いに向かった。

「彼女はいったいどういう人なんですか?」

思わず真柄が言うと、野依の背中を見ていた樋口がこちらを向いた。「さあ……」と首をひねる。

「さあ、って……一緒に行動されてるんでしょう」

「まあ、たまに撮影のために呼び出されますけど。どういう人かって言われても、ぼくもよくわかんないです。確実に知ってることは携帯番号とメルアドだけで」

「年齢や住んでるところは?」

「二十九歳って言ってました……住んでるところは知りません。ただ、免許証なんかを見たわけじゃないから」

「どういうきっかけで知り合ったんですか?」

「SNSを通じて……映像を作るのが趣味だったんで、それだったら時間があるときに撮影のバイトをしないかって……」

「映像を作るのが趣味?」

「自分で作ったパラパラ漫画をSNSにアップしてるんです。けっこう評判が……」

野依がこちらに戻ってくるのを見て、樋口が口を閉ざした。

「そろそろお開きにしましょうか」野依が向かいに座りながら言った。

「まだ話は終わっていませんが」

「真柄さんとはいくらお話ししても永遠に平行線でしょう。それに七時からここで人と会う約束をしてるんです」

「人と会う約束？」

「文哉くんのお父さんです」

その言葉に驚き、前のめりになった。

「どうやって調べたんですか」真柄は訊いた。

菜々美や文哉が居場所を教えるはずがない。掲示板にも父親のことは詳しく載っていなかった。

「調べるまでもなく向こうから連絡をくれました。SNSのダイレクトメッセージで。週刊現実さんが接触しようとしたらどれぐらい時間がかかるでしょうね」

「怖くないんですか？」相手の皮肉を聞き流して、真柄は訊いた。

父親として息子の顔をネットにさらしたことに激高して連絡してきたのではないか。

「興味のほうが勝りますね。真柄さんも記者として興味がおありなら見学していってもかまいませんよ。ただ相手を警戒させたくないので、テーブルは移ってください」

真柄は迷った末、カップを持って隣のテーブルに移動した。なるべく野依のほうを見ないように、スマホを取り出してネットの記事を適当に流し読みする。

しばらくすると、「野依さん？」とぞんざいな男の声が聞こえた。

ちらっと見ると、野依の前に頭にタオルを巻いた大柄な男が仁王立ちしている。ニッカボッカを穿(は)いているので鳶職(とびしょく)なのだろう。

「そうです。文哉くんのお父様ですか？」

野依を睨(にら)みつけながら相手が頷いた。

「どうぞ、お座りください」

怯む様子も見せずに野依が向かいの席を手で示すと、父親がふんぞり返るように座った。

じっと見ているわけにもいかず、真柄はスマホに視線を戻した。飲み物を注文した後、父親の荒い声が聞こえてくる。

「あんたいったい何の権利があって、文哉の顔を勝手にネットに出してんだよ」

「勝手にではありませんよ」

即答する野依の声が聞こえた。自分に使った抗弁が相手に通用するとは思えない。冷や冷やしながらふたりのやり取りに耳を傾ける。

「どういうことだよ！」

「お母さんの菜々美さんから許可を得ています」

「はあ!?」

その言葉に反応して目を向けそうになったが、こらえた。

「そんなことありえねえだろう。何、ふざけたこと言ってんだよ！」

「本当ですよ。嘘だと思うんでしたら今すぐ菜々美さんに電話してくださってけっこうです」

沈黙が流れた。

「どうされたんですか？　どうぞ」

野依の言葉に相手は押し黙っている。

「菜々美さんや文哉くんのアドレスを消してしまいましたか？」

ちらっと隣の様子を窺う。口もとを引き結びながら父親が野依を見つめている。

「どういう事情で離婚されたか存じませんが、普通であればブレイクニュースのSNSにメッセージを送る前に菜々美さんか文哉くんに連絡してどういうことか訊くでしょうから」

野依の言葉に父親が「そうだよ」と苦笑した。

「携帯番号を変えてアドレスも消した」

「どうしてですか？」

「今付き合ってる彼女はバツイチで子持ちってことを知らないから。いつかは言わなきゃいけないだろうけど」

「それだけですか？」

「半年ちょっと前ぐらいから金の催促をされるようになってね。養育費を少し出してほしいって。出してやりたいのはやまやまだけど、うちの会社も不景気だからな」

「それまでは養育費を出していなかったんですか？」

「そういう条件で離婚したから。ふたりの親権を渡す代わりに」

「でも、文哉くんと尚人くんがあなたのお子さんであることに変わりはないですよね」

「当たり前だろう。だからこうやってあんたに文句を言いに来てるんだ」

「もし、菜々美さんが警察に捕まるようなことになったら、あなたはどうしますか」

父親がどんな表情をしているのか気になったが、スマホの画面を見つめたままでいる。

「あんたがネットで騒いでる虐待の件か？」

「そうです」

「菜々美がそんなことをするはずがない。あんまりいい加減なことを言いふらしてると名誉毀損で訴えるぞ」

「ずっと連絡を取り合っていないのに、どうしてやっていないと言い切れるんですか」

野依の鋭い声が響いた。

「あいつはおれのしつけが厳しいのが嫌で離婚を切り出してきたんだ。自分ひとりで育てたほうがいいって」

「お子さんを殴ったりしてたんですか？」

「しつけだ！　不愉快だからもう帰る！」

テーブルを叩く音がして目を向けた。店の出口に向かっていく父親の背中が遠ざかっていく。


「お疲れさん」

その声に、真柄は目を向けた。煙草を取り出しながら佐野が喫煙室のドアを開けて入ってくる。

「お疲れ様です」

「どうだ、記事のほうは？」佐野がくわえた煙草に火をつける。

「ええ、進んでますよ」

書くことはだいたい固まっている。

二日間接してみて、野依がやっていることの問題も浮き彫りになった。

昨夜、文哉の父親とのファミレスでのやり取りを収めた動画がユーチューブに公開された。

おそらく樋口が着ていた服にでも小型カメラを仕掛けて、隠し撮りしていたのだろう。父親の顔にはモザイクがかけてあり、声も加工されていたが、本人に無断で撮影投稿していることから、とても見過ごせない問題に思える。

コメント欄は、しつけと称して暴力を振るい、養育費を払いたくないために携帯番号を変えて連絡を絶った父親への激しい非難であふれていた。

無責任な父親だと自分も感じているが、だからといってこんなやりかたで個人を吊るし上げるようなことが許されていいわけがない。

「最後の取材に行ってきます」灰皿に煙草を押しつけると、真柄は喫煙室を出た。

一軒家の前で足を止め、真柄はあたりを見回した。家の窓はすべて雨戸で閉ざされている。真柄はドアの横にあるベルを鳴らした。反応がない。何度かベルを鳴らすが、人が出てくる気配はなかった。

出直すしかないかと踵を返そうとしたとき、中から小さな物音が聞こえた。

誰かいる。

「あの――富永さんでしょうか。わたくし週刊現実という雑誌の記者をしております真柄と申します。ぜひ、お話を聞かせていただきたいんですが」

「帰ってください……」と消え入りそうな声がドア越しに聞こえた。

「誤解なさらないでください。入院されている息子さんについての取材に来たわけではないんです。ネット上に事実無根と思われるひどい動画をアップしている人たちの問題を記事にするつもりですが、被害者である富永さんからもぜひお話を伺いたいと思いまして……」

ドアが半分開き、女性が顔を覗かせた。目の下に濃いクマを作り、警戒するような眼差しでこちらを見ている。

「本当です。ネット上で言われているような虐待の話ではありません。何の証拠もなく、あんな動画を投稿したり、書き込みをしたりする人たちについて問題を提起したいんです」

菜々美が顔を伏せた。しばらく様子を窺っていると、「わかりました」と菜々美が顔を上げてドアを大きく開けた。

「散らかっていますけど……どうぞ」

菜々美に促され、真柄は玄関を上がった。すぐ目の前に狭い階段がある。尚人はあの階段から落ち、今自分が立っているあたりに倒れたのだろう。

階段は傾斜がきつく、四歳の子供が上り下りするには危険そうだ。

菜々美に続いて玄関の左手にある部屋に入る。六畳ほどの台所で、テーブルに向かってスマホを見ていた文哉がこちらに目を向けた。すぐに関心がなさそうにスマホに視線を戻す。何かの動画を観ているようで小さな音が漏れている。

「文哉――お客様だから自分の部屋に行っててちょうだい」

菜々美の言葉に、文哉が無言で席を立ち台所から出ていった。階段を上っていく足音がやむと、菜々美が「どうぞ」と椅子を勧めた。向かい合わせに座りながら、真柄はポケットから取り出した名刺を菜々美に渡した。

「もし、万が一にもあなたの名誉を傷つけるような記事になっていたら、公の場で問題にしていただいてもかまいません」

菜々美が弱々しく頷いた。

「ずいぶん顔色がよくありませんが、お身体は大丈夫でしょうか?」真柄はペンと手帳を取り出しながら訊いた。

「この数日、ほとんど寝ていないもので……」

「それはネットの動画のせいですか?」

「いろんなことがありすぎて……どうしていいのか……」

「尚人くんの具合はその後どうですか」

菜々美が顔を伏せ、首を横に振る。

「そうですか……」

「ずっとそばにいてやりたいんですが……まわりの目が怖くて。先生や看護師さんや他の患者さんや……それですぐに家に帰ってしまいます。それが一番辛いです」

「気にされることはないと思います」

「そういうふうにはとても思えません。まわりにいる人たちの視線が矢のように感じられて……仕事に行く気力もなくて……これからどうやって暮らしていけばいいのか……」

「あんな動画をアップした人や、無責任な書き込みをする人たちに何か言いたいことはありませんか」

「人を追い詰めることがそんなに楽しいのかと……あなたたちはそんなに正しい人たちなのかと……」菜々美がそう言ってまた顔を伏せる。

「ご協力いただいてありがとうございました。富永さんの苦しみを少しでも解消できるような記事にするよう……」

ベルの音が鳴り、菜々美がびくっとして顔を上げた。怯えたような目で玄関のほうを見ながら、じっとしている。続けざまにベルが鳴らされる。

「——富永さん、お話しいただけないでしょうか。いらっしゃるんでしょう?」

野依の声が聞こえた。

「わたしみたいな立場の者が言うのも何ですが、強い態度で出られたほうがいいと思いますよ。黙っていてもつけ上がるだけですから」

真柄が言うと、菜々美が小さく頷いて立ち上がった。台所から出ていく。しばらくして「いい加減にしてください！」と菜々美の叫び声が聞こえた。

「富永さん、あなたが今抱えている本当の思いをわたしに話してもらえませんか。そうすれば少しは気が楽になるんじゃないでしょうか」

すぐに野依の声が聞こえる。

「帰ってください！」

真柄は立ち上がって玄関に向かった。菜々美の横で立ち止まると、玄関先に立っていた野依と樋口がはっとした。野依がこちらを見つめてくる。

「抜け駆けしたわけじゃないです。あなたとは視点が違いますから」真柄は野依を見つめ返して言った。

「わかっています」

そう言った野依から隣の菜々美に視線を移し、「おひとりで大丈夫ですか？」と真柄は訊いた。

菜々美が強く頷いたのを見て、「それでは失礼します」と靴を履き、野依たちの横をすり抜けた。しばらく歩いたところで、真柄はちらっと後ろを振り返った。家の前で野依はまだしつこく食い下がっているようだ。

その姿に侮蔑の思いを感じながら真柄は足を進めた。


後ろから肩を叩かれ、真柄は振り返った。

「お疲れさん。ギリギリだったが間に合ったな」

佐野の言葉に、真柄は苦笑しながら頷いた。

原稿は早めにできていたが直前になって修正を余儀なくされた。

「いろんな意味で疲れる四日間でした」

「今日は早く帰って寝ろ。おれもこのまま帰る」

「お疲れ様でした」真柄は編集部を出ていく佐野を席から見送った。

佐野の姿が見えなくなると、自然と溜め息が漏れた。机の上の私物を鞄にしまい立ち上がろうとしたが、すぐに椅子に座り直した。

ここを出たら引きずりたくない。最後にもう一回だけあの動画を観て、そして忘れよう。

目の前のノートパソコンを開けてユーチューブにつないだ。『野依美鈴』と検索すると、縦並びに表示される一番上のサムネイル画像を見た。昨日の深夜に公開されたものだ。今朝自分が確認したときの視聴回数は一千百万回だったが、今は一千五百万回を超えている。

画像をクリックすると、清涼飲料水のＣＭが流れた。それが終わると、雑然とした室内の映像に切り替わった。菜々美の家の台所だ。

テーブルに斜めに並んで座る野依ともうひとりの女性――

菜々美の姿がモザイクなしで映し出されている。菜々美は顔を伏せているが、野依はカメラのほうを見つめている。

「――皆さん、こんにちは。ブレイクニュースの野依美鈴です。今日はあるお宅からこの映像をお届けします。日ごろからブレイクニュースをご覧のかたの多くはおわかりかと思いますが、先日自宅の階段から落ちて救急搬送されたお子さんの母親のA子さんにご出演いただくことができました。ご本人の強い希望により、今日はお名前とお顔を出したうえで取材をさせていただきます。富永菜々美さん、あらためまして取材をお引き受けいただきありがとうございます」

野依が菜々美のほうを見て頭を下げると、相手が顔を上げて応えた。

いったいどんなふうに説得したのかわからないが、菜々美は自分の顔をさらしている。

「まずお訊きしたいのは、次男の尚人くんの怪我についてなのですが……富永さんはいっさい関与していらっしゃらないんでしょうか」

菜々美が頷いた。

「もちろん尚人から目を離してしまった自分の責任は強く感じています。ただ、虐待とか、そういうことはいっさいありません」

「しかし……普段からお子さんがひどく泣いていたり、富永さんが強く叱りつけたりしたことがあったようですが」

「ええ……この半年ぐらいの間でいろんなことがあって……疲れ切っていたり、ストレスが溜まっていたりで……ちょっとしたことでも子供に強く当たってしまっていました」

「半年ぐらいというと……尚人くんが通っていた保育園が閉園したことが関係しているのでしょうか」

「そうですね……なかなか次の保育園が見つからなくて、それまで事務員として勤めていた会社を辞めなければならなくなりました。それまでは事務の仕事でつましいながらもなんとかやっていけてたんですけど……」

「おひとりで一家の生活を支えていらっしゃったんですよね」

「ええ……」

「大変ですね。元ご主人以外に頼れるかたはいらっしゃらなかったんでしょうか」

「両親とも病気を抱えていて金銭的な援助は求められませんでした。鹿児島にある実家に戻って一緒に暮らすことも考えましたが、長男は今の学校が好きみたいだったので……それも……」

「事務の仕事を辞めてからは？」

「長男の学校が終わる夕方前までは働きに出るわけにはいかないので……それ以降の仕事を探すことにしました。かといって夜中までふたりきりにするのも物騒ですし、寂しい思いをさせたくないですし……それで……」菜々美の声に嗚咽（おえつ）が混じる。

野依が身を乗り出して菜々美の肩に手を添える。

「ゆっくりでかまいませんから」

その呼びかけに菜々美が頷き、野依が肩に置いた手をおろした。

「それで……迷った末に、短時間でできるだけ収入のいい仕事に就くことにしました」

「どのようなお仕事ですか？」

野依が訊くと、菜々美がためらうように顔を伏せた。

「短時間で収入のいい女性の仕事はかぎられます」

「そうですね」優しい声音で野依が応える。

「だけど……その仕事を始めてからどうにも自分が汚れてしまったように思えて……家に帰って子供たちがじゃれてくると怒ったり、ときには軽く突き飛ばしたり……身体をつねったりしてしまったんです。それを虐待だと言われてしまったら……そうかもしれないけど……子供に自分の身体に触れさせたくなかったので……」菜々美が顔を伏せたままむせび泣く。

「もう一度お訊きしますが、今回の尚人くんの怪我には関係していないんですね」

うなだれながら菜々美が頷く。

「何か他におっしゃりたいことはありますか？」

「子供たちを心から愛しています。それなのにこんなことになってしまって……」そう呟いて菜々美がテーブルに突っ伏した。

　野依が菜々美からこちらに顔を向ける。

「富永さんが今抱えている苦境は、この国で生活する多くの母親にとって決して他人事（ひとごと）ではないのではないでしょうか。わたしには正直なところ、尚人くんの事故の真相はわかりません。ただ、自分の顔をネットに出して、今までのことを語った富永さんの思いこそが真実なのではないかと思っています。以上、野依美鈴がお伝えしました——」

　映像が終わった後も、真柄はしばらくパソコン画面を見つめていた。

　胸に苦々（にがにが）しいものが広がり、やはり観るべきではなかったと後悔する。

　ユーチューブにアップされたこの動画を受けて、コメント欄には菜々美に対する同情や共感の声が多く寄せられた。だが、それらの人たちの思いは半日ほどで裏切られた。

　今日の昼過ぎ、息子の尚人を階段の上から突き飛ばしたとして、菜々美が警察に出頭したのだ。


　タクシーを降りてアパートに向かうと、目の前の歩道にすでに何人かのマスコミがいた。その中に剣持（けんもち）の姿を見つけて近づいていく。

「剣持さん——」

　真柄が声をかけると、アパートを見つめていた男がこちらを向いた。

　週刊エブリーの記者だ。会社は違うが同じ大学のサークルの先輩後輩ということで可愛がってもらっている。

「どうですか？」

　真柄が訊くと、「今日も応答してくれない。部屋にこもったままだ」と剣持が返した。

二週間前の深夜、この近くの介護施設に入所していた八十七歳の女性が意識不明の状態で発見され、病院に搬送された後に亡くなった。死因に不審な点があり、暴行されたのが亡くなった原因ではないかと、そのとき宿直のひとりであった介護士の男に疑惑の目が向けられていた。逮捕も近いのではないかと囁かれているので直撃取材を試みたいと、自分も含めて多くのマスコミが男の住むアパートに連日通っている。

「おい――あれ……」

アパートから視線をそらした剣持の声に、真柄は目を向けた。自分たちから少し離れたところに野依が立っている。こちらを見ているようだ。

「あれ……おまえんとこの雑誌に載ってたアレだよなあ」

真柄は頷き、剣持のもとを離れて野依に近づいた。

「どうしたんですか?」真柄は野依の前で立ち止まって訊いた。

「昨日、尚人くんの意識が回復しました。後遺症も残らず、一週間ぐらいしたら退院できる見込みだそうです」

「それを知らせるためにわざわざ?」

「それに雑誌に載せてくださったお礼も言いたかったので」

先週発売した週刊現実のことを言っているのだろう。野依のことを記事にして、かなり辛辣に彼女の行動を批判した。

「ご丁寧に、わたしの名前は仮名で、写真にもモザイクをかけてくださって」

「ネットを覗けば意味がないですけどね」

「そうね。でも、こんな一流週刊誌に載せていただいて、さらに視聴回数が増えます。これが本当のお礼です。ありがとうございました」野依が会釈してこちらに背を向けて歩き出した。

「こんなことを――」

真柄が呼び止めると、野依が足を止めて振り返った。

「一応忠告です。こんなことを続けているとロクなことになりませんよ」

「こんなこと?」野依が首をひねりながら近づいてくる。

「記者ごっこです」

「ごっこ?」

「本当の記者は真実を追うものです」

「そうしているつもりですけど」

「それならばどうしてご自身のニュースで富永菜々美が警察に出頭したことを伝えなかったんですか」

あの動画以降、菜々美の話題には一切触れていない。

「あなたにとってあの事件の真実などどうでもよかったんでしょう。視聴者が盛り上がりそうな動画をアップして、視聴回数が増えればそれでいい」

菜々美に寄り添うふりをして説得し、ネットに顔をさらすことを承諾させたのだろう。それまではさんざん犯人扱いして煽っていたくせに。

「それはあなたがたのメディアがいくらでも報じていることでしょう。わざわざわたしがやる必要はありませんから。それに最後の動画を撮った時点では、富永さんが尚人くんを階段から突き落としたことはどうでもよくなっていましたから」

「どうでもよくなっていた?」

「すでに彼女がそうしたことを知っていたので」

意味がわからない。

「彼女以外に唯一真実を知っている人からダイレクトメッセージがあったんですよ。あの件の動画を最初にアップした後に」

「まさか……文哉くん？」

野依が頷いた。

「翌日、彼に会って話を聞きました。尚人くんが二階の廊下にいた富永さんにじゃれて抱きつこうとしたときに手で払われたのを、半分開いていた部屋のドア越しに見たと言いました。その直後に大きな物音と、お母さんの悲鳴が聞こえて部屋を出ると、階段の下で尚人くんが頭から血を流して倒れていたと。どうして自分の子供を手で払ったのかずっとわかりませんでしたが、富永さんの話を聞くことができてようやく腑に落ちました。おそらく故意ではなく、とっさの反応でそうしてしまったんでしょう」

文哉が自分から野依に連絡を取って会っていた――

おそらく野依はそのとき文哉から父親と連絡が取れない状況であると聞いたのではないか。だからファミレスであんなハッタリをかませた。

「どうして文哉くんはそのことをあなたにではなく、警察に言わなかったんですか」

真柄が言うと、野依が嘆息して口を開いた。

「言えなかったんじゃないでしょうか。その事実を知っているのは文哉くんだけです。たとえ九歳の子供であっても、警察に話せばこれからの親子関係に溝ができることも理解できるでしょう。学校の先生に話しても同じです。かといってそのまま知らないふりをしているわけにもいかない。

お母さんが自主的に警察に真実を話すことを望んでいたんです」

「だけど……だからといって、どうして赤の他人であるあなたに会ってそんな話をするというんです」

「わたしなら何とかしてくれると思ったからじゃないでしょうか」

「何とか……」

「興味本位ではなく、弟を傷つけてしまったことも含めて、母親の本当の姿を伝えてくれるんじゃないかと」

「どこの誰ともわからないあなたに？」

「だけど顔は見えます。それに逃げも隠れもしません。わたしの動画をいくつか観て、文哉くんはそう思ってくれたんでしょう」

まるで真柄たちマスコミは顔の見えない存在だと言わんばかりだ。腹立たしい。

「富永さんの周辺をいろいろ調べているうちに彼女が抱えている苦悩がわかってきました。生活に困窮してもまわりの誰にも相談できず、誰からも自分の苦しみを理解されないと思い悩んでいたのでしょう。もしこのまま警察に捕まれば、自分は子供を虐待して重傷を負わせた鬼のような母親にしか思われないと、自責の念に駆られながらも自ら事情を説明することをためらっているんじゃないかとわたしは思いました」

「それで富永さんの訴えを動画にしてネットに流した？」

野依が頷いた。

「ありのまま自分の苦しみを伝え、多くの人から共感してもらえたことで、富永さんはようやく警察に真実を話す決心をしたんでしょう。わたしが世間に伝えたかった真実は、彼女が尚人くんを傷つけたことでも、彼女が警察に出頭したことでもありません」

「あなたは彼女がそうできるよう手助けしたと思っているのかもしれないが、同時に富永さんたち家族に大きな代償も負わせている。彼女や文哉くんの顔をさらし、必要以上にプライバシーを侵害した。あそこまでやる必要があったんですか」

「自分の顔をネットでさらすことを考えたのは文哉くんです」

その言葉に驚き、真柄は身を引いた。

「文哉くんはお父さんに知らせたかったんです。お父さんのせいで、お母さんも尚人くんも、そして自分も苦しんでいることを。だからネットに顔を出すことも厭わなかったんです。それほど文哉くんの思いは切実だったんです。たとえ九歳の子供であっても。ふたりの動画はすでにユーチューブから削除しました」

野依を見つめながら次の言葉を見つけられずにいる。

「どうですか？　これでもわたしがやっていることは『記者ごっこ』でしょうか？」野依が訊いた。

「残念ですが、それよりもさらにタチの悪いものだと今感じています」

「いつか真柄さんがおっしゃった視点の違いです。わたしは他のどのマスコミも求めない、たどり着けない真実を求めるんです」

「あなたのやることを認める人が世の中にどれだけいるでしょうか。今回はたまたま文哉くんから連絡があって、事の真相を知ることができたんでしょうが。あなたひとりで世の中で起こる様々な事件や出来事の、いったいどんな真実を求められるというんです？」

図星を突いたようで、野依がこちらから視線をそらした。ひとつ息を吐き、視線を合わせる。

「たしかに……世の中のほとんどの人はわたしを嫌うでしょう。おそらく九九・九九パーセントの人が。でも〇・〇一パーセントの人はわたしを認め、わたしの味方になってくれるかもしれない。ダイレクトメッセージをくれた文哉くんや、尚人くんが病院に搬送されたことを知らせてくれた人のように」

「〇・〇一パーセント……ね」真柄は鼻で笑った。

「一億人がわたしのことを知れば一万人が味方です。週刊現実の編集部より少しばかり多いでしょう」

野依はそう言って微笑むと、こちらに背を向けて歩き出した。

巣立ち

真っ暗な部屋の中、画面に映る野依美鈴が古びたアパートの前に立っている。

「皆さん、こんにちは。ブレイクニュースの野依美鈴です。今日は埼玉県新座市に来ています。一週間前の五月十日、このアパートの一室で七十八歳の女性の遺体が発見されました」

画面が野依美鈴からアパート二階の真ん中あたりのドアにズームしていく。

「新座西署によると、この部屋から異臭がするという匿名の通報があり、駆けつけた警察官が女性の遺体を発見したとのことです。死因は内因性で、事件性を疑わせる痕跡は見つかっていませんが、母親の遺体を自宅に放置したとして死体遺棄容疑で四十八歳の息子が逮捕されました。息子は取り調べで、その一週間ぐらい前に母親が死んだことは認識していたが、どうしていいかわからずそのまま放置していたと供述しているそうです。お亡くなりになった女性と交友があったかたからご連絡をいただけたので、今日はふたりの生活ぶりなどについてお聞かせいただこうと思います……」

自分ならどうするだろうか。

画面に映るアパートを見つめながら、自分にも遠くない日に訪れる光景を想像した。

十九年前に殺した親の死骸を実際に目の当たりにしたときの――

パソコンでネット配信のアニメを観ていると、太腿のあたりが振動した。

樋口智(さとし)は右手をスウェットのポケットに突っ込んでスマホを取り出した。野依美鈴からの着信だ。一時停止ボタンを押して、「はい……」と智は電話に出た。

「これから出てきてほしいんだけど、大丈夫？」

すぐに美鈴の声が聞こえた。

「ああ……」

億劫だがそう答える。断るとさらに面倒そうだ。

「じゃあ、三時に成増(なります)に来て」

「成増？」

初めて聞く地名だ。

「板橋区(いたばしく)の成増。学芸大学(がくげいだいがく)駅からだと、この時間は和光市行きの電車に乗ればそのまま地下鉄成増駅まで行けるから。それ以外の電車だったらとりあえず小竹向原(こたけむかいはら)駅まで行って、そこで乗り換えて。地下鉄成増駅の四番出口を出ると目の前にサンディーズというファミレスがあるから、そこで待ってるね」

よどみない声で美鈴に言われたが、ほとんど頭に入ってこない。

「メモ、取った？」美鈴が訊いてくる。

「まあ……大丈夫かな」

智はそう言って電話を切り、パソコンの電源を落とした。机にあった食べ残しの皿を手に取って椅子から立ち上がると部屋を出てドアの横に置いた。

脱衣所に入ろうとしたとき、「おはよう」と後ろから母に声をかけられた。

「どこかに出かけるの？」母が訊く。

出かけるときしかシャワーを浴びないからそう思ったのだろう。以前は出かけるときでさえ浴びなかった。

身体を洗うことなど一ヵ月に一回ぐらいでいいと今でも思っているが、美鈴は身なりには口うるさいのでしかたがない。

智が頷くと、「気をつけていってらっしゃい」と母が微笑んだ。


改札を抜けて智は立ち止まった。地下鉄成増駅まで行かなければならないことは覚えていたが、それから先は忘れている。ズボンのポケットからスマホを取り出して美鈴に電話をかけた。

「もしもし……」

電話がつながり、美鈴の声が聞こえた。

「今、地下鉄成増駅に着いたんだけど」

智が言うと、溜め息のようなものが聞こえた気がした。

「じゃあ、四番出口を出て。すぐ目の前にサンディーズがあるから」

電話を切って四番出口を探す。階段を上って地上に出ると、目の前に美鈴が言っていたファミレスがある。

店内に入ると、すぐに若い女性の店員がやってきた。

「いらっしゃいませ。おひとり様ですか?」

店員に訊かれたが、智は何も答えずに店内を見回した。奥のほうの窓際の席にいる美鈴を見つけ、そのまま近づいていく。

美鈴はひとりでスマホを見ていたが、智の気配に気づいたようで顔を上げた。

「おつかれさま」と美鈴が言って、向かい側ではなく自分の隣の席を手で示す。

どうやらこれから取材対象者が来るようだ。

ネット上ではブレイクニュースをマスコミの真似事だと揶揄する意見も多いが、美鈴の美貌や胸もとを強調した衣装も相まってか、ユーチューブの視聴回数は一千万回を超えることも少なくない。

ネタ探しや取材の段取りは美鈴ひとりでやっているようだが、取材時の撮影と映像の編集は智が手伝っている。

日給は三万円。家を出ることはほとんどないのでそれほど金を使うことはないが、ほしいアニメのブルーレイを買うこともあるので、それはそれで助かっている。

「今日はどんな撮影なんですか?」隣に座りながら智は訊いた。

「まだ撮影があるかどうかはわからない」

美鈴の言葉に、智は首をひねった。

「昨日、あるかたから取材してほしいことがあると、SNSにダイレクトメッセージがあったの。話をしてみないと取材するかどうかわからないから」

そんな場に自分を立ち会わせるのは初めてだ。いつもは取材や撮影の段取りが決まってから智に連絡が来る。

「何時に約束してるんですか」

「三時」

智は壁掛け時計に目を向けた。すでに十分ほど過ぎている。

ジュースを飲みながら待っていると、隣でスマホを見ていた美鈴が入り口のほうに目を向けた。

入り口の近くで高齢の男女が店員と何やら話している。やがて老女に支えられるように、中折れ帽をかぶった老爺（ろうや）が杖を突きながらこちらに向かってくる。ともに八十歳前後に思えるふたりはおぼつかない足取りで智たちの前まで来ると立ち止まった。

「ブレイクニュースにメッセージをくださったかたでしょうか」

美鈴が訊くと、ふたりが頷く。

「はじめまして、野依美鈴です。どうぞお座りください」

美鈴に促されて、老女が窓際の席に座った。続いて老爺が時間をかけて智の向かいに腰を下ろす。

「こちらはカメラマンをしております樋口です」

美鈴に紹介され、「どうも……」と智が言うと、老爺が中折れ帽を取って頭を下げた。

「お待たせしてしまって申し訳ありませんでした。少し早めに出たつもりだったんですが、身体が言うことを聞いてくれないもので……」

「お気になさらないでください。とりあえず何か注文しましょう」

美鈴がテーブルのベルを押して店員を呼んだ。ふたりはアイスティーを頼むと、こちらに視線を戻して居住まいを正した。

「あらためまして、わたしは渡辺茂雄（わたなべしげお）といいます。こちらは妻の幸子（さちこ）です」

茂雄は八十四歳で、幸子は七十九歳だという。こんな年老いたふたりが美鈴にどんな取材を頼もうというのだろう。

アイスティーが運ばれてくると、幸子がストローをさして茂雄にグラスを持たせる。茂雄は疲れているのか、肩で息をしながらアイスティーを少しずつ飲む。

「お宅はこの近くなんですか？」美鈴が訊いた。

「自宅はここから電車で二駅の平和台にあります」

「そうですか。近くまでお伺いしてもよかったんですが」

「いえ、自宅の近くは……」茂雄がそう言って首を横に振る。「あなたは有名人のようですから」

「息子さんのことで取材してほしいとダイレクトメッセージにありましたが、いったいどのようなことでしょうか」

美鈴の問いかけに、茂雄と幸子が顔を見合わせた。黙っている。

「息子さんはおいくつですか」

さらに美鈴が訊くと、「五十一歳です」と茂雄がようやく口を開いた。

「陽介といって、わたしら夫婦のひとり息子ですが……」茂雄が重い溜め息を漏らす。

「ずっと家に引きこもっているんです。職に就くこともなく、もう何年も……」

声を発した幸子に顔を向けた。どんよりと沈んだ表情の幸子と目が合い、自分を見るときの母の眼差しを思い出した。

「陽介さんは何年ぐらい引きこもっているんですか」美鈴がさらに訊いた。

「たしか……三十二歳のときからですから、もう十九年になりますか」

「それまでは何をされていたんでしょうか」

幸子が隣に顔を向け、茂雄が代わりに口を開く。

「わたしはかつて裁判官をしておりまして……陽介も大学在学中から司法試験を目指していました。集中できるようにずっと家で勉強していましたが、三十歳を過ぎても合格することはできませんでした。本人も限界を感じていたみたいだったので、違う進路も考えたほうがいいと助言して、陽介は自分で探した食品関係の会社に就職して、実家から出て行きました」そこまで話すと疲れたように茂雄が息を吐き、幸子のほうを見た。

「ただ、仕事に馴染めなかったようで半年ほどで辞めてしまいました。職場でかなり嫌な思いをしたのか、なかなか次の仕事も決められずに思い悩んでいるようで……ひとりだと精神的に心配だったので、とりあえず帰ってきたらと言って実家に戻ってくることになりました。主人は定年で働いておりませんでしたが、とりあえず二人分の年金と貯金がありましたので、当面の生活は何とかなると思って、わたしたちも息子の尻を叩くようなことはしなかったんですが……」

「一年経っても二年経っても仕事を探す様子もなくて、一日じゅう二階の部屋に引きこもっていて……さすがにわたしもこのままではまずいと思って、『おまえ、いい加減働いたらどうだ』とやんわりと諭したんです。そしたら顔を真っ赤にして泣きながらいろいろとまくしたててきました。さらに『こんなふうになったのは全部おまえたちのせいだ』と激高して、わたしに殴りかかろうとしました。けっきょく殴ることはしませんでしたが……息子のあんな恐ろしい形相を見るのは初めてで……それからは……」

「腫れ物に触るような接しかたしかできなくなってしまった?」

美鈴の言葉に、茂雄と幸子が曖昧に頷く。

「腫れ物に触るも何も……それ以来、陽介と接することはなくなりました。呼びかけても部屋から出てくることはなくなって、わたしたちが普段生活している一階に下りてくることもありません」

「食事などはどうされているんですか」

「そういうことがあってからしばらく何か食べている気配がなくて……さすがに心配になって、

陽介の部屋の前に食事を置きました。しばらくするとドアの外に空いた皿が置いてあったものですから、それからはずっとそのようにしています。髪も何ヵ月かに一回、自分で切っているようです」

「そういう生活が十九年続いているということですが、どなたかに相談されましたか？」

「なかなか人に話せることではありませんから……」茂雄が呟くように言う。

「どうしてですか？」

美鈴の問いかけに、ふたりとも口をつぐんだままだ。

簡単な答えのはずなのに――

そんな子供がいることを、そんな子供に育ててしまった自分たちのことを世間に知られるのが、ただ恥ずかしいだけだろう。

「一度だけ……恥を忍んで役所に相談に行ったことがあります。たしか五年ぐらい前だったと思いますが……息子の年齢からして対応するのは難しいと門前払いされました」

「そうですか。事情はよくわかりました。ただ、そのような状況では、息子さんへの取材は難しいのではないかと思われます。親とすら顔を合わせようとしないのでしたら、わたしが伺っても会っていただけるとはとても……」

「息子への取材をお願いしているわけではないんです」

遮るように茂雄が言って、美鈴が首をひねった。

「わたしたちを取材してほしいんです」

「引きこもりの子供を持つ親の窮状を世間に訴えたいということですか？」

「いえ……世間に対してどうこうという話ではありません。あくまでもわたしたち家族のために取材していただきたいということです。わたしは今年の八月で八十五歳になります。おそらくそう長くは生きられないでしょう。このような状況で妻を残していくことが心配でなりません。さらに妻もいずれ亡くなります。わたしたちふたりがいなくなったら……息子はどうなってしまうでしょうか。とてもひとりで生きていけるとは思えません。わたしたちがいなくなってもひとりで生きていけるように、何とかして自立させなければなりませんが、今は話をするどころか顔を合わせることもできません。無理にそれをしようとすれば、さらに関係がこじれてしまうのは目に見えています」

美鈴はまっすぐ茂雄を見つめながら話を聞いているが、相手が求めていることを量りかねているようだ。

このふたりが美鈴に何をさせようとしているのか、智もわからない。

「息子はブレイクニュースを観ているんです」

その言葉に反応したように、美鈴が幸子に顔を向ける。

「息子は二日に一回、風呂に入るために一階に下りてきます。わたしたちが寝静まった深夜ですが。半年ほど前からその隙を見計らって息子の部屋の様子を窺うようになりました。散らかって、荒み切った部屋の中にパソコンがありました。今のあの子の世界はその中にしかない……あの子がどんな世界を見ているのかが知りたくて、パソコン教室に通いました」

「それでお風呂に入っている間に息子さんのパソコンを見ていらした？」

幸子が頷く。

「よくパスワードがわかりましたね」

「息子の誕生日でした。まさかわたしたちがパソコンを使えるとは夢にも思っていなかったのでしょう。それで息子が頻繁にブレイクニュースの動画やSNSを観ていたのを知りました。あなたになら息子は口を開いてくれるかもしれません」

「おふたりのことを取材すれば、息子さんがわたしにメッセージを発信してくるかもしれないと？」

茂雄と幸子が強く頷く。

「あのとき陽介が泣き叫びながらわたしたちに言った『こんなふうになったのは全部おまえたちのせいだ』という言葉がずっと気になっています。正直なところ、わたしたちには思い当たることがありません。大切に育ててきたつもりですが……陽介は陽介なりにわたしたちに言いたいことがあったのでしょう。ただ、わたしたちに言うことができず、鬱憤を溜め込んだまま今のような生活をしている。その鬱憤の原因を知ることが、陽介とふたたび話すきっかけになるのではないかと、そしてあの子を自立へと促す道筋になるのではないかと考えています。どうか、お願いできないでしょうか」

「わかりました」

茂雄と幸子が深々と頭を下げる。

美鈴が言うと、ふたりが頭を上げた。ほっとした表情だ。

「ありがとうございます。あの……今回取材していただくにあたって、ひとつお願いしたいことがあるんですが」

「何でしょうか」

「わたしたちの顔にモザイクをかけていただけないでしょうか」

そう言った茂雄を見ながら美鈴が小首をかしげる。

「近所の人にも、わたしらの知り合いにも、陽介は地方で働いていると話しています。わたしたちの身元がわかれば、陽介が長年引きこもりだったことも世間に知られてしまう。陽介にとっていいことだとは思いませんので……」

「しかし、お顔を出さなければ息子さんはご両親だと気づかないんじゃないでしょうか」美鈴が疑問を口にする。

「それについては考えがあります。陽介にとって縁のある場所で取材を受けて、自分のことを話していると気づくような思い出話をします。いかがでしょうか？」

「まあ、それは構いませんが……どちらですか」

「世田谷の経堂です。仕事柄転勤が多かったんですが、東京に来て初めて住んだ街なので、陽介もよく覚えているのではないかと」

「けっこう遠いですね。ずいぶんとお疲れのようですので日を改めて取材しましょうか？」

「いえ、野依さんたちが問題なければ、わたしらは大丈夫です。なあ？」

同意を求めると、幸子が「ええ」と頷く。

美鈴が伝票をつかむのを見て、智は立ち上がった。

「会計を済ませてきますからゆっくりいらっしゃってください」

そう言ってレジに向かう美鈴に智はついていく。

「本当にこのネタをやるんですか？」

智が言うと、「どうして？」と美鈴が訊き返してくる。

「こんなネタじゃ数字は取れないと思うけど。いまどき中年の引きこもりなんて珍しくないし」

「だからこそ多くの人が関心を持つんじゃないかしら」

「ダイレクトメッセージをもらったときから、中年の引きこもりの取材だってわかってたんですか？」

「息子のことで取材をしてほしいっていうことだったから、もしかしたらそうかもしれないと思ってたけど」

それで自分をこの場に同席させたのだろうか。

会計を済ませて四人で店を出ると、美鈴が目の前の大通りでタクシーを拾った。智が助手席に乗り、三人が後部座席に座る。

移動中も茂雄と幸子が身の上話を口にする。すべてが息子に関する嘆(なげ)きだった。今まで誰にも話せなかった鬱憤を吐き出しているようだ。

バックミラーに映るふたりを見ているうちに、父と母の顔がちらついた。

父や母もどこかで自分の存在を嘆いているのだろうか。智にはおくびにも出さない苦悶(くもん)の表情を誰かに見せているのだろうか。

智も引きこもりだ。四ヵ月ほど前からたまに外に出るようになったが、それまでは十年以上家から外に出ない生活を送ってきた。

子供の頃から人との間に見えない壁のようなものを感じていた。

友達が楽しそうに笑い合っていてもその理由がわからず、先生に怒られてもどうしてなのか理解できない。小学生のときはまわりから変な奴ぐらいにしか思われていなかったようだが、中学生になると同級生が智に向けて怒りをあらわにすることが多くなった。だが、自分の何に怒っているのかいくら考えてもわからない。自分のまわりには誰も寄りつかなくなり、やがてクラスの中で激しいいじめに遭うようになった。

自尊心を打ち砕かれるようなことを何度もさせられ、中学三年生のときから学校に行かなくなった。心配した両親は智を病院に連れて行き、そこで自分は発達障害だと診断された。それが原因でいじめに遭っていたのではないかと両親に訊かれたが、自分がされてきたことを話すのもおぞましく智は何も答えなかった。

自分なんか生きていたってしょうがない。こんなに苦しいのは自分を産んだ親のせいだ。

そんな言葉を口にするうちに、両親は学校に行けとは言わなくなった。

それから十年以上、外に出ていない。自分の部屋で好きなアニメを観るか、ゲームをして過ごしていた。

自分の部屋とパソコンが世界のすべてだった。

四ヵ月前に美鈴と出会うまでは。


外から物音が聞こえ、渡辺陽介はドアに目を向けた。息をひそめて見つめていると、階段を下りていく足音が聞こえる。

ベッドから起き上がり、ドアを少しだけ開けて誰もいないことを確認する。廊下に置いてある盆を持ち上げて部屋に戻った。

ベッドの上に盆を置き、カレーを食べながらノートパソコンでユーチューブをチェックした。ブレイクニュースが更新されている。

ブレイクニュースは好きなチャンネルだ。キャスターの野依美鈴の歯に衣着(きぬ)せぬ物言いが心地いい。

クリックすると画面が大きくなり、ジュースのＣＭが流れた。それが終わると画面が屋外に切り替わる。どこかの公園のようだ。ベンチに座った野依美鈴がこちらを見つめている。

自分の子供であってもおかしくない年齢だろうが、あいかわらずかわいいなと見惚れてしまう。

「皆さん、こんにちは。ブレイクニュースの野依美鈴です。今日は世田谷の経堂にある公園からお伝えいたします。皆さんは８０５０問題という言葉をお聞きになったことはあるでしょうか。これは引きこもりの長期化、また高齢化から引き起こされる社会問題で、主に五十代の引きこもりの子供を八十代の親が養っている状態を言います」

今日のテーマはあまり面白くなさそうだと、動画を止めようか迷う。

まあ、野依美鈴の姿だけ観ていればいいかと、画面を観ながらスプーンを手にしてカレーを食べ続ける。

「先日、四十歳から六十四歳の引きこもり中高年者の数が推計六十一万三千人に上ることが内閣府から報告されました」

自分もそのひとりとしてカウントされているのだろう。

「経済難からくる生活の困窮、当事者の社会的な孤立、また病気や介護などによって親子が共倒れになるリスクが指摘されています。今日は８０５０問題について考えるべく、今まさにその状態に置かれている当事者のご夫婦にお越しいただきました」

画面が横に移動すると、野依美鈴の隣にふたりの人物が座っている。顔にはモザイクがかかっていた。

「夫のAさんは現在八十四歳、妻のB子さんは七十九歳で、五十一歳になる息子のCさんと一緒に生活されています。Cさんは長い間引きこもりの状態にあると伺いましたが、どれぐらいの期間でしょうか」

画面の下に『Aさん（84） B子さん（79）』とテロップが出る。

「息子が三十二歳のときからなので、かれこれ十九年になります」

機械で加工された男の声が聞こえた。

「どのようなことがきっかけだと思われますか」野依美鈴が訊く。

「息子は大学在学中から目指していたことがあったのですが、三十歳を過ぎても結果を出せずにそれを諦めて、普通の会社で働き始めました。ただそこも半年ほどで辞めてしまって、それから家に引きこもるようになってしまいました」

「Cさんとそのことについて話し合われたりなどはされなかったんでしょうか？」

「初めてと言える社会生活に挫折して、傷ついているようでもありましたし……仕事を辞めてしばらくは何も言いませんでした。そのうちまた働きに出るだろうと思っていましたので。ただ一年経っても二年経っても仕事を探す様子がなかったので、やんわりと諭しました。するとまくしたてるように食ってかかられました」

「どのようなことを？」

「こんなふうになったのは全部わたしらのせいだ、みたいなことを……」

「その言葉に思い当たることは？」

「いえ……ありません。そのときの息子の形相があまりにも怖くて……それから息子はわたしたちの前に顔を出すことはなくなりました。ずっと二階の自室に引きこもって……」

「それまでのCさんはどのようなお子さんでしたか」

「一言で言うといい息子です。優しくて、穏やかで、それまで一度も親に反抗したことはありませんでした。わたしは仕事の都合で転勤が多かったもので、その度に子供も転校せざるを得ませんでしたが、不満を口にしたこともありません」

「ちなみに何回ぐらい転校されたんですか？」

「小学校から中学校にかけて、名古屋、仙台、東京と三回学校を変わりました」

機械で加工された声を聞いて、スプーンを口に運んでいた手を止めた。

名古屋、仙台、東京——

「息子が中学二年生のときにここ経堂に移ってきたんです」

スプーンを皿に戻して、画面の中のモザイクを食い入るように見つめる。

まさか、このふたりは……

「とてもいい子でした。わたしたちもそんな息子を大切にしてきました。それだけに、あのときの息子の言動が非常にショックで……」

その言葉に同調するように隣の人物が頷いたのがわかった。

「Cさんがおふたりを避けていたとしても、強引にでもお話しされようとは思わなかったんでしょうか」

「そのときは……」と頷く。

「怖かったからですか？」

「それもあったと思います。ただ、途中までは息子が自分の力で立ち直ってくれるものと信じていました。その判断がよくなかったんだと今では思います。時間が経てば経つほど、息子との間にある壁が分厚くなっていき……気がついたら、自分たちの力ではどうにもならない状態になっていました」

「どこかに相談されたりなどは？」

「五年ほど前だったでしょうか……役所に相談に行きました。ただ、そちらではどうにもできないと言われて……」

「もしCさんとお話しできたら、どのようなことを伝えたいですか」

「わたしも妻も……そう遠くないうちにいなくなります。わたしたちがいなくなっても、ひとりで生きていけるようになってほしい。持ち家ではありますし、貯金もわずかですがあります。わたしたちが死んでもすぐにあの子がどうこうというふうにはならないかもしれません。ただ、それでずっと生きていけるわけでもない。あの子が人生を終えるときには幸せだったと思えるようであってほしい。それだけがわたしたちの願いです……」

「その思いがCさんに届くといいですね。今日はお話を聞かせていただき、ありがとうございました」

野依美鈴がふたりに頭を下げたところで画面が切り替わった。室内のテーブル越しに野依美鈴が男性と向き合っている。

「――続きまして、長年年配者の引きこもり問題に取り組んでおられる坂田浩平（さかたこうへい）さんにお話を伺おうと思います。坂田さん、今日はよろしくお願いいたします」

会釈を返す男性にカメラがズームしていく。『繭（まゆ）の会　代表　坂田浩平』とテロップが出る。

「坂田さんは十年以上前から四十代五十代の引きこもりを支援する活動をされているとのことですが」

野依美鈴の言葉に、坂田が「ええ」と頷きかける。

「近年盛んに８０５０問題というのがいろんなところで取り上げられますが、そもそも今に始まった問題ではありません。十年以上前から年配者の引きこもりは相当数いましたし、そのことに苦しんでおられる親御さんもたくさんいらっしゃいました」

「坂田さんは十二年前に藺の会という団体を立ち上げていらっしゃいますが、具体的な活動はどのようなものでしょう」

「年配者の引きこもりが集まれる場所を提供したり、また仕事を紹介するなどして自立を促したり、子供のことで悩んでおられる親御さんの相談に乗るといった活動をしています」

「坂田さんは民間でそのような活動をされてきたわけですが、行政は年配者の引きこもりへの取り組みを今までしてこなかったんでしょうか」

「ほとんどされていないと言っていいでしょう。従来の引きこもり支援といえば、若者特有の問題として扱われていて、三十代までの就労支援に重きが置かれていたんです。ですから四十歳以上になると公的な支援はほとんどされていませんでした。二〇一五年になってようやく、それまで三十九歳以下を対象としていた『子ども・若者育成支援推進法』に加えて年齢制限のない『生活困窮者自立支援法』が施行されましたが、遅きに失したという感は拭えません」

「先ほどお話を聞かせていただいたおふたりも、五年ほど前に相談に行ったけれど何もしてもらえなかったということでした。現在は状況が変わっているということでしょうか」

「以前よりは相談できる態勢にはなっているとは思いますが、それでも自治体によって温度差があるように感じます」

「坂田さんは長年、年配者の引きこもりのかたと関わりを持ってこられたわけですよね。その中には引きこもりの状態から脱却されたかたも多くいるとお聞きしました。引きこもりの問題を解決するためにはどのようにすればいいとお考えですか」

「非常に難しい質問ですね。簡単には答えられません。そもそもどのような状態が解決なのか、というのは当事者によっても親御さんによっても違います。ただ、わたしが関わってきたかたがたに求めてきたのは自立するということです」

「自立できれば引きこもりの問題は解決されますよね」

「野依さんがお考えになる自立と、わたしが考える自立はちょっと違うかもしれませんね」

「どういうことでしょうか？」

「自立というと、多くの人たちが就労することだと考えるでしょう。野依さんもそうお考えではありませんか？」

「ええ」

「それを自立と考えると、ハードルはとてつもなく高いものになってしまうでしょう。わたしは自分のことをきちんと語れることこそが自立だと考えています」

「自分のことをきちんと語れることこそが……ですか」

「そうです。引きこもっている人たちに対して世間の多くのかたたちは、怠けている、あるいは甘えていると捉えるでしょう。ただ、実際に引きこもりの人たちと接しているとそうではない場合が多いのを実感します。彼ら彼女らの多くは怠けているわけでも甘えているわけでもなく、引きこもらざるを得なかったんです。学校や社会で頑張ってきたものの、命や尊厳の危機を感じて、それを守るために自殺するのではなく生き続ける道として、引きこもりという道を選択しているんです」

「それだけ傷ついてきた人たちは、自分がどうしてそんな傷を負ったのかを家族に対してであっても話せない。それを話せるようになるのが自立につながる、ということでしょうか」

「わたしはそう考えています」

「今日は貴重なお話をお聞かせいただき、ありがとうございました」

野依美鈴が坂田からこちらのほうを向き、彼女の顔がアップになる。

「Cさんにも十九年もの間、引きこもらなければならない事情があったのでしょうか。もしそうであったとすれば、Cさんがどんなことで苦しみ悩んでいたのか、わたしは聞いてみたいです。もちろんCさん以外のかたであっても、引きこもりで苦しんでいるかたたちからのメッセージをお待ちしています。ブレイクニュースでは今後もこの問題を取り上げていきたいと思います。以上、野依美鈴がお伝えしました――」

Cさんとは自分のことなのだろうか。

もしそうだとしたら、あいつらはどうしてブレイクニュースに出たのか。自分がこの番組を観ていることなど知るはずがないだろう。

いや――

自分が風呂に入っている間に、勝手に部屋に入ってあれこれと調べていたとも考えられる。

陽介はベッドから起き上がり、机に向かった。一番上の引き出しを開けて、中にあったナイフを取り出す。剝(む)き出しの刃(やいば)が鈍い光を放っている。

もしかすると、これも見たのではないだろうか。


「おまえ、もう内定をもらったんだって?」

男の声が聞こえ、智は顔を上げた。

目の前に若い男がふたり吊り革につかまって立っている。

「いいよなあ……おれも早く内定をもらって就活から解放されたいよ」

「内定をもらったっていっても、食品会社だしなあ。おれはやっぱりマスコミ系に行きたいからさあ……」

男たちの話を聞いているうちに、頭の隅がずきずきと痛みだした。

智は座席から立ち上がり、隣の車両に移動した。

これだから外に出るのは嫌なのだ。将来のことをまったく考えないわけではないが、考えると頭が痛くなるので、そういうときはすぐに寝るようにしている。だけど、あと二駅で地下鉄成増駅に着いてしまうので、あの場で寝るわけにはいかない。約束の時間に遅れると美鈴に怒られる。

隣の車両に移っても先ほどの男たちの笑い顔が頭から離れなかった。

自分にだってやりたいことがまったくないわけではない。アニメーターになってみたいという夢はほのかにあるが、こんな自分にはどうせ無理だろう。十年以上、パソコン以外で外の誰とも接してこなかった自分には。

自宅でも将来に向けて何か勉強できるようにと、五年前に両親がパソコンを買ってくれた。しばらくはネット配信のアニメを観るぐらいにしか使っていなかったが、二年前にちょっとした興味でSNSを始めた。だけど自分が何かを書き込んだところでフォローしてくれる人はほとんどいなかった。

時間だけは有り余るほどあったので、自作でパラパラ漫画を作り、動画に撮ってアップした。新作の動画をアップし続けていくうちにフォロワーやコメントしてくれる人が徐々に増えた。嬉しかった。そして五ヵ月ほど前に美鈴からダイレクトメッセージが届いた。

自分のSNSにコメントしてくれる人はいたが、ダイレクトメッセージをもらうのは初めてでとても戸惑った。

美鈴は自分が作った動画をことさら褒めてくれた。メッセージを交換していくうちに智は自分のことを少しずつ話すようになっていた。そしてある日、『外で会いませんか？』という美鈴からのメッセージが届いた。

怖かった。十年以上、両親以外の誰とも顔を合わせていない。ましてやなりすましでなければ相手は女性だ。

何かの詐欺かもしれないとも思った。そうでなかったとしても昔のように心を傷つけられることになるかもしれない。だけど、そこまで自分を褒めてくれて、勇気づけてくれた人に会ってみたいという思いが勝った。

美鈴と会って、それまでの自分とはほんの少しだけ何かが変わったような気がする。でも、まわりの人からすれば何も変わっていないのだろう。およそ自立にはほど遠い生活だ。

わたしは自分のことをきちんと語れることこそが自立だと考えています——

先日会った坂田の言葉がなぜか胸に残っている。

自分にはおよそ無理な話だというのに。

地下鉄成増駅で電車を降りると、智は改札に向かった。四番出口を出てサンディーズに向かう。

店内に入るとすでに美鈴が来ていた。茂雄と幸子はまだのようだ。美鈴の隣に座り、ジュースを飲みながらしばらく待っていると、茂雄と幸子が入ってくるのが見えた。席に座っている智たちに気づくと、おぼつかない足取りでふたりがこちらに向かってくる。

「お忙しい中、こちらまでお越しいただいてありがとうございます」

向かいに座りながら茂雄が言うと、「いえ、こちらこそ」と隣の美鈴が応えた。

「電話やダイレクトメッセージでご連絡したほうがいいかとも思ったんですが、直接お会いしてこれからのことをお話ししたほうがいいと考えまして」

「陽介からメッセージはありましたか？」

茂雄に訊かれ、美鈴が首を横に振る。

「同じ境遇にあるらしいかたからのメッセージはいくつかいただきましたが、息子さんと思われるかたからのものはありませんでした」

「そうですか……」と茂雄と幸子が落胆したように溜め息を漏らす。

「お宅のほうではいかがですか？」

「変わりはありません」

「そうですか……前回のブレイクニュースを観ていないか、もしくはあの情報だけではご両親だと気づかなかったのかもしれませんね。これからどうすればいいでしょうね……」

茂雄が顔を伏せて考え込むように唸った。しばらくして顔を上げて口を開く。

「これからまた経堂に行っていただけないでしょうか」

「わかりました。すぐに出ても大丈夫ですか？」

茂雄が頷くと、美鈴が伝票を取って立ち上がる。四人で店から出ると、茂雄があたりを見回した。道路の向こう側の一角で視線を止めて隣の幸子の肩を叩く。

「タクシーに乗る前にあそこで花を買ってきてくれ」

茂雄の視線の先に花屋がある。

幸子がすぐに何かを察したらしく頷いて、信号に向かって歩いていく。

「どうしてお花を？」美鈴が茂雄に訊く。

「実は……陽介には陽一(よういち)というひとつ年上の兄がいました。ただ、高校一年生のときに亡くなって……陽介と一緒にいるときに信号無視をした車に撥ねられたんです」

「そうでしたか」美鈴の眼差しが沈痛なものに変わる。

「陽一が亡くなったすぐ近くで生活するのに耐えられず、今の平和台の家に移りました。わたしら夫婦にとっては人生の中で最も辛い出来事です。目の前で兄を亡くした陽介にとっても辛い思い出でしょうから、その話をするのは控えておりました。そこで取材を受ければ陽介は絶対にわたしらであるとわかるはずです」


ユーチューブを開くと、ブレイクニュースが更新されている。

陽介は画面を見つめながら、再生するべきかどうか迷った。

前回のブレイクニュースを観た直後にはあいつらだと確信が得られなかった。何か手掛かりがないかと、あいつらが揃って出かけていくのを窓から確認して、部屋を出て一階に下りた。台所とリビングに足を踏み入れ、最後にあいつらの寝室を確認すると、化粧台の上にノートパソコンが置いてあった。

ネットの履歴を見ると、ブレイクニュースのSNSがあった。さらにあいつらが野依美鈴に送ったダイレクトメッセージも見た。

パスワードは兄の命日だった。

それらを確認すると激しい怒りがこみ上げてきた。それからもずっと怒りは収まらず、二日間眠ることができなかった。

あいつらがまた出ているのだろうか。

これ以上心を乱されたくない。だが、またあいつらが出ているのだとしたら、どんな戯言をほざいているのか知りたいという思いも強くある。

サムネイル画像をクリックすると、ＣＭに続いて野依美鈴の姿が映し出された。

「皆さん、こんにちは。ブレイクニュースの野依美鈴です」

野依美鈴は横断歩道の手前に立っている。

どこかで見覚えのある光景だと思って見ていると、画面が下に移動した。野依美鈴の横にある信号機の根元に置かれた花束が目に入り、ぎょっとして仰け反った。

ここは……

画面がふたたび上に移動し、野依美鈴の表情をとらえる。

「今回も引き続き、８０５０問題についてお伝えしようと思います。前回、あるご夫婦にご出演いただきました。Ａさんは八十四歳、奥様のＢ子さんは七十九歳、そして息子さんのＣさんは五十一歳です。Ｃさんは十九年前から引きこもりの状態にあり、そのことについていろいろとお話を伺ったのですが、ＡさんもＢ子さんもさらに伝えたいことがあるとのことで、今回もご出演いただくことになりました。どうぞよろしくお願いいたします」

野依美鈴が横を向いて会釈すると、画面がそちらに移動する。顔にモザイクがかかったふたりの人物が立っている。

「こちらこそ……よろしくお願いします」

機械で加工された声が響く。

「ところで先ほど、こちらに花束を供えていらっしゃいましたが？」

「ええ……先日お話ししました引きこもりの息子には、ひとつ年上の兄がおりました。その子が高校一年生のときですが、この横断歩道を渡っているときに信号無視をした車に撥ねられて亡くなりました」

「そうだったんですか……」野依美鈴が憐憫の眼差しを隣のふたりに向ける。

「あれから三十六年ぶりにここに足を運びましたが、このあたりの景色はあまり変わっていませんね。昨日のことのようにあの出来事を思い出してとても辛いのですが、今日はどうしてもここでお話しさせていただきたかったんです」

「どのようなことでしょう？」

「長男を亡くしたわたしたち夫婦はそれから長い間、悲しみに暮れていました。そんなわたしたちを救ってくれたのは次男の存在でした。次男は落ち込んでいるわたしたちを何とか元気づけようとしてくれました。あの頃は本当に優しい、いい子だったんです」

野依美鈴に向けていた顔がこちらを向いたのがモザイク越しにもわかった。モザイクが大きくなってくる。

「○×、これを観ているか？」

ピーという音がかぶった。おそらく自分の名前を呼んだのだろう。

「観ているんだろう。これからお父さんが言うことをよく聞いてほしい。○×は十六歳で命を落としてしまった。さぞかし無念だっただろう。だけどおまえは生きている。今の自分の姿を見てみろ。○×に対して恥ずかしくはないのか。○×はきっと自分のぶんまでおまえに必死に生きてほしいと願っているに違いないんだ。おまえはこんな生きかたをしていて本当に……」

機械で加工された音がやみ、映像が静止した。

これ以上聞きたくないと、一時停止ボタンをクリックしていた。

ふざけるな！

おれは必死に生きてきた！

モザイクに隠されたあいつの顔に向かって心の中で吐き捨てる。

心の拠り所を求めてユーチューブのコメント欄を読んでいく。

『ここ数回のブレイクニュース観たけど、親甘やかしすぎ』

『五十歳を過ぎても引きこもりの息子がいたら、親も顔を隠したくなるよな』

『こんな輩ばかりになったら日本は滅びる』

いくらスクロールしてもそんなコメントばかりだった。

自分の苦しみなど誰にもわかりはしない！

苛立ちながらスクロールしていくと、ひとつのコメントが目に留まった。とっさに手を止める。

『自分のことをきちんと語れることこそが自立だという坂田さんの言葉が胸に響いた。十年以上引きこもっているぼくからすれば簡単ではないけど。でも、それができるかどうかが分岐点なのかもしれない』

そのコメントを見つめる。

自分にそんなことができるだろうか――


平和台駅で電車を降りると、智は階段に向かった。改札を抜けて外で待っている美鈴に近づく。

「いきなり呼び出してごめんなさい」美鈴が智に気づいて言った。

「いえ……」

二時間ほど前に美鈴から電話があり、これからすぐに出てこられるかと訊かれた。

その直前に渡辺陽介を名乗る人物からダイレクトメッセージがあり、気持ちが変わらないうちに来るなら会ってもいいと書いてあったという。

「本当に本人からなんですか？」

「指定された住所は渡辺さんのお宅だったから本人でしょう」美鈴がそう言って出口に向かって歩き出す。

スマホの地図を見ながら歩く美鈴についていく。五分ほど歩いたところにある二階建ての一軒家の前で立ち止まった。『渡辺』と表札が掛かっている。

美鈴がインターフォンを鳴らしてしばらく待つと、「はい」と女性の声が聞こえた。

「野依です」

「どうぞ、お入りください」

外門を開けて中に入ると玄関ドアが開いて幸子が出てきた。奥の三和土（たたき）に茂雄も立っている。

「どうかよろしくお願いします。陽介の部屋は階段を上がった左側にあります」

美鈴に続いて智も靴を脱いで玄関を上がる。不安そうなふたりの視線に見送られながら美鈴の後ろから階段を上っていく。

二階に着くと三つのドアがあった。正面のドアには小窓がついているのでトイレだろう。美鈴が左側のドアをノックする。

「ブレイクニュースの野依美鈴です。入ってもよろしいでしょうか」

呼びかけたが、中から応答はない。

「入っていいようでしたら二回、ダメでしたら一回、ドアか壁を叩いていただけますか」

壁を二回叩く音がはっきりと聞こえた。

「失礼します」と大きな声で言いながら美鈴がドアを開ける。

美鈴とともに薄暗い部屋に入っていく。机に置いてあるパソコンの画面だけが光を放ち、その前に座る男の輪郭を浮かび上がらせている。

「ようやくお会いできました。できれば顔を合わせてお話しさせていただきたいのですが」

美鈴が言うと、ゆっくりと椅子を回してこちらを向く。

闇に同化したように表情は読み取れないが、ぼさぼさの髪にかなり長いひげを蓄えているのはわかった。

「こちらにいるのはカメラマンの樋口です。これからお話を聞かせていただきますが、その様子をブレイクニュースで流してもいいでしょうか。陽介さんのお顔にはモザイクをかけますので」

目の前の男が小さく頷き、美鈴がこちらに目配せする。

智はズボンのポケットからスマホを取り出して動画を撮る準備をした。

「それでは始めさせていただきます」

そう言ってこちらを振り返った美鈴の顔にスマホを向ける。もう片方の手を突き出し、三本、二本、一本と指を折ってオッケーマークを作ると、美鈴が口を開いた。

「皆さん、こんにちは。ブレイクニュースの野依美鈴です。わたしは今、ここ数日ブレイクニュースでお伝えしている８０５０問題のＣさんの部屋にお邪魔しています。Ｃさんのほうからわたしと会ってもいいと連絡をくださいました。Ｃさん、ありがとうございます」

智は美鈴から陽介のほうにスマホを向けたが、何の反応も示さない。

「お父様とお母様の訴えをご覧になったかと思いますが、どのような感想を抱かれたでしょうか」

美鈴が問いかけるが、陽介は不自然に口もとを歪(ゆが)めるだけで何も言わない。

「どうされましたか？　何かお話ししたいことがあって、わたしに連絡をくださったのではないんですか」

「あ……兄貴は……できが……よ、よかった……」

絞り出すような声を聞いて、あらためて目の前の男の状況に思い至った。

おそらく十九年間まともに人と話をしていないのだ。声を発するだけでひと苦労だろう。

「大変失礼しました。もしよろしければ、お話しになりたいことをパソコンに打ち込んでくださってもかまいませんよ」

美鈴も状況を察したようでそう言うと、陽介がこちらに背を向けた。マウスを動かしてキーボードを叩く。

美鈴に手招きされ、智は机に近づいていきパソコンの画面にスマホを向けた。

『兄の陽一は自分と違って子供の頃から出来がよかった』とワープロで書かれている。

「たしかにご両親もそのようなお話をされていました。お兄さんは常徳高校に通われていたんですよね」

東大合格者を数多く輩出している名門高校らしい。

「しかしそのことと、あなたが家に引きこもるようになったのと、何か関係があるんでしょうか」

陽介が表情なくキーボードを叩く。

『兄が死んでからずっとその影に追われながら生きてきた。あんな言葉を聞いてしまってから』

「あんな言葉とは何ですか？」

美鈴が訊くと、陽介が文字を打とうとしてやめた。少し逡巡してから指を動かし始める。

『通夜の後、トイレから戻ってくると、ふたりは兄の棺にすがりつきながら泣きじゃくっていた。どうして陽一だったんだ、という意味のことをふたりして叫んでいた。それを聞いてすぐにトイレに引き返した』

美鈴が言葉を挟む間もなく、何かに憑かれたようにキーボードを叩く。

『どうしておれではなかったのかと言いたかったのか？　いや、そうじゃない。そういう意味じゃない。そう思い込もうとしたけど、ふたりのその言葉が頭からずっと離れなかった。その言葉を頭の中から消し去りたくて、それから死に物狂いで勉強した。だけど常徳高校には入れなかった。父親の出身校だった東大にも入れなかった。十年近く勉強した司法試験もけっきょくダメだった。最後と決めて挑んだ試験に落ちた後、やはりおまえじゃ無理だったかと、父親に言われた。おれには陽一じゃなくておまえが死ねばよかったのにと聞こえた』

脱力したように陽介がパソコンの前でうなだれている。

「それで自分で探した会社に就職して、家を出て行くことにしたんですね」

陽介が小さく頷いた。

「じっ、実家に……いたら……お、おかしくなり、おかしくなりそうだった……から……でも……でも……」もどかしそうに陽介がキーボードを叩いた。

『初めての職場で自分は何もできない無能な男だと思い知らされた』

学生時代からずっと司法試験の勉強に明け暮れていたのであれば、アルバイトの経験すらなかったのではないか。

だがそんなこととは関係なく三十歳を過ぎた社会人として、まわりからは見られていただろう。

『実家には帰りたくなかったけど、自分はひとりでは生きられないと諦めた。あのふたりはおれが変わってしまったようなことを言っていたけど、兄の陽一が死んでから三十六年間何も変わっていない。おれはずっと檻の中にいる。ペットの檻から無期懲役を言い渡されて独房に移っただけ』

突然、陽介が口もとを手で押さえて椅子から立ち上がった。部屋から出ていくと、外からドアを乱暴に閉める音がする。

智は部屋の外に出て様子を窺った。トイレの中から嘔吐く音が聞こえる。

いったいどうしたのだろう。

急に吐き気に襲われてトイレに駆け込んだが、胃液すら出てこない。

『独房』とキーボードに打ち込んだ次の瞬間、あのときの光景が脳裏によみがえってきて、胸の底から激しい感情が突き上げてきた。

罪悪感なのか。自己嫌悪なのか。いや、きっと自分のおぞましさだろう。

あの日の夜、父親は自分と顔を合わせるなり言った。

おまえ、いい加減働いたらどうだ。引きこもりにするために今まで学ばせてやったわけじゃない——

その言葉を聞いた瞬間、心の中で何かが弾け飛んだ。

憎しみと悲しみと寂しさ——それらの感情がないまぜになって一気にあふれ出してきた。

きっと弾け飛んだと思っていた何かは、それらの感情を抑えつけるために無理やり抱いてきた両親への愛着だったのだろう。

あんたたちが学ばせてやったと思っていたことのためにどれほど苦しめられてきたか。通夜の後に聞いた言葉や、結果を出せなかった度にあんたたちがおれに見せる諦めのような表情に、どれだけ傷つけられてきたか。

「こんなふうになったのは全部おまえたちのせいだ」

その言葉とともに今まで溜まりに溜まった感情を爆発させた。

暴力的な衝動を何とか抑えて部屋に逃げ込んだが、猛(たけ)り狂った感情はいっこうに鎮まらなかった。

楽になりたい――

最初に思ったのは高校受験を控えていたときだ。それから何度もその誘惑に魅せられ、ついにはナイフを買った。これがあればいつでも楽になれる。限界を超えてしまったら無理に生きている必要はない。そう思うと少しだけ気持ちが軽くなるようだった。

就職して働いていたときには何度か自分の手首に傷をつけたこともある。だが、いつも死ぬことはできなかった。

楽になりたい――

あの日その思いが叶(かな)いそうな気がして、ナイフを握り締めながらふたりが寝静まるのを待った。

深夜に寝室に入ると、ベッドで寝ているふたりの身体を心の中で何度も突き刺した。

たとえ想像であっても、父と母を殺したという自分の思いに変わりはない。

野依美鈴を呼び出したが、とてもこんな話はできない。自分のことをきちんと語れることこそが自立だと言うなら、自分には一生できないだろう。自立できないまま独房の中で一生を終えるのだ。

トイレから出て部屋に戻ると、野依美鈴とカメラマンの樋口がこちらを見た。

「わ、悪いけど……帰ってください。もう……話すことは……ありません」

「本当にそうでしょうか」

じっと野依美鈴に見つめられ、何も言葉を返せない。

「無期懲役を言い渡されて独房に移った……というのはどういう意味でしょう」

野依美鈴から視線をそらす。

「わたしはあなたの本当の苦しみを知りたくてここに来ました。ブレイクニュースで流すべきでない内容なら流しません。ただ、それを誰かに話すことであなたの苦しみがほんの少しでも癒えるなら、聞きたいと思っています。話していただけないでしょうか」

「偉そうなことは言えないけど……」

その声に目を向ける。

「それができるかどうかがあなたにとっての分岐点なのかもしれない」

樋口を見つめながら愕然(がくぜん)とする。

「も、もしかして……コメントの？」

樋口が頷く。

「引きこもりだって……」

「四ヵ月ほど前までは家から一歩も外に出られなかったけど、今はほんの少しだけ出られるようになった。たったひとりだけど、自分のことを知って、理解しようとしてくれる人がいたから」

「そうか……」

呟きながら何故だか視界が滲(にじ)んでくる。

悲しみや憎しみ以外の感情で最後に涙したのがいつだったのか、もう覚えていない。

「わたしは両親を……殺したんです」自然と口からこぼれた。

ドアを開けて玄関に入ると、リビングから母が出てきた。

「おかえり。今日は遅かったのね」

母に言われ、智は頷きながら靴を脱いだ。

「お夕飯できてるけど、すぐ部屋に持っていく？」

「とりあえずやんなきゃいけないことがあるから後でいい」

智はそのまま自室に入った。机に向かって座り、パソコンの電源を入れる。ポケットからスマホを取り出して、先ほど撮った映像をパソコンに取り込む。

できるだけ早く編集作業をして美鈴に送らなければならない。

いつもなら二の次三の次にしているが、今回は……

パソコン画面に映し出される映像を確認しながら、陽介がワープロで打った文字をテロップにしていく。

その作業が終わってからも引き続き映像を観ていた。

「偉そうなことは言えないけど……それができるかどうかがあなたにとっての分岐点なのかもしれない」

自分の声が聞こえた。

「も、もしかして……コメントの？　引きこもりだって……」

「四ヵ月ほど前までは家から一歩も外に出られなかったけど、今はほんの少しだけ出られるようになりました。たったひとりだけど、自分のことを知って、理解しようとしてくれる人がいたから」

「そうか……わたしは両親を……殺したんです」

そう呟いた陽介の顔は思いのほかすっきりしているように見えた。

「ご両親を殺したというのはどういうことでしょうか?」すぐに美鈴が問いかける。

「わたしは……わたしは……ずっと楽になりたいと思っていた。最初にそう思ったのは高校受験を控えていたときでした。それから何度もその誘惑に魅せられて……」

陽介がそこで口を閉ざし、机の引き出しを開けた。中から取り出したものが映ると同時に画面が揺れた。

あのとき陽介が手に持ったナイフを見て動揺したのだ。

「これを買いました……」

陽介の声が聞こえた。

「自殺しようとされたんですか?」

美鈴が訊くと、陽介が曖昧に頷いた。

「何度か自分の手首に傷をつけたことはあったけど、死ぬ勇気はなかったんです。ただ、これがあればいつでも楽になれる。限界を超えてしまったら無理に生きている必要はない。そう思うと少しだけ気持ちが楽になった。だけど、あの日……父親から『おまえ、いい加減働いたらどうだ。引きこもりにするために今まで学ばせてやったわけじゃない』って言われて……」

「それで……『こんなふうになったのは全部おまえたちのせいだ』と激高されたんですね?」

「いや、激高というか……自分の中でそれまで溜め込んできた感情が一気にあふれ出してきました。わたしは部屋に逃げ込み、ただどうにもその感情が抑えられず、ふたりが寝静まるのを待ちました。そしてナイフを握り締めながらふたりの寝室に行き、それでふたりを何度も刺しました。心の中で……」

「先ほどおっしゃっていた無期懲役を言い渡されて独房に移ったというのはそういう意味だったんですか」

陽介が頷く。

「たとえ想像であったとしても、両親を殺したという自分の思いに変わりはありませんから」陽介がそう言ってうなだれた。

「勇気を持ってお話しいただいてありがとうございました。これはここだけの話にしたほうがいいでしょうか」

美鈴の問いかけに、陽介が顔を上げた。じっとこちらを見つめる。

「いえ、そのまま流してください。モザイクをかけずに」

「本当によろしいんですか？」

「両親はかなりのショックを受けるでしょう。それに近所の人や知り合いの間で肩身の狭い思いをさせてしまうのもわかっています。ただ、そうしなければわたしは自立しようとすることができないでしょう。わたしはここから巣立たなければならない。厳しい現実が待っていたとしても」

「わかりました」

美鈴が頷いて陽介からこちらに顔を向けた。

「陽介さんのこれからをブレイクニュースも応援し、見守っていきたいと思います。以上、野依美鈴がお伝えしました――」

しばらく静止した画面を見つめていたが、智はウインドウを閉じてパソコンの電源を切った。

ひとつ大きな息を吐いて立ち上がる。

今度は自分の番だ——

自室を出てリビングに入ると、ダイニングテーブルに座っていた父と母がこちらに顔を向けた。

「今日はこっちで食べようかな」

智が言うと、ふたりが驚いたように顔を見合わせた。

父の向かいに腰を下ろすと、母が立ち上がってキッチンに向かった。慌てたように料理を皿に盛り付ける。

「五月だというのに今日は暑かったな……」

父の声に、「そうだね……」と智は頷いた。

今日、それができるかどうかはわからない。

だけどいつかは自分のことをきちんと語りたい。

一歩ずつ。一歩ずつ。

嫌疑不十分

コンビニに入ると、杉浦周平は店内を見回した。店長はいないようだ。レジに立っている若い女性に近づく。

「あの……店長さんはいらっしゃいますか？」

周平を見つめながら若い女性が首をひねる。

「あ、今日からここでバイトをすることになっていた杉浦と言います。先ほど店長さんから携帯に留守電が入っていて、そのことでちょっと……」

「少々お待ちください」

女性はそう言うとレジから出て、奥のドアに向かっていく。店長は事務所にいるようだ。

三日前に事務所で面接を受けてアルバイトとして採用された。夜十時から朝六時までの夜勤で週五日という条件だ。人手不足だから大いに助かると、店長は上機嫌だった。だが、先ほどシャワーを浴びている間に電話がかかってきて、採用を取り消す旨の留守電のメッセージが残されていた。

理由については言っていなかったが、察しはついていた。今までに十回以上同じ理由で採用を取り消されている。

今回も厳しいことを言われるだろうが、貯金も底をつきかけているので何とか食い下がらなければならない。

ドアが開いて、女性とともに店長が出てきた。露骨に顔を歪めながら「何？」と訊く。

「さっきの留守電のメッセージはどういうことですか？　いきなり採用を取り消すって……」

周平が言うと、ドアの奥に向けて店長が顎をしゃくった。店長とふたり事務所に入る。

「近頃、SNSにバイト先の変な動画を投稿する輩が多いから、新しく採用しようという人のことは一応ネットでチェックするようにしてるんだよね。きみの名前を検索したら、ある記事が出てきてさあ。半年前に女性を襲って逮捕された二十五歳の男って、きみのことだよねえ」

やはりそうか。

「面接のときにはそんなこと、一言も言ってなかったじゃない」店長が机に置いてあった履歴書を手に取ってこちらに突きつける。「履歴書にも書いてないよね。勉強したいことができたから前の職場を辞めたって言ってたけど、それも嘘なんでしょう？」

逮捕されたから解雇されたなんて面接で言えるはずがない。

「たしかに逮捕されたのは事実ですし、それを黙っていたのは謝ります。ただ、不起訴になりました。ぼくはやっていません」

冤罪だ。自分は断じて女性を襲ってなどいない。

「その記事も見つけたよ。小さな記事だったけど。嫌疑不十分で不起訴になったって」店長が椅子に座ってこちらを見上げながら言う。

不起訴となる理由には『嫌疑なし』『嫌疑不十分』『起訴猶予』などがある。

嫌疑なしはその名の通り、被疑者に対する犯罪の疑いが晴れた場合だ。起訴猶予は有罪の証明が可能であるが、被疑者の境遇や犯罪の軽重、また犯罪後の状況などを鑑みて検察官が起訴を見送る。

周平に示された嫌疑不十分という判断は、犯罪の疑いは完全には晴れないものの、裁判において有罪を証明するのが困難だと考えられている場合だ。

「つまり、やっていないって証明されたわけじゃないんでしょう？　うちは接客業だから、そういう人を雇うわけにはいかないよ」

「でも、ぼくは本当にやってないんです。釈放されてからいくつも面接に行ってるんですけど、どこも採用してくれないんです。このまま仕事が見つからなかったら、生活していけません。頑張って仕事しますから、どうかここで雇ってもらえませんか」周平はそう訴えながら頭を下げた。

「こっちも働き手が欲しいのはやまやまなんだけどねえ。でも、ここで働くのはきみにとっても酷なことだと思うんだけどね。ネットにはきみの情報が出ているんだから、そのうちお客さんや他のバイトの子たちもきみが逮捕されたことを知るかもしれない。お客さんからも同僚からも白い目で見られながら仕事をするなんてきついでしょう」

店長を見つめながら言葉が出ない。

「まあ、仕事はしなきゃいけないだろうけど、こういう接客業はやめておいたほうがいいんじゃない？」そう言って店長が履歴書を差し出してくる。

これ以上食い下がっても無駄だと諦め、周平は店長の手から履歴書を受け取った。力なく頭を下げて事務所を後にする。

コンビニを出て外の空気に触れても息苦しさはやまない。

どうして自分がこんな目に遭わなければならないのだと、胸の底から激しい怒りが湧き上がってくる。

駅に向かっている途中、ポケットの中で振動があった。スマホを取り出して画面を見る。登録していない番号からの着信だ。

「もしもし……」周平は電話に出た。

「杉浦周平さんのお電話ですか？」

男性の声に、「ええ、そうです」と答える。

「先日お話を聞かせていただいた週刊現実の真柄です」

その言葉に反応して、鼓動が速くなった。

自分の窮状を訴える手段はないかと、いくつかのテレビ局や週刊誌に連絡をした。どのマスコミも周平の話に興味を示さなかったが、週刊現実の真柄だけはきちんと耳を傾けてくれて、冤罪の訴えを誌面に載せられるかどうか編集会議で検討してみると言ってくれた。

「それで、どうですか？」勢い込んで周平は訊いた。

「結論から言いますと、現時点では誌面に載せるのは難しいという判断になりました」

落胆がこみ上げてくる。

「嫌疑なしという判断が下されていたのだとしたら、こちらとしても杉浦さんの主張を誌面に載せることができたんですが。冤罪によって二十三日間も警察に身柄を拘束され、そのせいで仕事や社会的な信用を失った、と……。ただ、嫌疑不十分ということですと、被害を訴えた女性にお話を聞けないまま、杉浦さんの主張だけを一方的に載せるのは、マスコミ倫理としていかがなものだろうと」

「そうですか……」それしか言葉が出てこない。

「力になれず申し訳ありませんが……どうか気を落とさずに頑張ってください」

電話が切れた。重い足取りで駅に向かう。

電車に乗ると、空いている席に座って目を閉じた。

また仕事の当てをなくしてしまった。昨日、不動産会社から連絡があり、滞納している家賃を納めなければ退去してもらうと厳しく言われた。これからどうすればいいのだろう。

周平は目を開けてポケットからスマホを取り出した。ネットで人材派遣会社を検索する。

とりあえず日雇いの仕事を探して当座をしのぐしかない。

派遣会社のホームページを見ていると、「マジか……」と男性の呟きが聞こえて周平は目を向けた。隣に座ったイヤホンをつけた背広姿の若い男性が食い入るようにタブレットの画面を見ている。

ユーチューブの画面の右上に『ブレイクニュース』とテロップが出ていて、若い女性がひとりで映っている。女性は紺のパンツスーツに白いブラウス姿だが、ブラウスの上のボタンはふたつ外され、ニュースキャスターとは思えないエロさを醸(かも)し出している。

周平は興味を覚えてスマホのユーチューブを起動させた。『ブレイクニュース』と検索すると、いくつかのサムネイル画像が縦並びに表示される。

いずれもこちらを見据えるような女性の静止画像であり、その下に『野依美鈴のブレイクニュース』というタイトルと公開されてからの経過時間、視聴回数などが記されている。

野依美鈴――?

女子アナには詳しいほうだが、その名前は知らない。多いものでは視聴回数が一千五百万回を超えているので、相当人気があるチャンネルなのだろう。

鞄からイヤホンを取り出して耳にはめると、視聴回数が一番多いものをタップした。

ドアを開けて、周平は喫茶店に入った。店内を見回したが、相手はまだ来ていないようだ。店員に案内された席に座り、ホットコーヒーを頼む。

腕時計に目を向けた。午後一時五十分だ。約束の時間まで十分ある。

コーヒーが運ばれてくると、スマホでブレイクニュースについての新しい情報を探した。

昨日、電車の中で観たユーチューブの動画には、十九年間自宅で引きこもりをしていた中年男が寮のある会社に就職して自立への一歩を踏み出した様子が伝えられていた。

周平はブレイクニュースに興味を覚えて、家に戻ってからユーチューブにアップされた他の動画も確認した。その中には名誉毀損で訴えられてもおかしくないと思える過激な動画も多く、ネット上でもブレイクニュースを主宰する野依美鈴に対する賛否両論があふれていた。

たしかに自分もブレイクニュースの動画に何度か眉をひそめそうになったが、想像もできないほどの多くの人たちが観ている事実に、あることを閃(ひらめ)いた。

SNSのダイレクトメッセージで、ブレイクニュースで取り上げてもらいたいことがあると送ると、すぐに返信があって今日ここで会うことになった。

「いらっしゃいませ――」という店員の声に、周平は顔を上げた。野依美鈴が入ってくるのを見て、周平はスマホをポケットにしまって立ち上がった。

動画で観るのと同じく、紺のパンツスーツ姿で、ブラウスの上のふたつのボタンを外している。

「杉浦周平さんですか?」周平の前で立ち止まり、野依美鈴が言った。

凛とした切れ長の目が印象的な美人だ。動画で観るよりもさらに魅力的に思え、緊張する。

「ええ、お忙しいところありがとうございます」

向かい合って座ると、野依がこちらに名刺を差し出してきた。はだけた胸もとから谷間が覗き、どぎまぎしながら受け取る。

名刺には『ブレイクニュース　代表　野依美鈴』とあり、携帯番号とメールアドレスが記されている。

ネットで彼女のことを調べたが、野依美鈴という名前以外のことは何もわからなかった。年齢も経歴も不明だ。

こうやって近くで向き合っていても、彼女の年齢は推し量れない。年齢不詳という印象だ。落ち着いた立ち振る舞いや動画で観る毅然とした言動から、三十代半ばのようにも思える反面、薄化粧の肌の張り艶から、もしかしたら自分よりも年下かもしれないとも感じる。

やってきた店員にアイスコーヒーを頼むと、野依がこちらに視線を戻した。

「早速ですがお話を聞かせていただけますか」

野依の言葉に、周平はあたりに目を向けた。他の客からはかなり離れているが、それでも声を落として切り出す。

「実は……今年の一月十八日に警察に逮捕されました。女性を暴行したという容疑で……」

野依が頷いた。

すでにそのことを知っているようだ。周平の名前をネットで検索したのかもしれない。

「ただ、ぼくはそんなことしてないんです。刑事さんにいくらそう言っても信じてもらえなくて、それから二十三日間警察に身柄を拘束されました。そのせいで仕事もクビになって……実家の両親からも絶縁を言い渡されて……」

「ご実家はどちらなんですか」

「北海道の札幌です」

「じゃあ、こっちの大学に行ってそのまま就職された？」

「いえ……大学も札幌です。ただ、二年生のときに中退して、東京に出てきました。向こうは仕事が少ないので。こちらに来てからお酒関係の仕事に興味を覚えて、ダイニングバーで六年間働いていました」

「お店はどちらにあるんですか」

「新宿区の戸山というところにあります」

やはり知っていた。周平が女性を暴行したとされたのは店のすぐそばにある戸山公園の中だ。

「事件があった近くですね」

「ちなみにアルバイトですか？」

「そうです。でも週六日働いていて、いずれは自分のお店を出したいと真剣に修業していました」

そのために少しずつ貯金もしていたが、この事件のせいでその願いも叶うことはなくなるだろう。

「事件は不起訴になったんですよね？」

野依に訊かれ、周平は頷いた。

「嫌疑不十分ということで……。逮捕されたときにはテレビのニュースでもぼくの映像とともに報じられたそうです。だけど不起訴になったという報道はほとんどされません。かろうじていくつかの新聞で小さく報じられただけです。逮捕されたことでぼくは仕事も、友人も、家族も失いました。だけど不起訴になっても失ったものは取り返せないままです。こんなことならいっそのこと起訴されて裁判になったほうがマシです。裁判で無罪になれば、不起訴よりも大きな扱いで報じられるでしょうから。自分が潔白であることを公の場で訴えたくていくつかのマスコミに連絡しましたが、取り合ってもらえませんでした。これからどうすればいいのかと悩んでいるときにブレイクニュースのことを知って……」

「わたしのニュースでご自身の冤罪を晴らしたいと？」

「ええ。それまでは冤罪なんて自分には関係のない遠い世界の出来事だと思っていました。だけど今回の経験で誰にでも起こりえることだとわかりました。もちろんぼくはそんなことはしていないと訴えたい気持ちもありますが、それ以上に被害者の話ばかりを鵜呑みにする警察や検察の危うさを世間の人たちに知ってもらいたいんです」

「事件のことを詳しく聞かせてもらえますか」

頷いて少し身を乗り出したときに、店員がこちらにやってきた。彼女の前にアイスコーヒーを置いて立ち去ると、周平は口を開いた。

「事件が……いや、事件なんてそもそもないんですが、それが起こったのは逮捕される前々日の一月十六日の、夜の十一時過ぎぐらいのことです」

その日、仕事を終えるといつものように早稲田駅への近道である公園を通り抜けようとした。夜の十一時過ぎとあって公園にはほとんど人はいなかったが、少し前を女性がひとりで歩いていた。

「……その女性が落とし物をしたんです。拾ってみるとハンカチでした。女性に近づいていって声を掛けましたが、イヤホンで音楽でも聴いているのか気づかなくて……早足で歩いていたのでぼくも駆け寄っていって、『落としましたよ』と女性の上着の腕の部分を手でつかんだんです。そしたら女性がいきなり悲鳴を上げて、両手を振り回して暴れだしました。『違います。落とし物です』って説明したんですけど、女性は聞く耳を持たないままぼくの顔を爪でひっかいて駆け出していきました」

あのときのことを思い出すと後悔が押し寄せてくる。こんなことにならずに済む選択肢はいくつかあったはずだ。親切心など出さずに落とし物を放置すればよかったし、もしそれを伝えるにしても、公園を出て人通りのあるところですればよかった。

「たしかに暗い公園でいきなり腕をつかまれて驚かせてしまったかもしれません。だけどぼくは彼女に暴行なんてしていないし、そんな気もなかった。むしろぼくのほうが顔をひっかかれて暴行されたんです」

「杉浦さんはその後、どうされたんですか?」

「そんなことがあってぼくもパニックになってしまって……すぐに女性が逃げた反対方向に向かって駆け出しました。公園から出ると回り道をして駅に向かいました」

「ハンカチは?」

「その場に捨てていくのもどうかと思って、家に持ち帰りました。もしその女性をどこかで見かけたらそれを渡してそのときの誤解を解こうと思って」

「杉浦さんはどちらにお住まいなんですか?」

「荻窪(おぎくぼ)です」

早稲田から六駅目だ。

「それで翌々日に逮捕されたんですか?」野依が少し意外そうに言った。

「ええ……翌々日仕事を終えてアパートに戻ってくると警察の人に囲まれて、その場で手錠をかけられました」

「ずいぶん迅速な逮捕ですね。何か思い当たることはありませんか」

なくはなかったが、「いえ、まったくありません」と首を横に振った。

「その女性と顔見知りだったとか？」野依がこちらに身を乗り出して訊く。

「暗かったので女性の顔はよくわかりませんでした。それに警察でも被害者のことを教えてくれませんし。ただ、顔見知りではないと思います」

あのあたりで自分の顔見知りがいるとすればダイニングバーの客ぐらいだろう。だが、常連客でもないかぎりほとんど覚えていない。

「取り調べで、女性はぼくに口をふさがれて草むらに押し倒されたと供述していると聞きました。だけどぼくは本当にそんなことはしていない。それに女性が落としたハンカチを渡そうとしただけだと刑事さんに伝えましたが、そんなハンカチは持っていなかった、自分のものではないと女性は言ったそうです」

「杉浦さんのお話が本当なら、その女性はどうしてそんなことを言ったんでしょう」

野依の問いかけに、わからないと首を振るしかない。

「痴漢の冤罪ならまだ話はわかります。相手の女性が触った男を勘違いする場合もあるでしょうから。ただ、今回の場合は杉浦さんとその女性の供述はあきらかに食い違っています。誰かから恨みを買っていたということはありませんか？」

思い当たらない。上京してから人当たりよく生活してきたつもりだ。

「そういうことはありません。どうしてそんな嘘を言うのかぼくにも理解できません」

「もしかしたら示談金目的だったのかもしれませんね」

その言葉に反応して、彼女を見つめた。

「示談金目的？」

「そうです。ありもしない事件をでっち上げられたのだとしたら、怨恨以外の理由はそれぐらいしか思いつきません。杉浦さん、弁護士はつけましたか？」

「ええ、逮捕された翌日に弁護士会に連絡して当番弁護士のかたに来てもらいました」

起訴される前の段階でも、弁護士を依頼できる制度だ。初回の接見は無料で、アドバイスをしてくれたり相談に乗ってくれたりする。

「よくその制度をご存じでしたね」野依が感心したように言う。

「一応、大学は法学部だったので……」

「弁護士の名前は覚えていますか？」

「飯田橋（いいだばし）にあるST法律事務所の大宅明（おおやあきら）先生というかたです。初めて接見したときに親身になって話を聞いてくださったので、そのまま弁護をお願いすることにしました」

わずか二十日ほどの弁護活動だったが、それでかなりの貯金が消えてしまった。

「弁護士は示談金のことについて何か話していましたか？」

「示談金のことについては特に何も……そもそもぼくはやっていませんからお金を払う意思もありませんでしたし。ただ、相手の女性と連絡を取りたいけど警察も検察も身元を教えてくれないと言っていました」

「そうですか……では、示談金目的というわけではなかったんでしょうかね」

「わかりません……」

こちらから視線をそらし、野依がようやくアイスコーヒーに口をつける。何か考えているようだ。

「あの……」

周平が声をかけると、野依がグラス越しにこちらを見た。

「ぼくの事件をブレイクニュースで扱ってくれますか？」

「わたしは構いませんが、杉浦さんにとってはそれなりにリスクのあることですから、よくお考えになられたほうがいいと思います」

「リスク、ですか？」

「顔にモザイクをかけて訴えても、杉浦さんの名誉が回復されることはないでしょう。警察や検察に対する不満を訴えるだけならともかく、もしご自身の名誉回復を図りたいのであれば杉浦さんの顔を出す必要があると思います。わたしのニュースは多いときで一千五百万回以上の視聴がありますす。それだけ多くの人が杉浦さんのことや、その事件のことを知ることになります」

だからこそ意味があるのだ。

「ぼくはそれで構いません」

「それと、ブレイクニュースで何かを訴えたいということでしたら、ひとつ約束してほしいことがあります」

「何ですか？」少し前のめりになって周平は訊いた。

「嘘や隠し事はしないでください」

そう言ってこちらを見据える野依の目を見つめ返す。

「真実を報じるためにブレイクニュースはあります。嘘や隠し事は真実を知りたいという視聴者の目を曇らせるだけでなく、後々のご自身の後悔にもつながりかねません」

「今までお話ししたことにそれらのものはありません」周平はきっぱりと答えた。

「わかりました。もうひとつだけお話ししておきたいのは、わたしは杉浦さんの広報ではありませんので、あくまでも中立の立場で報道します。そのうえでジャッジは視聴者に委ねるしかないということです」

野依を見つめながら周平は頷いた。

早稲田駅の改札の外で待っていると、人波の中から野依がこちらに向かってくるのが見えた。隣にキャップを被った自分と同世代ぐらいのさえない感じの男性を連れている。

「おはようございます」

周平が声をかけると、野依が小さく頷き、隣の男性を見た。

「カメラマンの樋口です」

「よろしくお願いします」

周平が会釈すると、樋口がぼそっと「どうも」と返した。

「公園に行く前にコンビニに寄りましょう」

「コンビニ？」

意味がわからず訊き返すと、野依が微笑して「無精ひげを剃ったほうが見栄えがいいので」と答える。

「憔悴した感じが少しでも出るかなと思って剃ってこなかったんですけど」

「できるかぎりいつも通りがいいでしょう。そのほうが視聴者からの生の感想が出てくると思います」

駅を出てコンビニに向かった。シェーバーを買ってコンビニのトイレでひげを剃ると公園を目指す。

　半年前まではいつも通っていた公園だが、今はまったく違う景色に思える。自分がここを通るときは出勤前の夕方か退勤後の夜中で薄暗い。今は保育士に連れられた園児たちがはしゃぎ回っている。

「それでは女性に声をかけたあたりに案内してください」

　野依に言われ、周平は記憶を辿りながら園内を歩いた。公衆トイレが近くに見えてきたあたりで立ち止まる。

「このあたりだったと思います」

　周平が言うと、野依が樋口に目を向けて頷く。樋口がズボンのポケットからスマホを取り出してこちらに向ける。

「ぶっつけ本番でいきましょう」

　樋口が片手で三本、二本、一本と指を折ってオッケーマークを作ると、野依がスマホに向かって一歩足を踏み出した。


　新しい動画が投稿されている。

　電車の座席に腰を下ろしてスマホを見ていた真柄は鼓動が速くなるのを感じた。

　今回はいったいどんなことをやっているのだろうか。

　四ヵ月ほど前にブレイクニュースの存在を知り、主宰者の野依美鈴に会ってから、くだらないと思いつつも新しい動画が投稿されるたびに確認している。

　真柄は鞄から取り出したイヤホンをスマホにつないで耳にはめた。サムネイル画像をタップして、全画面表示に切り替える。缶コーヒーのＣＭが流れ、映像が始まった。

どこかの公園のようだ。野依と白い半袖シャツに紺のスラックス姿の男性が並んで立っている。

「皆さん、こんにちは。ブレイクニュースの野依美鈴です。今わたしは新宿区内にある戸山公園に来ています。今年の一月十六日午後十一時過ぎ、ここを通りかかった女性を暴行したとして、その翌々日にひとりの男性が逮捕されました。わたしの隣にいるのが逮捕された杉浦周平さんです」

どこかで聞き覚えのある名前だと思うと同時に、カメラが男性の顔にズームしていき、思わず声を上げそうになった。

数日前に編集部で会った男性だ。暴行の容疑で逮捕された後、不起訴となって釈放されたが、自身の名誉回復にはとうてい至らないので、真柄が在籍する週刊現実で記事にしてくれないかと相談された。

「……杉浦さんは逮捕されてから二十三日間警察に身柄を拘束された後、嫌疑不十分として不起訴となり釈放されました。ただ、不起訴となり釈放されても、杉浦さんに絡みついた鎖はまだ解かれずにいます。逮捕されたことで仕事を失い、家族や友人知人、また世間の人たちからの冷たい視線にさらされ、新しい仕事を見つけることさえままならない状況です。ご自身の実名と顔をさらすというリスクを覚悟のうえで、この場で皆さんに訴えたいことがあるとのことで、杉浦さんにお越しいただきました」

よどみなく野依が話すと、カメラが杉浦の顔から引いていきふたりの姿が映し出された。

「それでは杉浦さん、さっそくですがあの日、あなたがここで経験されたことをお話しいただけますか」

野依が切り出すが、緊張しているせいか杉浦はなかなか口を開かない。

「あの日、どうしてこの公園にいらっしゃったんですか」

さらに野依が問いかけると、「あ……その……こ、この近くに職場があったんです。この公園を通っていくと近道なので」と杉浦が声を発した。

「それでは毎日ここを通っていたわけですね」

「ええ……通勤には、行きと帰りにここを通っていました」

「被害を受けたという女性は、いきなり杉浦さんに口をふさがれて草むらに押し倒されたと供述しているそうですが」

「警察の人からはそう聞かされました。ただ、ぼくは本当にそんなことはしていません。あのときは……少し前を歩いていた女性がハンカチを落としたんです。それを拾って女性に近づいて声をかけたんですけど、気づかれなくて……それで思わず腕をつかんだら悲鳴を上げて暴れだしました。ハンカチを落としたことを伝えようとしたんですけど、女性はぼくの顔を爪でひっかいて逃げていきました。たしかにいきなり腕をつかんで驚かせてしまったかもしれないけど、でも絶対に口をふさごうとしたり押し倒そうとしたりはしていません」

自分にしたのと同じ主張だ。だが、相手の女性の話を聞けないまま杉浦の主張だけを一方的に報じるわけにはいかないと編集会議で決まり、記事にするのは見送った。

その判断は正しかったと思う。

こんな一方的な主張をユーチューブという公の場で流せば後々問題になるだろうと、他人事ながら危惧する。

野依はそんなことさえわからないのだろうか。最後に会ったときには自分に対してさんざん偉そうなことを言っていたくせに。

「嫌疑不十分ということは、警察も検察も杉浦さんと相手の女性のどちらの供述が正しいのか判断がつかなかったのでしょう。裁判で有罪とするだけの物証も、目撃証言などもなかったものと思われます。ただ、もしかしたら今までこの事件の存在を知らなかった人の中に、捜査機関がたどり着けなかっただけで目撃していた人や、あるいは何らかの事情を知っている人がいるかもしれません。もしそういうかたがいらっしゃったら、ぜひわたしのほうにメッセージを送っていただきたいと思います。また、ブレイクニュースでは杉浦さんの主張のみを一方的に扱うことはしません。被害を訴えられたかたの反論がありましたら、いつでもお待ちしております。もちろん人権上、安全上の配慮は十分にさせていただきます。ブレイクニュースはこれからもこの件に関する真実を追っていきます――」

画面の中からこちらを見据える野依の姿を、真柄は冷ややかに見つめた。

素人にいったいどんな真実が導き出せるというのだ。

まあ、お手並み拝見といこう。


「ブレイクニュースはこれからもこの件に関する真実を追っていきます――」

こちらを見据えて野依が言った次の瞬間、画面が切り替わった。

見覚えのある景色。半年前まで周平が働いていたダイニングバーのカウンターと、奥にいる人物を映している。顔にモザイクがかかっているが、店長の三宅（みやけ）だとわかった。

「杉浦さんは半年前までこちらで働いていたんですよね」

野依の声が聞こえ、モザイク越しに三宅が頷いた。

「杉浦さんが女性を暴行した容疑で逮捕されたと知って、どう思われましたか？」

「そりゃあ、びっくりしましたよ」

機械で加工された声が聞こえた。

「信じられないと？」

「ええ……六年間ここで働いていたけど真面目なやつだったんで。いつか自分の店を開くのが夢だって、少ない給料の中からコツコツと貯金してたみたいだし。それに人当たりもよくてお客さんにも評判はよかったから、とてもそんなことをするようには……」

「女性に関してはどうですか？」

「女性に関してはどうって？」三宅が訊き返す。

「たとえば女性のことを軽視するような言動があったり、女性関係でトラブルがあったりとか」

「特にそういうことはないなあ。ここには女性のお客さんもけっこう来るけど丁寧に接していたと思うし、杉浦に好意を抱いていそうなお客さんもいたけど一線は引いていたしね。むしろあまり女性には興味がないのかと思ってたぐらいで……」

「そうですか。今、杉浦さんに何かおっしゃりたいことはありますか？　おそらくこの動画をご覧になると思いますけど」

「そうだなあ……逮捕されたと知ったときには問答無用でクビにしてしまったけど、杉浦の疑いが晴れたらまた一緒に仕事をしたいと思うよ。いや、絶対に疑いを晴らしてほしいね」

スマホの画面を見つめながら思わず目頭を押さえる。涙を拭って目を開けると、ふたたび画面が切り替わっていた。どこかの事務所のようで、ソファに向かい合って座る男女が映っている。野依と弁護士の大宅だ。画面の下に『ＳＴ法律事務所　弁護士　大宅明』とテロップが出ている。

「杉浦さんを担当された大宅先生にもお話を聞かせていただこうと思います。大宅先生、今日はこのような機会を作っていただき、ありがとうございます」

野依が頭を下げると、大宅が緊張した面持ちで会釈を返す。

「先生はいつから杉浦さんの弁護を担当されたんですか」野依が訊く。

「逮捕された翌日に接見しました。一月十九日ですか」

「そのとき杉浦さんはどのようなお話をされていましたか」

「あなたが彼から聞いている通りのことです」

「落とし物を渡すつもりで腕をつかんだら女性に騒がれてしまったと」

「そうです。それからずっと供述は一貫していましたね」

「その間、何か杉浦さんにアドバイスされましたか」

「納得のいかない供述調書には絶対にサインをしてはいけないと助言しました。あと、被疑者ノートというものを差し入れして、捜査員から言われたことなどを書き込むようにしなさいと」

「今回の件に関して先生はどのように感じておられますか」

「悔しさを覚えますね。不起訴ということはある意味では我々の勝利ではあるんですが、今回の逮捕によって杉浦さんが失ったものの回復には到底至りません。現に不起訴になって釈放されたというのに、杉浦さんはいまだに犯罪者扱いされているんですから」

「嫌疑不十分という決定に不満があると？」

「担当した弁護士としては当然そうですよね。相手側の供述も、どんな証拠があって逮捕に至ったのかもわかりませんから迂闊（うかつ）なことは言えませんが、不起訴になった人間の人権はもっと重く考えられるべきだと思います。否認をするとたいていの場合、家族であっても接見を禁止されます。二十三日間たったひとりで捜査員の厳しい取り調べに臨まなければならないのは、常人には想像できないほどの苦しみです。でも、彼はその苦しみの中にあってもなお、自分の主張を曲げなかった。それはひとえに、それが事実だからだとわたしは思っています」

「先生、今日はどうもありがとうございました」野依が会釈をしてこちらに顔を向ける。「以上、野依美鈴がお伝えしました」

スマホから車窓に目を向けると、阿佐ケ谷(あさがや)駅を過ぎたあたりだった。

今日は葛西(かさい)にある派遣会社の面接に行った。後になって取り消されるのはもううんざりなので、履歴書には逮捕された旨を記した。もちろん不起訴になったことと、自分は絶対にそんなことはしていないということも口頭で伝えた。面接担当者は検討して後日連絡すると言っていたが、表情を窺うかぎり望み薄だと感じた。

周平は耳からイヤホンを外すとスマホとともにポケットにしまった。

電車を降り、駅の近くにある立ち食いそば屋に入った。かけそばを注文して時間をかけてゆっくりと味わう。今日初めての食事だ。

「ねえ……」

隣から声をかけられ、周平は目を向けた。自分よりも一回りほど年上に思える男性が箸を止めてじっとこちらを見つめている。

「もしかして、ブレイクニュースに出てた杉浦さん?」

周平は答えに窮した。

「やっぱそうだよね。応援してるから」

意外な言葉を聞いて、はっとする。

「おれも昔やってもいない痴漢を疑われたことがあったから。たまらないよな」男性はそう言うと残りのそばを食べ、周平の肩を叩いて店を出ていった。

アパートに戻ると周平はすぐにユーチューブのコメント欄をチェックした。

自分の件に関して数百ものコメントが寄せられている。それらのすべてに目を通していく。

『美人局か？　通勤で使っている場所で女性を襲うなんてありえない』

『夜中の公園で女性を呼び止めるのに、いきなり腕をつかむのはないでしょう。相手が気づかないならせいぜい肩を叩くとかさあ』

『杉浦くん、けっこうイケメンだからそんなことしなくても相手はいるでしょう。それともそういう性癖？』

『そもそも夜中の十一時過ぎに女性がひとりで公園なんか通っちゃいかん。襲ってくれと言ってるようなものだろう』

『被害を訴えてる女性の顔が見たい！　それができれば二千万回突破もあるかも』

本当に様々な意見がある。スクロールして読み進めていくうちに、ひとつのコメントに目が釘付けになった。

『周平ちゃん、北海道から逃げてたんだね。東京に行っても相変わらずのようだ』

忌々しい思いで画面を消すと、周平は敷きっぱなしの布団の中に入った。

着信音が聞こえ、周平は目を開けた。すぐに布団から出てテーブルに置いたスマホをつかむ。

登録していない固定電話からだ。

「もしもし……」周平は電話に出た。

「スタッフファクトリーの吉田ですが、杉浦さんでしょうか？」

昨日面接に行った人材派遣会社だ。

「はい、そうです」

「昨日は面接に来ていただいてありがとうございます」

「いえ……」

「あの後社内で検討した結果、残念ですが今回は登録を見合わせたいと思います」

「そうですか……」それだけ言うと周平は電話を切った。

ひとつ重い溜め息を吐くと、ユーチューブを起動させる。ブレイクニュースの新しい動画が投稿されていて、さっそく画面をタップした。

ビールのＣＭが流れた。全画面表示にしてもどかしい思いで数秒待った後、ＣＭをスキップする。

「皆さん、こんばんは。ブレイクニュースの野依美鈴です――」

野依は夜の駐車場に佇んでいる。背景全体にモザイクがかかっているが、どうやらコンビニの前で撮影しているようだ。

「今日も引き続き、杉浦周平さんの件をお伝えいたします。公園でのふたりを目撃したわけではありませんが、その後のことについてご存じだというかたからご連絡をいただきましたので、お話を伺いたいと思います」

画面が右のほうに移動すると、顔にモザイクがかかった人物が現れた。恰幅のいい体格から男性だと思われる。

「○×さんは、あの日の夜、被害を受けたという女性を見かけたそうですが？」

名前にピーという音がかぶる。

「ええ……一月十六日の午後十一時半過ぎだったかなあ、そこのコンビニで買い物してたら若い女性が『助けてください！』って叫びながら駆け込んで来たんだよ。どうしたんだろうって女性に寄っていったら、こちらを見てちょっとほっとしたようになってね」

「その女性とお知り合いだったんですか？」

「知り合いっていうほどでもないけど、朝ごみを出すときにたまに顔を合わせることがあって会釈するぐらいの……それで女性に『どうしたの？』って訊いたんだ。するとすぐ近くの戸山公園で男に襲われて逃げてきたって話で。それならばすぐに警察に連絡したほうがいいと一一〇番通報して、そのとき店にいたバイトさんはちょっと華奢（きやしや）な男の子で、彼女もひどく怯えていたから、とりあえず警察が来るまで一緒にいてあげたんだ」

「そのとき女性はどのような身なりでしたか」

野依に訊かれ、「身なり？」と男性が首をひねる。

「ええ、どのような格好だったかと」

「赤いダウンジャケットに長いスカートを穿いてたよ」

「足もとは？」

「はっきりとは覚えてないけど普通のスニーカーだったと思うよ」

「ダウンジャケットの素材はどのようなものでしたか」

「素材と言われてもなあ……ちょっとテカテカした」

「ナイロン製でしょうか？」

「そう……」

どうでもいい話が続き、少し苛立つ。

「その女性は襲われたと言っていたんですね？」

モザイク越しに男が頷いた。

「いきなり背後から口をふさがれて、草むらに押し倒されたって。ダウンジャケットとスカートも土や枯れ草で汚れてたね」

嘘だ！――

画面を睨みつけながら思わず叫び声を上げた。

「その女性はずっと気持ちが悪いって言いながら口もとを袖口で拭ってたよ。口をふさがれたときの感触が残ってたんじゃないかな。警察官が来る間に洗面所で口をゆすいでたね」

「女性の証言が事実なら、それがあだになってしまったかもしれませんね」

野依の言葉に、「うん？」と男性が小首をかしげたのがわかった。

「そのままにしておけば相手のＤＮＡが検出されたかもしれませんから」

「そうなんだ？　おれはそういうの、よくわからないけど……」

「事件の後もその女性を見かけたことはありましたか？」

「何度か、ごみ置き場でね。あのときはありがとうございましたって、それまでとは違って言葉を交わすようになった。犯人の男が不起訴になったのを知ってたから、このあたりに住んだままで怖くないのって訊いた」

「女性は何と答えてましたか？」

「当然怖いから引っ越したいけど、事件の少し前にここに移ったばかりだからお金の余裕がないって……できるだけ夜は出歩かないようにすると……」

「あの日はどうして夜遅くに公園を歩いていたんでしょう。そのことについて何か聞いていらっしゃいますか」

「いや……特にそういうことは聞いてないね」

「お話を聞かせてくださってありがとうございました」

画面が切り替わり、明るい風景になった。住宅街を歩いていく野依の背中をカメラが追う。場所を特定されないようにするためか、ところどころにモザイクがかかっている。

野依が向かう少し先にごみ置き場があり、その前にごみ袋を持ったパンツスーツ姿の女性がいた。顔にモザイクがかかっている。

「おはようございます――」

野依が声をかけると、女性がこちらのほうを向いた。

「ブレイクニュースの野依美鈴と申しますが――」

「ブレイクニュース……？」加工された声で女性が言う。

「ええ。一月十六日にこの近くの戸山公園で発生した事件について調べております。失礼ですが、その事件で被害に遭ったとおっしゃるかたではありませんか？」

「ちょ……ちょっとやめていただけませんか……何なんですか、いったい……」そう言いながらごみ袋を置くと、手で顔のあたりを隠す。

「お顔を映すことはありません。少しお話を聞かせていただけないでしょうか」

「い、急いでますので……」

逃げるように歩き出す女性の後を野依がついていく。その姿をカメラが追う。

「あなたを暴行したという容疑で逮捕された杉浦周平さんから聞いた話を、この数日ニュースで流しています。杉浦さんはあなたが落としたハンカチを渡そうとしただけで、あなたを襲ったりはしていないと訴えていますが」

野依が早足になって追いつき、女性の横に並んで歩く。

「杉浦さんの主張だけを報じるのはフェアではありませんので、ぜひあなたのお話も伺わせてください」

無言で歩く女性の顔がアップになる。モザイクがかかっていても動揺している様子が窺えた。

「あなたは本当に襲われたんでしょうか」

その言葉に反応したように女性が立ち止まった。野依を睨みつけているようだ。

「どうしてわたしが嘘をつかなければならないんですか。あの男はいきなりわたしの口をふさいで押し倒したんです！　必死に抵抗して何とか逃げましたけど、そうでなかったら今頃わたしはどうなっていたか……」

「杉浦さんは不起訴になりましたが、それについてどう思われますか」野依が問いかける。

「どう思われるも何も……納得できるはずないじゃないですか。あんなことをした男が野放しになっているなんて、どうかしてます。悔しくてたまりません」

「杉浦さんに対して今おっしゃりたいことは？」

「刑務所に入れられないなら、せめて……苦しんでほしいです。それだけです。ついてこないでください」憎々しげに言うと女性は歩き出した。

画面の中で遠ざかっていく女性の背中を見つめながら、言いようのない怒りがこみ上げてくる。

何であんな嘘をつくのか。何が目的かわからないが、人を陥れて平気なのか。

カメラが野依に向けられる。

「表情をお見せできないのは残念ですが、彼女の憤りがわたしには痛いほど伝わってきました。以上、野依美鈴がお伝えしました」

憤っているのは自分のほうだ——

画面が暗くなると、周平はやり切れない思いで立ち上がった。財布をつかんで中に入っている名刺を取り出す。野依に電話をかける。

すぐに電話がつながり、「もしもし……」と野依の声が聞こえた。

「杉浦です」

「何でしょうか？」

「今さっき投稿された動画を観ました。名前は何と言うんですか」激情を必死に抑えつけながら周平は訊いた。

「あの女性の名前ですか？」

「そうです」

「お知らせするわけにはいきません。おわかりでしょう」

「でも……」

「忙しいので失礼します」

電話が切られた。

住宅街を歩き回っているうちに、ようやくそれらしい光景にぶつかった。

周平はポケットからスマホを取り出し、ユーチューブを起動させる。昨日観た動画を早回しして、野依があの女を直撃したあたりから再生した。

番地表示などにはモザイクがかけられているが、建物や周辺の様子からこのあたりではないかと感じる。

スマホを観ながらさらに足を進めると、ごみ置き場が見えた。昨日の動画にあったごみ置き場で間違いない。

周平はごみ置き場の前で立ち止まり、あたりを見回した。

ここにごみを出すということはこの近くに住んでいるのだろう。

どうしてもあの女に会いたい。何であんな嘘をつくのか問い詰めたい。

おそらく罪の意識などないのだろう。自分がやっていることの重大さなど認識していないのだ。だからあんな嘘を平気でつけるのだろう。

自分の言動によってひとりの人間の人生を奪っていることを、何とかして思い知らせてやりたい。

「こんなところで何をしているんですか」

ふいに声が聞こえ、周平は振り返った。

野依がひとりで立っている。厳しい視線をこちらに向けていた。

何も答えられずにいると、「あの女性を捜しているんですか」とさらに訊いてくる。

「そうですよ。どうしてあんな嘘をつくのか直接問い質したい」

「そんなことをしても警察に通報されるだけですよ」鼻で笑うように野依が言う。

「別に通報されたっていい」

自分にはもう失うものは何もないのだから。

「少しお待ちになりませんか?」

「どういうことですか」その言葉の意味がわからず周平は首をひねった。

「ブレイクニュースには毎日数多くのコメントやダイレクトメッセージが寄せられています。その中にはあの女性の同僚や知人と思われる人もいて、ちょっと引っかかるメッセージもあります」

「引っかかる?」

周平が訊き返すと、野依が頷いた。

「今はそれらの情報を精査している段階です。だから少しお待ちください」

「あの女が嘘をついていると証明できそうですか?」

「もしかしたらそうかもしれません。本人が認めるかどうかは別にして」

「そうですか……わかりました。よろしくお願いします」周平は軽く頭を下げると踵を返して歩き出した。


机に向かって校正刷りを読んでいた編集長の工藤(くどう)が立ち上がった。

「よし、今週も校了だ。お疲れ様」

工藤の声が聞こえると同時に編集部内に溜め息が漏れる。

真柄は両手を高く上げて伸びをすると椅子から立ち上がった。編集部を出て喫煙室に向かう。

夜の十時を過ぎているとあってか、喫煙室には誰もいなかった。煙草をくわえて火をつけると、煙とともに真柄も溜め息を漏らした。

今週も激務だった。特にこの三日間は取材対象者にずっと張り付いていなければならず、ほとんど寝ていない。

真柄はポケットからスマホを取り出した。ユーチューブを起動させるとブレイクニュースの新しい動画が投稿されている。

タップして全画面表示に切り替えると、ＣＭに続いて映像が流れた。どこかの公園だが、前々回の動画で出てきたところと違う。いくつかのベンチで食事をしている会社員がいるので昼時なのだろう。

前回の動画で野依は被害を訴えた女性に直撃取材をしていた。おそらくコンビニの前で証言していた男性から身元を聞き出したのだろう。

画面が移動してすぐ近くに立っていた野依の姿を捉える。

「皆さん、こんにちは。ブレイクニュースの野依美鈴です。わたしは今、横浜市内にいます。これからあるかたとお話をしたいと思います」

そう言うと野依がこちらに背を向け、奥に進んでいく。ベンチにひとりで座っている、顔にモザイクのかかった女性に近づいていくようだ。野依に気づいたようで、女性がサンドイッチを口に運ぼうとしていた手を止めた。

「こんなところまで押しかけて申し訳ありませんが、少しお話を聞かせていただいてもよろしいでしょうか」

女性は何も答えない。じっと野依のほうに顔を向けている。

「それほどお時間は取らせません。いくつか質問させていただいたらすぐに立ち去ります」

答えがないのを同意と捉えたようで、野依が女性の隣に座る。

「まずお訊きしたいのは……あなたはあの夜、どうして戸山公園を通っていたのでしょう」

答えは返ってこない。女性が野依から顔をそむけた。

「あなたの職場はここ、横浜ですよね。ご自宅の場所を考えると、使っているのは副都心線の西早稲田駅ではありませんか。どうして夜中の十一時過ぎに公園を通って早稲田駅のほうに？」

「早稲田駅の近くのお店に行こうと思ったんですよ」

機械で加工された声が聞こえた。

「お店？」

「レンタルＤＶＤのお店です。高田馬場（たかだのばば）駅のほうにもありますけど、そっちのほうが近いので」

「そうですか……先日、ブレイクニュースのＳＮＳに、あるダイレクトメッセージが届きました。あなたの同僚とおっしゃるかたからのものです」

その言葉に反応したように、女性が野依のほうを向く。

「あなたを取材した際の動画を観て、そのかたは自分の同僚だと気づいたそうです。顔にモザイクはかかっていましたが、体型も含めてそのとき着ていた服や身に着けていたアクセサリーが前日に出勤してきたあなたとまったく同じだったということで……いつもふたりでランチをとっているそうですが、今日はそのかたから断られたのではないですか？」

「何が言いたいのかまったくわからないのですが……」

「その同僚のかたはブレイクニュースを欠かさずご覧くださっているそうです。当然、杉浦さんの件に関する動画もすべて。その中に出てきた風景に覚えがあるということでした。杉浦さんが働いていたダイニングバーです。昨年の十一月にあなたはその同僚を含む四人でそのお店に行かれましたよね？」

真柄は息を呑んだ。

被害を訴えた女性と杉浦に接点があった？

「同僚とはよく飲みに行ったりしますのでお店のことまではいちいち覚えていません」

「そうですか？　あなたからわざわざそのお店に行ってみたいと言われたとメッセージにはありました。あなたたちの会社はここ、横浜駅の近くですよね。それなのにどうしてわざわざ電車で片道一時間ぐらいかかるお店に行きたがるのか不思議に思ったそうです。ただ、あなたがどうしても行ってみたいと言うから付き合ったということですが、近くにいくらでもありそうな普通のダイニングバーだったと。そして昨年の十二月にあなたはそのお店の近くに引っ越された。それまでは横浜駅から一駅目の戸塚（とつか）に住んでいたそうですが、どうしてわざわざ四十分以上時間のかかる場所に移ろうと思われたんでしょう」

　次々に明かされる事柄に視覚と聴覚が鋭敏になる。

「どこに引っ越そうとわたしの勝手じゃないですか」

「そしてその翌月、店の従業員であった杉浦さんに襲われた。これらのことは偶然でしょうか」

「いったい何をおっしゃりたいんですか」

「わたしが何か言うのではなく、あなたからご説明いただきたいんです。これをご覧の多くのかたが納得するような合理的な説明を」

「わたしの狂言だとおっしゃりたいんでしょう。でもわたしの言っていることは本当のことです。あなたはわたしと同じ女性なのに、女性を襲う男の味方をするんですか!?」

　加工されていても女性が声を荒らげているのがわかる。

「わたしは誰の味方でもありません。ただ、真実を知りたいだけです。もし警察や検察が、あなたが事件の前にそのような不自然な行動を取っていたのを知っていたら、判断も変わっていたのではないかと思います。同じ不起訴であっても嫌疑不十分ではなく嫌疑なしという結果に」

「真実は……今までわたしが話してきたとおりです。それ以上お話しすることはありません」手に持ったままのサンドイッチを袋に放り入れて女性が立ち上がった。

「その同僚のかたはわたしにダイレクトメッセージを送るのをひどく迷ったそうです。入社以来一番仲のいい友人だからと」

立ち去ろうとしていた女性がその言葉を聞いて足を止める。

「ただ、杉浦さんの苦境を知り、またあなたの将来を思えばこそ、このまま黙っているわけにはいかないと……」

「余計なお世話です！」そう捨て台詞(ぜりふ)を吐いて女性がその場を立ち去る。

野依が小さく息を吐き、こちらに視線を合わせる。

「彼女から合理的な説明を聞くことはできませんでした。あとはこれをご覧の皆さんの判断に委ねるしかありません。以上、野依美鈴がお伝えしました——」

静止した画面を見つめながら、真柄は唇を噛み締めた。

この映像を見るかぎり、ほとんどの視聴者が杉浦はシロだと思うだろう。

自分たちマスコミが関わることを避けた杉浦の訴えに耳を貸し、改めて事件を調べ上げて、彼の名誉を回復させたのだ。

物音に我に返り、真柄は目を向けた。ドアを開けて佐野が喫煙室に入ってくる。

「どうしたんだ？　怖い顔して」

「いえ……」と気を取り直して煙草をくわえようとしたが、すでに根元まで灰になって火が消えている。

「無事に校了したことだし、これからちょっと飲みにいかないか？」佐野が手でグラスを傾ける仕草をしながら言う。

グラスに残った酒を飲み干すと、真柄は片手を上げて店員を呼んだ。テーブルにやってきた店員にお代わりを頼む。

「今日はペースが速いな。何かあったのか？」向かいに座った佐野が訊いてくる。

「いえ、別に……何もないですけど」

「本当かあ？　ここんところ何だか様子がおかしいけど」

たしかに何かに苛立っている自分に気づいている。ブレイクニュースを観るようになってからだ。

「おれたちの存在意義って何なんですかね」

こちらを見つめ返しながら佐野が首をかしげた。

「おれは記者になりたくて栄倫社に入りました。学生時代から読んでいた週刊現実が特に好きだったので」

かつて一読者として読んでいた頃の週刊現実はスクープを連発していた。政治家の汚職や、社会にはびこる不正などを。

テーブルにバーボンのロックが運ばれてきて、真柄はとりあえず口を閉ざした。グラスを持ってひと口飲み、溜め息を漏らす。

「三年前に念願だった週刊現実に配属されましたが……」

「自分が抱いていた理想とは違っていたか？」

「せっかくつかんだ政治家のスキャンダルはお蔵入りで、最近では芸能人の熱愛ばかり追いかけてますから」

「江副の件はともかくとして、芸能人の熱愛だって重要な仕事だろう。それで給料をもらってるんだからさ」

「そうですけどね……先週、おれが編集会議に上げた不起訴の件、覚えてますか？」

「ああ……若い女性を暴行した容疑で逮捕されて二十三日間警察に身柄を拘束されたってやつだろ」

「ブレイクニュースで扱っているんです」

驚いたように佐野が目を見開いたとき、「佐野くんか？」と男性の声が聞こえて真柄は顔を上げた。

佐野の後ろに年配の男性が立っている。ロマンスグレーの髪に上等そうな背広を着込んだ紳士然とした男性だ。

「あっ、夏八木（なつやぎ）さん」

佐野の言葉を聞いてその人物に思い当たり、瞬時に全身がこわばった。

夏八木吾郎（ごろう）――

栄倫社の元社長で、かつては週刊現実の名物編集長としても鳴らした人物だ。

直接話したことはないが、入社式の訓示を聞いて感動したのを思い出す。

「こんな時間にどうされたんですか？」佐野が訊く。

「いやね、さっきまで内山（うちやま）くんと会食してたんだけどね」

おそらく現社長の内山のことだろう。

「ちょっと飲み足りなかったから、ひさしぶりに前線基地に寄ってみようかとね」

このバーは週刊現実の記者の溜まり場になっているが、それは夏八木がいた頃からなのだろう。

「佐野くんは今どこに？」

「夏八木さんと違ってずっと週刊現実に埋もれたままですよ」

「そうか、羨ましい。カウンターは混んでるね。よかったらご一緒させてもらえないかな。ごちそうするから」

「もちろん、どうぞどうぞ」

佐野に促され、夏八木が向かいの席に座った。同じ高さで視線が合い、さらに緊張する。

「こちらは？」

「うちの記者の真柄です」

「ああ、きみが真柄くんか。工藤くんから評判は聞いてるよ。週刊現実のエース候補だと」

夏八木がそう言って微笑み、やってきた店員にビールを頼んだ。

ビールが運ばれてきて三人で乾杯する。佐野と夏八木は談笑しているが、真柄は何も言葉を挟めないままグラスの酒を飲んだ。

「ところで、さっきまで何を話していたんだい？　ブレイク何とかと聞こえたけど」

話の輪に入れない真柄を気遣ってか、夏八木がこちらに目を向けて言った。

「ああ……ブレイクニュースです」

真柄が答えると、「どこのテレビ局だい？」とさらに訊いてくる。

「ニュースと言っても素人がユーチューブやＳＮＳを使って流しているものです。夏八木さんが気に掛けるようなものではありませんよ」

「でも、週刊現実の記者が話題にするぐらいだろう。気になるねえ。あいにくわたしはガラケーだから」

観てみたいと催促されていると思い、真柄はポケットからスマホを取り出した。ユーチューブを起動させ、先ほど観ていた動画を再生して夏八木に手渡す。

夏八木が観ている画面を隣から佐野が覗き込む。

「最初にブレイクニュースを観たとき、どこかで会ったような気がしたんだよなあ」

佐野の言葉に反応して、「野依美鈴にですか?」と真柄は訊いた。

「ああ……でも、思い出せない……うーん……気のせいかもしれない」

「わたしだったらこんなきれいなお嬢さんと会ったら忘れないけどね」

夏八木がそう言って笑い、スマホを見つめ続ける。途中で飽きるか元記者として憤慨するかと思っていたが、けっきょく最後まで動画を観てスマホを真柄に返した。

「この女性はなかなかやるね」

敏腕で鳴らした元名物編集長の口からは聞きたくない言葉だった。

「そうでしょうか?」

自分の声が尖っているのに気づいた。

「真柄くんは、記者の行動原理は何だと思う?」

「記者の行動原理ですか?」いきなり難しい問いかけをされて真柄は考え込んだ。

「わたしはね、どうしても真実を知りたいという思いと、どうしてもそれを誰かに伝えたいという思いだと考えてるんだ。彼女はそのふたつを持ってるんじゃないかな」

夏八木に見つめられながら何も言えず、真柄は顔を伏せた。

「真柄くんはどうだい？」

真柄は顔を上げて首をひねった。

「どうしても知りたいことや、どうしても誰かに伝えたいことはあるかな？」

どうしても誰かに伝えたいことは今のところない。だけど、どうしても知りたいことはある。

野依美鈴は何のためにブレイクニュースをやっているのか。

最初は広告収入を得るためか、タレントとしての足掛かりにでもするつもりだろうと考えていたが、それからもブレイクニュースの動画を観続けていて今ではそう思えなくなっている。

それらを求めるのであれば、わざわざリスクを冒してこんなことをする必要はない。報道など謳（うた）わなくても人気のあるユーチューバーはたくさんいる。

彼女の目的はいったい何なのか。


何度も鳴らされるベルの音で周平は起こされた。布団から出ると息をひそめて玄関に向かう。不動産会社の者に訪ねられても今は払える金が千円もない。

警戒しながらドアスコープを覗く。意外な人物の姿が視界に入り、すぐにドアを開けた。

目の前に立っていた三宅が「生きてたか……」とほっとしたように溜め息を漏らす。

「どうしたんですか？」周平は訊いた。

「電話もメールもつながらないから心配で来ちまった」

料金滞納で三日前からスマホが使えない。

「すみません、ご心配をおかけして……とりあえず上がりますか？　散らかってますけど」

三宅が頷いて玄関に入ってくる。部屋に上がると手に持っていたコンビニの袋を差し出した。

「あまり食ってないかもしれないと思ってな」

袋の中を見るとサンドイッチやカップラーメンが入っている。ありがたい。

「仕事は決まったのか？」そう言いながら三宅が床の上で胡坐(あぐら)をかいた。

ローテーブルをはさんで向かい合わせに座りながら周平は首を横に振った。

「電話もネットも使えない状況ですから、探すに探せません……」絶望的な気分でうなだれる。

「そうか……おまえからすれば冗談じゃねえと思うかもしれないが、またうちで働かないか？」

三宅の言葉にはっとして周平は顔を上げた。

「いいんですか？」

頷きかけてくる三宅を見つめながら、心の中で戸惑いが芽生える。

「でも、やっぱり……やめたほうがいいでしょう。お店の評判が悪くなります」

「そうか、スマホが使えないんだったな」三宅がポケットから取り出したスマホを操作してこちらに渡す。

ユーチューブの画面だ。二日前にブレイクニュースの新しい動画が公開されている。

画面をタップして、CMに続いて流れる映像と音声に意識を集中させる。

そこで語られる野依と女性の話を聞いて唖然となる。

どうして被害を訴えた女性はわざわざ引っ越しまでして自分に罪を着せようとしたのか。

「……彼女から合理的な説明を聞くことはできませんでした。あとはこれをご覧の皆さんの判断に委ねるしかありません。以上、野依美鈴がお伝えしました――」

答えがわからないまま動画が終わり、周平はユーチューブのコメント欄に目を通した。

ほとんどのコメントが周平に同情的で、被害を訴えた女性に対しては怪しむ意見であふれている。

「ネットは怖いな。あの女の情報もいろいろ出てきてる」

三宅に言われ、周平は『杉浦周平』『暴行事件』『被害』『女性』と入力して検索する。

たしかに被害を訴えている女性の名前や年齢や職場などの情報が出ている。さらに本人のSNSからコピーしたと思われる写真もあった。

遠藤（えんどう）早苗（さなえ）。二十五歳。

食い入るように画面を見るが、顔も名前もまったく覚えがない。

「何も心配することはない」

その声に、周平は顔を上げて三宅を見つめた。

「戻ってくれるか？」三宅が微笑みかけてくる。

「ええ……ただ、ひとつお願いがあるんです」

「何だ？」

「少し前借りできないでしょうか。店に出勤する電車賃すらないんで」周平はそう言って笑った。


早稲田駅に降り立つと、公園は通らず遠回りをして周平は店に向かった。

ポケットの中が振動してスマホを取り出した。

「もしもし……」周平は電話に出た。

「週刊現実の真柄です」

「ああ、どうも」

「警察から連絡はありましたか」

「ないですけど、どうしてですか?」

「たぶんそのうち連絡が来ると思います。今日の午前中に遠藤早苗が警察に出頭して、虚偽告訴罪の容疑で逮捕されたそうです」

心臓が跳ね上がった。

「もしもし、聞こえていますか?」

しばらく言葉を返せずにいると、真柄が訊いてくる。

「ええ、聞いています。知らせてくださってありがとうございます」

「図々(ずうずう)しいと思われるかもしれませんが、よかったら杉浦さんのことを記事にさせてください」

「ええ……それは、もう……」

「それではまたあらためてご連絡しますので」

電話が切れるとすぐに野依に連絡した。

「もしもし、どうされましたか」

野依の涼やかな声が聞こえた。

「遠藤早苗が警察に捕まったそうですが、ご存じですか?」

「ええ」

「これで完全にぼくの名誉は回復されます。野依さんには本当に感謝しています。どうしてもそれを言いたくて……」

「そうですね。わたしに感謝したほうがいいですね。わたしの説得に応じて出頭したようなものですから。交換条件をつけて」

「交換条件?」その言葉が気になり訊き返した。

「ところで杉浦さん……わたしとの約束を破りましたね」

　ふいに彼女に言われたが、その意味がわからない。

「どういうことですか？」周平は訊いた。

「事件の翌々日という迅速な逮捕で、何か思い当たることはありませんかとお訊きしたときに、あなたはありませんと答えられましたよね」

「ええ、それが……」

「心当たりがあったのではないですか？　彼女の腕をつかんだときに服に指紋がついたからではないかと」

　野依の声を聞きながら、動悸が激しくなる。

「杉浦さんは以前にも逮捕されたことがあるんですよね。当時は未成年だったから名前などは報道されなかったようですが」

　どうしてそれを……

「そろそろ新しい動画を投稿します。杉浦さんに関するニュースとしては最後のものになりますので、時間のあるときにでもご覧ください。それでは――」

「もしもし……？　もしもし……？」

　電話が切れている。


　店の控室で着替えを終えると、周平は落ち着かない気持ちのままスマホを取り出した。ユーチューブをチェックすると、五分前に新しい動画が公開されている。

　嫌な予感に囚（とら）われながら画面をタップする。ＣＭに続いて野依の姿が浮かび上がった。ベッドに腰かけて、こちらを見つめている。カーテンを閉め切っているせいか部屋は薄暗く、どこか殺風景な印象だ。

——野依の部屋だろうか?

「皆さん、こんにちは。ブレイクニュースの野依美鈴です。今日の午前十一時頃、遠藤早苗さんという女性が戸塚東警察署に出頭し、虚偽告訴罪の容疑で逮捕されました。ご存じのかたもいらっしゃるかもしれませんが、遠藤早苗さんはブレイクニュースで連日報じていた、杉浦周平さんから襲われたと訴えていた女性です。つまり、今まで彼女が警察や検察、またわたしたちに訴えていたことは、杉浦さんを陥れるためについた嘘だったということになります。彼女はどうしてそんな罪を犯したのかを知りたくて、遠藤さんの親友の女性に会いに北海道に来ています」

その地名を聞いて胸が締めつけられた。

まさか……

画面が横に移動すると、顔にモザイクがかかった人物が野依の隣に座っていた。ピンク色のパジャマを着て、背中を丸めている。

「遠藤さんが逮捕されたと聞いてどう思いましたか?」野依が優しげな口調で問いかける。

「ショックでした……」

機械で加工された女性の声が聞こえた。

「遠藤さんはどうしてそんな罪を犯したんでしょう。何か心当たりはありますか?」

「たぶん……わたしの復讐です」

その言葉が自分の心臓をえぐる。

「わたしは先ほどあなたが訪ねてくるまで、あの男が東京で逮捕されたことを知りませんでした。

早苗はそのことについてわたしに何も言っていませんでした。ただ、去年の十一月だったか……早苗から『あの男じゃない？』とホームページアドレスを貼り付けたメールが来ました。グルメ情報サイトで、新宿区の戸山というところにあるダイニングバーのページでした。その中の何枚かの写真に写っていた店員のことを言っているのだと思いましたが、ぼんやりとしたものだったので確信は持てませんでした。早苗にそう伝えると一週間後に今度はその男の姿をはっきりと捉えた写真がメールで送られてきました」

「あの男というのは杉浦周平さんですか？」

「本名はわかりません。Ａとしか……」

「先ほど話していた復讐とはどういう意味ですか？」

「わたしは……わたしは十九歳のときにあの男に無理やり……無理やり犯されました」

嗚咽をこらえる声が耳にこだまし、思わず動画を止めようと指を向ける。だが、続きが気になりこらえる。

「どういうことでしょうか」

「早苗と一緒に札幌で買い物をしているときに、同い年の大学生だという男子ふたりに声をかけられました。一緒にカラオケに行こうと誘われて、軽い気持ちでついて行ってしまいました。それでもそれなりに警戒心はありましたからできるだけアルコールの少ない飲み物を選んでいたんですが、途中から意識が朦朧（もうろう）としてきました。後で知った話ですが早苗も同じだったそうです。少し意識が戻るとホテルのベッドで寝かされていました。わたしは必死に抵抗したんだけど……あの男に無理やり……」

「遠藤早苗さんは？」

「早苗はカラオケの個室で激しく吐いてしまったらしくて、店員が呼んだ救急車で病院に運ばれたそうです。わたしは……完全に意識が戻ったときには男はホテルの部屋からいなくなっていました。ただ、わたしの身体のあちこちには男に凌辱(りょうじょく)された痕跡がありました。迷った末に警察に行って被害届を出しました。カラオケボックスの会員カードから身元がわかったみたいで、男は数日後に逮捕されましたが合意があったと主張していると警察の人から聞かされました」

飲み物に薬を入れたのは間違いないが、無理やりではない。一緒にカラオケをしているときには自分に気があるような仕草をしていたではないか。

自分こそ被害者だ。たかだか一回寝ただけで警察に逮捕され、通っていた大学も退学になり、親からも勘当されてしまったのだ。

「それで……結果的には嫌疑不十分ということで不起訴になったんですね」

女性が頷く。

「激しく自分を責めました……浅はかだった自分を……そして男によって無理やり汚された自分の身体を忌み嫌いました。人目に触れるのも辛くて大学にも行かなくなり、もう何年もこの部屋の中だけで生きています。それでも……そんな生活すらも嫌になることがあります。自分が生きていること自体が……」

「これ以上、無理にお話しされなくてもいいですよ」

野依の言葉に、女性が激しく首を横に振る。

「早苗は東京に行ってからも定期的にこっちに帰ってきてわたしのことを励ましてくれました。それにメールやＬＩＮＥもよくくれました。ダイニングバーに行ったとき、あの男はまわりのお客さんと楽しそうに笑っていたと……ひとりの人間の人生を滅茶苦茶にしたのに、罪の意識など微塵(みじん)も感じていないようだった……絶対に許せない……って。だから……わたしの復讐をしてくれたんです。早苗は……早苗は悪くありません……」

「辛いお話を聞かせてくださってありがとうございます」

顔を埋(うず)めて泣いている女性の肩をさすり、野依がこちらに視線を向けた。

自分を射貫(いぬ)くような鋭い視線にぎょっとする。

「嫌疑不十分という判断が下されたということは、合意があったのか、無理やり凌辱されたのかは当事者であるふたりにしかわかりません。遠藤早苗さんのようにどちらかが正直に真実を話さないかぎりは」

画面から野依の姿が消え、女性の左腕のほうに向けてズームしていく。画面が小刻みに震えた。

女性の手首にいくつも走る深い傷痕を見て、スマホを持った自分の手が震えている。

「あとはこれをご覧の皆さんの判断に委ねるしかありません。以上、野依美鈴がお伝えしました」

彼女の最後の声を聞きながら目の前が真っ暗になった。

最後の一滴

真っ暗な中でシャワーの音がやんだ。

しばらくして部屋の明かりがつき、下着姿の男がこちらに近づいてくるのが見えて、北川詩織(きたがわしおり)は思わず顔をそむけた。

「きみも早くシャワーを浴びたら？」

男の声が聞こえた。

「もう少しここで休んでいってもいいですか」ベッドの上で布団に包(くる)まりながら詩織は言った。

「別にかまわないけど。でも、おれはもう家に帰らなきゃだから」

「どうぞ、先に帰ってください。鍵は返しておきます」

「そう。じゃあ……二万円でいいんだっけ？」

その声に、詩織は顔を向けた。すぐ近くに立っていた男はすでに背広を着込んでいる。

「三万円の約束だったはずですけど」

最初の話ではたしかに二万円だったが、アレを飲み込んでくれるなら三万円出してもいいと言われ、嫌々ながら承諾した。

「そうだったっけ。まあ、いいか」

男は苦笑するように言って背広の内ポケットから財布を取り出した。一万円札を三枚つかんで詩織の目の前に置く。

「連絡先を交換しない？　きみ、なかなかよかったから、また援助してあげてもいいよ」

「いえ……大丈夫です」

詩織の返答に気分を害したのか、こちらを見つめる男の口もとが歪んだ。

「おじさんが大学生のときには一生懸命バイトしてたけど、今どきの女子大生はスマホがあれば簡単に稼げるからいいね」

捨て台詞を吐いて男がドアに向かっていく。部屋を出て行きドアが閉まると、詩織はすぐに布団を剝いでベッドから起き上がった。そのままシャワールームに駆け込む。

ボディーソープをむきになって泡立たせ、念入りに身体の隅々を洗いながら、シャワーのお湯を口に含んでうがいをする。でも、いくらうがいをしても、口の中に残った不快感は和らがない。

洗面台で歯を磨いてから部屋に戻った。下着をつけて服を着ると、ベッドに置かれた三万円と鍵をつかんで部屋を出た。お札を財布にしまいながらエレベーターに向かう。

エレベーターに乗り込み、ボタンを押そうとしたとき、ふいに先ほどの男の言葉が脳裏をかすめた。

今どきの女子大生はスマホがあれば簡単に稼げるからいいね――

悔しさに唇を嚙み締め、滲んだ視界の中で一階のボタンを探して押す。

エレベーターの振動を感じながら必死に嗚咽をこらえた。ドアが開いて外に出ると、フロントに鍵を返して出口に向かった。

ふいに足から力が抜けて、自動ドアの手前でしゃがみ込んだ。こらえきれなくなって嗚咽を漏らす。

わたしはいったい何をやっているんだろう。

情けなさと恥ずかしさと腹立たしさで心の中がぐちゃぐちゃになっている。

「大丈夫ですか？」

女性の声が聞こえ、詩織は顔を上げた。滲んだ視界の中に女性の姿があった。自分よりも五、六歳ほど年上に思えるきれいな女性で、心配そうにこちらを覗き込んでいる。

「すみません……大丈夫です」詩織はとりあえず答えて手で目頭を拭った。

「何やってるんだ。早く行くぞ」

横柄そうな男の声が聞こえ、詩織は女性から視線を移した。エレベーターの前で背広姿の年配の男がこちらを見ている。女性の連れのようだ。少し離れた距離からでも高級そうだとわかる金色の腕時計をはめ、口髭（くちひげ）を生やしている。

「これ、どうぞ」と言いながら詩織にハンカチを握らせ、女性が男のほうに向かっていく。

渡されたハンカチで涙を拭ってふたたび目を向けると、ふたりの姿はなくなっていた。


「コーラのMサイズとエッグバーガーで五百二十円になります」

詩織はレジを打ちながら客に言って、厨房にオーダーを通した。支払いを済ませ、客が商品を載せたトレーを持ってレジから離れる。

「北川さん、時間だから上がって」

厨房から店長の声が聞こえ、詩織は壁掛け時計に目を向けた。五時を少し過ぎている。

レジから事務所の鍵を取り出し、店長や同僚たちに「お先に失礼します」と声をかけてカウンターから出た。

事務所に入ると更衣室で私服に着替える。壁に貼られた来週のシフト表をチェックしていると、ノックの音の後に店長が入ってきた。

「北川さん、明後日(あさって)の午前中って空いてるかな?」

店長に訊かれ、詩織はスマホを取り出してカレンダーを確認した。

予定は特に入っていないが、勉強をしなければならない。

「田辺(たなべ)さんがシフトに入ってたんだけど、親戚の法事があるから休みたいって言われてね……」

田辺真理(まり)は詩織と同じ大学二年生だ。

親戚の法事というのは嘘だ。今日出勤したときに休憩を取っていた真理と事務所で一緒になったが、その日に彼氏とディズニーランドに行くと言ってはしゃいでいた。

勉強もしなければならないが、シフトに入って稼げるに越したことはない。寝る時間を削れば何とかなるだろう。

「わかりました。大丈夫です」

詩織が答えると、「よかった」と店長が満面の笑みを浮かべた。

「いつも北川さんに頼って悪いね」

「いえ」

店長に挨拶して事務所を出た。出口に向かうと、レジカウンターには詩織に代わって先ほどまで厨房でフードを作っていた涼介(りょうすけ)が立っている。

「お先に失礼します」

カウンターの前を通りながら詩織が声をかけると、「お疲れ様でした」と言った後に涼介が口をパクパクさせて笑った。

バイトが終わったら部屋に行くと無音で言っているのがわかり、詩織も笑みを返しながら店を出た。

詩織がひとり暮らしをしているアパートは板橋区大山町のバイト先から十五分ほど歩いたところにある。涼介は実家で両親と弟と暮らしているので、ふたりでゆっくりと過ごす場所はおのずと詩織の部屋になった。

涼介と付き合い始めてもうすぐ三ヵ月になる。涼介は詩織よりもひとつ年上で、都内の名門私立大学に通っている。

詩織がバイトを始めたとき、先輩として優しく指導してくれた涼介に好意を持った。でも、まさか付き合うことになるとは思っていなかった。涼介は爽やかで性格もルックスもよく、女子アルバイトからの人気が高かったからだ。

そんな涼介から付き合ってほしいと告白され、嬉しさよりも戸惑いの気持ちが先に芽生えた。バイトで接している中で、涼介の家庭環境と自分のそれとがあまりにもかけ離れていると感じていたのだ。

涼介の父親は誰でも知っている有名企業の重役だという。涼介も彼の弟も中学校からずっと私立に通う裕福な家庭だ。

自分と釣り合う人ではないと思っていたが、それでも断ることができず付き合い始めた。

実際に自分も涼介のことが好きだったし、その気持ちは付き合い始めてからも変わらない。いや、むしろ付き合い始めてからはさらに彼の優しさに触れ、今では自分にとってなくてはならない存在になっている。ひとりぼっちでこの世知辛い社会で生きる自分にとって、涼介は唯一の心のオアシスだった。

ただ、そんな存在である涼介にも、完全に心を開いているわけではない。いや、心は開いているつもりだが、彼に話せないでいることはあまりにも多い。

部屋に戻って時計を見ると、もうすぐ五時半だ。涼介は九時までシフトに入っているからここに来るのは九時半頃だろう。それまで勉強しようと思い、小さなローテーブルの前に座って教科書を開いたが、お腹が空いていて集中できない。

ミニキッチンの冷蔵庫から飲みかけのお茶のペットボトルを持ってきて、バッグの中から紙袋に入れたエッグバーガーを取り出した。

六時間以上働いたバイトには自分の好きなハンバーガーをまかないとして一品無料で提供してもらえるのだが、休憩のときには食べるのを我慢して家に持ち帰ることにしている。

他に探したバイトに比べてとりわけ時給がよかったわけではないが、まかないがあるのがあの店で働こうと思った大きな決め手になった。

電子レンジはないので温かくはないが、朝食におにぎりをひとつ食べて以来の食事だったのでおいしく感じた。

食事を終えるとすぐに勉強を始めた。これ以上、奨学金の額を増やすわけにはいかないので、留年することは許されない。


ベルの音が聞こえ、詩織は立ち上がって玄関に向かった。ドアスコープを覗いて涼介だと確認してからドアを開けた。

「いやー、今日のバイトは疲れた」涼介がそう言いながら部屋に入ってくる。

「あの後、混んだの？」

「けっこうね。店長から十時までやってくれないかって頼まれたけど、適当な理由をつけて断ってきた」

「遅くなっても大丈夫だったのに」

「早く詩織に会いたかったから。ところで大丈夫？」詩織の右手に優しく触れて涼介が心配そうに訊く。

今日のバイトでポテトを揚げているときに火傷(やけど)してしまい、右手の小指に絆創膏(ばんそうこう)をしている。

「たいしたことないよ。涼介は心配性だなあ」

ベッドのそばまで来ると、涼介が詩織を抱きしめてくる。顔を引き寄せられ、ハンバーガーの匂いが残っていないか気になりながら唇を閉じてキスした。そのままもつれるようにベッドの上に倒れる。

「詩織、好きだよ」

耳もとで囁きながら涼介が服の上から自分の胸を優しく愛撫(あいぶ)する。いつの間にか舌を絡ませ合っていた。太もものあたりを撫(な)でていたもう一方の手がさらに敏感なところに向かう。

「ちょっと待って。シャワー浴びたい」涼介の手を制して立ち上がった。

「一緒に入る？」

「狭いから一緒に入れないでしょう」

詩織はそう言ってベッドから起き上がった。部屋を出てドアを閉めてから服と下着を脱ぐと、バスタオルを身体に巻いてユニットバスに入った。浴槽に入る前にシャワーの栓をひねってお湯になるのを待つ。だが、いくら待ってもお湯にならない。

おかしいなと思いながらシャワーを止めてユニットバスから出る。目の前にあるミニキッチンのガス栓をひねり、コンロをつける。

火がつかないコンロを見つめながら、そういえば数日前にガス会社から督促状が届いていたのを思い出した。

渋谷駅を出ると、詩織は重い足を引きずりながら東急百貨店に向かった。

行き交う人たちは皆、今の自分よりもはるかに楽しそうで、幸せを謳歌しているように見えた。先週ここに来たときの不快な記憶がまだ薄まっていない。これからまたあのときと同じようなことをしなければならないのかと思うと吐き気に襲われるが、今の全財産は一万円にも満たないので他に手はない。

昨夜はうっかりガス代を払い忘れていたと無理に笑いながら言って、とりあえず涼介には帰ってもらった。その後にガス料金を調べてみると、滞納している二ヵ月分の合計が八千円を超えていた。さらに電気代の督促状が届いていたことも思い出し、そちらの合計も似たような金額だった。ガスだけではなく電気もいつ止められてもおかしくない状況だ。バイト先の給料日までまだ十日あまりある。

消費者金融に駆け込もうかと考えたが、これ以上借金を増やせば生活が破綻するのは目に見えているのでやめた。

涼介にお金を貸してほしいと頼もうかとも考えたが、悩んだ末にできなかった。そんなことを口にしてしまった瞬間、ふたりの関係が終わってしまうのではないかと恐れたからだ。

これからの一、二時間を我慢すれば急場はしのげる。そう覚悟して『パパ活』用に使っているSNSにメッセージを投稿した。そのアカウントでは『平田美佐子』という偽名を使っている。

すぐに三人からダイレクトメッセージがあった。だが、ふたりは地方に住んでいて、最後に残った樋口という人物と東急百貨店の前で待ち合わせの約束をした。

横断歩道を渡って百貨店の前に向かうと、茶髪の男が目に留まった。目印として指定した漫画雑誌を胸に抱えている。

男がこちらに顔を向けて目が合い、詩織はすぐに視線をそらした。

二十代半ばぐらいに思えた。身なりからしてお金を持っているようには見えない。

今まで十回近くパパ活で援助してもらっているが、約束した男とすべて会っているわけではない。自分なりの基準があり、若い男は避けるようにしていた。お金がないかもしれないし、値切られたり、恋愛みたいなことを求められても困るからだ。

それに目の前の男はどこかチャラそうで生理的にちょっと受けつけないタイプだった。勘違いされてしつこくつきまとわれてしまうかもしれない。

とりあえず今回はパスしたほうがよさそうだ。どこかで時間をつぶしている間に新しいメッセージが入ってくるかもしれない。

男の前を素通りして離れようとしたときに、パンツスーツ姿の女性がいきなり目の前に立ちふさがった。

「平田さんでしょうか?」

女性に訊かれ、詩織は首をひねった。

「樋口という人とここで待ち合わせをしていた平田さんですよね。彼を見る視線でわかりました」さらに女性が言う。

何なんだ、この女性は。

「いきなり申し訳ありませんでした。わたくし、こういう者です」女性がスーツのポケットから何かを取り出してこちらに差し出す。

名刺だ。『ブレイクニュース　代表　野依美鈴』とある。

「……ニュース？」

訝しい思いで見つめると、彼女が一歩近づいてきた。

「ええ。インターネット上でやっているニュースです」さらに顔を近づけて耳もとで囁く。「実は今、パパ活をしている女性の取材をしておりまして、よかったらお話を聞かせていただけないかと……」

詩織は目の前の女性から視線をそらし、茶髪の男を睨みつけた。

騙されたということか。

「何のことを言っているのかさっぱりわかりません。失礼します」詩織はその場から逃れようと足を踏み出した。

「もちろんタダでとは言いません」

その言葉を聞いて、思わず足を止めた。

「取材をさせていただく謝礼として五万円お支払いします。それにもちろん顔にはモザイクをかけますので、あなたにご迷惑をおかけすることはありません」

「ブレイクニュースなんて聞いたことないし、あなたのことも知りません」

話をしただけで五万円もらえるなんて怪しい話だ。何かの詐欺かもしれない。

「わたしもまだまだですね。それではこうしませんか？　少しひとりでお茶でも飲みながら、ブレイクニュースのことをネットで調べてみられては。けっこう硬派な報道番組を作っているつもりですので。それをご覧いただいたうえで、もし協力していただけるようであればその名刺にある番号にお電話をくださいませ。気が乗らないようでしたらそのままお帰りいただいてけっこうですので。わたしたちは一時間ほどここでお待ちしています」

何も答えないまま詩織はその場から立ち去った。喫茶店に入るのはもったいないので歩きながらスマホを取り出し、他にSNSのダイレクトメッセージが入っていないかチェックする。ない。

しばらく考えてから『ブレイクニュース』と検索すると、多くの記事が表示された。野依美鈴という先ほどの女性の写真もたくさん出ている。自分は今まで知らなかったが、かなりの有名人らしい。

詩織は歩道の端で立ち止まり、記事のいくつかに目を通した。

ユーチューブにアップされる彼女の番組は視聴回数が一千万回を超えるものもざらにあるとのことだ。

以前ユーチューブに動画をアップするのを趣味にしている知人に聞いたことがあるが、一緒にCMを流すことで一回視聴されるごとにおよそ〇・一円の広告料が支払われるという。

一千万回ということは、ひとつの動画で百万円の収入だ。

どうやら詐欺ではなさそうだ。

試しにユーチューブのブレイクニュースをひとつ観てみた。中高年の引きこもりに関するニュースで、たしかに出てくる人たちのほとんどの顔がモザイクで隠され、声も加工されている。

カメラの前でパパ活という名の売春をしている自分の話をするのは抵抗がある。しかもモザイクで隠されているとはいえ、多くの人たちがそれを観るのだ。

だけど、知らない男に身体を弄(もてあそ)ばれることなく五万円が手に入るのは、今の自分にとってはとてつもなく魅力的な話だ。

どうするべきか答えが出ないまま来た道を引き返した。百貨店の前を通りかかると野依美鈴と樋口という男がまだいた。目が合って、美鈴がこちらに近づいてくる。

「どうですか?」

「わかりました。でも、ひとつ約束してください。わたしだということは絶対に誰にもわからないようにしてください」

「何の後ろ盾もなく、取材対象者との信頼関係だけでやっていることですから、あなたが望まないことは絶対にしません。どこか静かなところでお話を聞かせてください」

美鈴がそう言って歩き出したので、詩織は後に続いた。樋口もついてくる。

「樋口さんもブレイクニュースの関係者なんですか?」詩織は美鈴に訊いた。

「ええ。カメラマンをしてもらっています。騙し討ちのような形になってしまって申し訳なかったのですが、今までSNSでパパ活をしている人たちに直接取材をお願いするダイレクトメッセージを送っても、ことごとく無視されてしまったので」

美鈴たちとともに近くにあるカラオケボックスに入った。個室に行くと美鈴に促され、向かい合うようにして座った。

樋口がおどおどした口調で「何か飲む?」と訊いてきたので、アイスティーを頼んだ。

運ばれてきたドリンクに口をつけて小さく溜め息をつくと、「そろそろ始めていいかしら」と美鈴が訊いてきた。

「ええ。なんだか緊張しますけど」

美鈴が目配せすると同時に、ドアの近くに立っていた樋口がスマホをこちらに向ける。樋口が片手で三本、二本、一本と指を折ってオッケーマークを作り、美鈴が口を開く。

「皆さんはパパ活という言葉をご存じでしょうか。パパ活というのは女性たちが夢や願望を叶えるために、パパなるパトロンを見つける行動です。配偶者や恋人以外の特定の異性と肉体関係を持って報酬を得る愛人や援助交際というのは以前からありますが、それらと現代のパパ活というのはちょっと違うようにわたしは感じています。現代のパパ活は本当に驚くほど普通の大学生や専門学校生、非正規・正規で働く普通の女性たちが行っています。その背景には男女間の収入格差や、世代間の収入格差、特に若い世代の低賃金労働が関係しているものと思われます。非正規雇用者の割合は四〇パーセントに迫り、自立する多くの未婚女性が経済的な困難に喘いでいます。今日は実際にパパ活をしている女性から話を聞き、この問題について一緒に考えたいと思います。それではよろしくお願いします」

美鈴が頭を下げたので、詩織も「よろしくお願いします」と会釈を返した。

「お名前を出すわけにはいかないので、C子さんとお呼びしていいでしょうか」

「はい……」

「モザイクで隠れているのが残念ですが、C子さんは長い黒髪がお似合いの清楚な印象の女性で、若手人気女優の有川成美さんに似た、とても美人なかたです。お年はいくつですか？」

「二十一歳です」

「C子さんがSNSに書き込んでいたメッセージにはこうありました。『わたしは地方から上京してひとりで暮らしている二十一歳の私立大学生です。親からの支援はなく、ひとりで生活費を稼がなければならず、常にお金に困っています。こんなわたしを支えてくれるかたを探しています』と。この書き込みは事実なのでしょうか」

「ええ……」

「親からの支援がないとありますが、それは御家庭の経済的な事情なのでしょうか」

「そんなところです。親から大学に行くことを反対されましたが、どうしても将来なりたいものがあって、そのためには大学を出なければならないので……」

「私立は入学金も授業料も高いですよね。国公立は考えなかったんですか」

「もちろん国公立に行けるならそうしています。ただ、中学も高校も塾や予備校に通うことはできなかったので、学力的にとても……」

「入学金や授業料、それにひとり暮らしを始める費用などはどうされたんですか？」

「バイトで稼ぎました。授業料は日本学生支援機構の奨学金を受けています」

「とりあえず今のところは奨学金で授業料などは賄えているようですが、大学生が生活費をすべて稼ぐのは大変ですね」

美鈴が「とりあえず今のところは」という言葉を強調して言う。

たしかに奨学金はもらえるわけではなく、卒業したら利子をつけて返していかなければならない。詩織が借りている額でいえば、月に三万円近くを二十年間にわたって返済していくことになる。

自分が目指している仕事の大卒での初任給は二十二万円ほどだという。奨学金以外にも借金があるので、はたして生活していけるのかと不安になる。

「飲食店のバイトで週三日から四日、一日五、六時間働いています。時給は千二十円なのでそれでだいたい月に七万円から多くて十万円ぐらいです。もっと働きたいですけど、授業や勉強のことを考えるとそれが限界です。そこから家賃の四万五千円を引いて、さらに光熱費やスマホ代を引くと……生活は厳しいです」

「それで、パパ活をしようと思った？」

「どんなに頑張ってもどうしてもお金がないときだけです」

「いつ頃から始めたんですか」

「半年ぐらい前からです」

「先ほどのようなメッセージを出したらすぐに連絡があるんですか」

「そうですね……」

「連絡があった人と会って、セックスをするんですか」

「半分はそうでした。あとの半分は食事だけとか……でも、それだと五千円ぐらいしかもらえないので」

「あなたのお話を聞いていていてひとつ不思議に思うことがあるんですが」

美鈴に見つめられながら、「何ですか？」と訊く。

「あなたぐらいの美人であれば、身体を売らなくても他に稼げる仕事があると思うんですけど。たとえばキャバクラで働くとか」

「パパ活をする前に一度働いたことがありました。でも、自分には向いていないと思って辞めました。お酒もあまり飲めないですし、それに男の人と話すのが得意じゃなくて。しつこく口説かれたり、私生活までメールのやり取りをしなくちゃいけなかったり、そういうのが勉強の妨げになってストレスが溜まって……あと、風俗でも働いたことがありました。手で抜くやつです。ただ、そういうのは拘束時間が長い割にたいしたお金にならないので……けっきょく短い時間でそれなりのお金を得ようと思ったら……」

「なるほど」納得したように美鈴が頷く。「いろいろとお話を聞かせてくださってありがとうございます。最後にひとつ聞かせてほしいんですが……ご自身の選択を後悔することはありませんか」

「後悔……ですか？」

「ええ。大学に行かずに就職していれば、男に身体を売ることもなかったのにと」

どう答えていいかわからない。考えているうちに美鈴の姿が滲んで見える。

バッグからハンカチを取り出して涙を拭った。拭ってから自分のものではなく先日ラブホテルで出会った女性から渡されたハンカチだと気づく。もしあの女性に再会したら返せるようにとバッグに入れていたのに、また洗濯をしなければならない。

「難しい質問だったようですね。以上、野依美鈴がお伝えしました――」

けっきょく答えることができないまま取材が終わった。


カラオケボックスが入ったビルの前で平田という女性を見送ると、樋口智は美鈴に目を向けた。

「今日はこれでおしまいですか？」

智の言葉に、美鈴が頷く。

「できるかぎり早く編集してわたしのところに送ってね。最近、遅れ気味だから」美鈴がそう言いながらバッグから取り出した封筒をこちらに向ける。

智は封筒を受け取って中を確認した。一万円札が三枚入っている。

「じゃあ、よろしくね」

こちらに背を向けた美鈴に、「あの――」と呼びかけた。美鈴が振り返る。

「日給って上がんないんですか？」

勇気を出して訊くと、美鈴が首をかしげた。

「おれ、けっこういい仕事してると思うんだけどな。おれはしたことないけどバイトなんかでも研修期間が終わったら時給が上がるんでしょ？」

「遅まきながら訪れた春を謳歌するのに、もっとお金が必要？」

微笑みを浮かべた美鈴に言われ、どきっとして視線をそらした。

「別にそんなんじゃ……」そこで口ごもる。

「こんなチャラい髪型にしちゃってさあ。わたしは前のほうが純朴そうで好きだったけどね」

美鈴がそう言いながら智のほうに手を伸ばして髪をくしゃくしゃと触る。

「まあ、日給の件は考えておくわ。彼女とよろしくやってたとしても納期は守ってね。じゃあ」

美鈴が手を振りながら智から離れ、タクシーを拾って乗り込む。タクシーが走り去っていくと、智は溜め息を漏らして歩道の石段に腰を下ろした。

美鈴の鋭さには冷や冷やさせられる。

ただ、残念ながらまだ彼女というわけではない。

智はスマホを取り出して待ち受け画面を見た。先週行ったコミックマーケットで撮った伊藤桃香とのツーショット写真だ。ふたりともアニメの『チェーンファンタジー』が好きなので、それに出てくるキャラクターのコスプレをしている。智は桃香が好きな『カイ』に少しでも近づくために髪を茶色に染めてコンタクトレンズにして、アニメショップでかなり高額な衣装を買って初めてのコミックマーケットに挑んだ。

桃香とは一ヵ月ほど前に行ったアニメの専門学校のオープンキャンパスで知り合った。説明を聞いて教室から出た智に桃香のほうから声をかけてきたのだ。

声優志望という彼女と立ち話をしているうちに、自分のSNSでやっているパラパラ漫画の話題になった。連絡先を訊く勇気が持てないまま別れたが、家に帰るとSNSに彼女からダイレクトメッセージが届いていた。それから週に何回か、ふたりで映画を観たりアニメショップに買い物に行ったりしている。

彼女との幸せな時間を維持するためにもう少しお金がほしいが、以前よりも社会に一歩踏み出せたとはいえ、普通のアルバイトをするのはまだハードルが高い。

家を出る前にアップした動画の感想が桃香から届いていないかと、自分のSNSを確認した。ダイレクトメッセージが届いているが、桃香ではない。

『五ヵ月ほど前にお会いした週刊現実の真柄です。覚えていらっしゃるでしょうか？　樋口さんの動画を観て、その完成度の高さに感心しました。一度お会いしたいのですが』

真柄のことは覚えている。自分に会いたいとのことだが、週刊現実の記者がいったい何の用だろうか。

もしかして、週刊現実で自分が作っているパラパラ漫画を取り上げたいということか？

週刊誌を見て興奮する桃香の姿を思い浮かべながら、『いいっすよ』と真柄に返信した。すぐに『ちなみに今日の予定はどうですか？　都内にいるようでしたら近くまですぐに伺いますけど』とメッセージが届いた。

「樋口さん？」

男の声に、智はスマホに向けていた視線を上げた。目の前に真柄が立っている。

「やっぱり樋口さんだ。この前お会いしたときからずいぶんとイメージが変わったからすぐにはわかりませんでした。お待たせしてすみません」真柄がそう言いながら向かいの席に座る。

ダイレクトメッセージで『今、渋谷にいます』と送ると、『一時間ほどで行けるのでこれから会いましょう』と返され、駅前のスクランブル交差点の近くにある喫茶店を指定された。

店員にホットコーヒーを注文すると、真柄がこちらに視線を戻して口を開く。

「いやあ……ダイレクトメッセージでも伝えましたが、ＳＮＳのパラパラ漫画すごくよかったですよ」

「ども……」照れ臭くなりながら智は頭をかいた。

「一本の動画を作るのにどれぐらいの時間がかかるんですか？」

「ものによって違うけど、だいたい一週間ぐらいかな」

「やっぱりそんなにかかるんですね。将来はそっちの世界でやっていきたいと？」

「将来のことはよくわからないけど……一応、来年からアニメの専門学校に行こうかなと考えてます」

「へえ……野依さんもあの動画を観て樋口さんに連絡してきたんですか？」

智は頷いた。

「彼女もなかなかお目が高いよね。樋口さんのような優秀な人材を発掘してアシスタントにするなんて。どんな女性なのか興味があるなあ」

美鈴に好意を持っていると言いたいのだろうか。

「この前話したときには、彼女のことで確実に知っているのは携帯番号とメルアドだけだと言っていたけど、本当にそれ以外のことは何も知らないんですか？　たとえばどのあたりに住んでいるとか、どういった知り合いがいるとか、行きつけのお店があるとか」

どうやら自分を呼び出した理由は期待していたものではなかったようだ。

「知りません。会っているときには仕事の話しかしないし、取材が終わったらすぐにひとりでタクシーで帰っていくから。デートにでも誘いたいんなら、直接彼女に電話かメールをしてください」

智が言うと、真柄がひとつ咳払いをした。こちらを見つめながら身を乗り出してくる。

「女性としてではなく、同業者として彼女に興味があるんです。真実を追求しようとする彼女の頑(かたく)なさと、そのためにはどんな手段も厭わないという冷徹さに」

おそらく杉浦周平の件を言っているのだろう。自分もあのやりかたはかなりエグいと、あらためて美鈴に逆らってはいけないと思わされた。

「彼女のことがもっと知りたい。そこで樋口さんにたってのお願いがあるんです。彼女の情報を調べてもらえないでしょうか？」

「情報？」

「そうです。彼女の名前が本当に野依美鈴なのか。また、年齢も二十九歳なのか。あと住んでいるところや、行きつけにしているお店などを」

そういうことかと、智は溜め息を漏らした。

「見損なわないでほしいな」

美鈴は引きこもりの生活から抜け出すきっかけを作ってくれた人だ。口うるさく、ときに鬱陶しく思うこともあるけど、だけどそんな大切な人を……

「ひとつわかるごとに十万円お支払いします」

真柄の言葉を聞いて、智は用意していた台詞を飲み込んだ。

バイト先から部屋に戻ると、スマホに通知が届いている。美鈴からのメールだ。

『一昨日は取材に協力していただきありがとうございました。先ほどユーチューブ上に動画を投稿しましたので、よければご視聴ください』とある。

スマホの画面を見つめながら胸に苦々しいものが広がるのを感じた。

カラオケボックスの個室から出る前に、約束通りに五万円を渡された。それでとりあえず知らない男に身体を売らずに済んだが、美鈴に対して感謝の思いは微塵もない。むしろ帰りの電車の中では美鈴に対する嫌悪の感情が芽生えていた。

取材を受けるのを承諾したとき、自分は美鈴に対して期待があったのだろう。同性として自分の苦境を知ってもらい、わずかであっても共感や同情を寄せてくれることを。しかし取材中の美鈴は言葉こそ丁寧であるものの、こちらを見つめる眼差しにはどこか冷ややかなものを感じた。

ジャーナリストにとって取材対象者の抱える事情など、しょせん他人事なのだろうと落胆している。

あんな動画を撮ってユーチューブにアップするだけで大金を稼ぎ、ブランド物の服やバッグを身に着けてすましている女性に、自分の苦しみなどわかりようもないだろう。

早くあのことは忘れてしまおうと思ったが、それでもきちんと自分の身元がわからないようにしてくれているかが気になり、ユーチューブを起動させてブレイクニュースにアクセスした。

公開されたばかりの動画をタップすると、化粧品のＣＭが流れた。それが終わると美鈴の姿が画面に浮かび上がる。

夜の繁華街にいるようで、美鈴のまわりには怪しげな色のネオンが光っている。

見覚えのある光景のように思えて食い入るように画面を見つめた。

「皆さん、こんばんは。ブレイクニュースの野依美鈴です。わたしは今、渋谷の円山町に来ています」

どうりで見覚えのある光景だと思った。パパ活のときに使っているラブホテル街だ。

「八月十一日、日曜日の午前十一時頃、このホテルで女性の遺体が発見されました。警察の発表でも名前は公表されていませんので、わたくしどももA子さんとお伝えさせていただきます」

美鈴の言葉に反応するように画面が移動し、背後にあるホテルが映し出される。

看板にはモザイクがかかっていたが、全体の雰囲気から先日入ったホテルだと察した。

「チェックアウトの時間を過ぎて部屋に連絡しても何も応答がないことから、不審に思ったホテルのスタッフが部屋を確認したところ、浴槽で亡くなっているA子さんを発見したとのことです。A子さんは前日土曜日の午後八時頃に男性とともにホテルに入り、その二時間後に男性だけがホテルから出ていくのが防犯カメラの映像から確認されています」

先週の土曜日の八時頃にホテルに入ったと聞いて、鼓動がせわしなくなる。

自分がこのホテルに行ったのも先週の土曜日の夜だ。たしかホテルを出たのは八時頃だった。

まさか……

「またA子さんの死因は手首を刃物で切ったための失血死で、部屋から遺書が見つかっていることから、警察ではA子さんが自殺したものとみて捜査をしている模様です」

画面が切り替わり、女性らしき顔写真が映し出される。だが、モザイクで隠されているので、あの女性かどうかはわからない。

「A子さんは二十七歳で、亡くなるまで都内にある小学校で働いていました。ブレイクニュースでは独自にA子さんの同僚からお話を聞くことができましたので、その様子をお伝えしたいと思います」

さらに画面が切り替わった。夜の公園のようで、美鈴がベンチに座って隣の人物に顔を向けている。スカートを穿いているので女性だとわかったが、顔にはモザイクがかかっている。

「◯×さんとは仲がよかったとお聞きしましたが」

名前を言っているようでピーという音がかぶる。

「ええ……◯×さんはわたしよりも三つ下で、妹のような存在でした。彼女もわたしのことをお姉ちゃんのようだと言って慕ってくれていました」

機械で加工された声が聞こえる。

「◯×さんが亡くなったと知って、どのようにお感じになりましたか」

「ただただショックの一言です。警察のかたが訪ねて来られて、自殺のようだと知らされました。前日も一緒に働いていましたが、いつもと変わらず元気で、そんなことをしてしまうようにはまったく感じませんでした。そこまで思い詰めるようなことがあったなら相談してほしかったと……自分でも気づけなかったことが悔しいです」

「◯×さんから悩み事などを聞いたことはありませんでしたか？」

「ええ。いつも明るくて、児童たちにも優しい教師でした。ただ……」そこで言葉を詰まらせて女性が顔を伏せる。

「ただ？」

「いえ、何でもありません」

女性が首を振ったのがモザイク越しにわかった。

「お話しいただけないでしょうか」

美鈴が食い下がるように言うが、女性は首を振り続ける。

「実はお見せしたい物があります」

美鈴がそう言ってポケットからスマホを取り出した。何かの操作をして女性に見せる。

「お話ししていただけますよね」

美鈴の言葉に女性が重い溜め息を漏らす。

「……半年ぐらい前だったか渋谷で○×さんを見かけたことがありました。男性と腕を組んでホテル街に向かっていくところです。一緒にいた男性は○×さんよりもずいぶんと年上のようだったので、気になって後日その話をしたんです。もし、児童の保護者とかと不倫なんてしていたら問題ですから」

「○×さんは何とおっしゃっていたんですか」

「わたしがそのように問いかけるとバツが悪そうな顔をして、学校の関係者ではないと答えました。ただ、その後の言葉を聞いてびっくりしましたけど……」

「どうしてびっくりされたんですか」

「パパ活をしていると……」

「どうして○×さんはパパ活をしていたんでしょうか」

「かなりの額の借金があるということでした」

「借金？」

「大学に入るために受けた奨学金と、ご実家の親御さんが病気がちということで消費者金融からも借りてしまったと……」

「そうですか。パパ活をしているのを悩んでいる様子はなかったですか」

「それはもちろん悩んでいたと思います。借金のことに関してはわたしも力にはなってあげられませんでしたけど、それでも何とかパパ活をしないで済む方法を考えたほうがいいと助言しました。保護者に見られたりして噂になったら学校も辞めなければならなくなるかもしれませんから。せっかく高い志を持って教師になったのに、そんなことになったらもったいないと言ったら、もうしませんと約束してくれました」

女性の話を聞きながら、静岡にいる父を思い出した。

自分と似た境遇だ。

「高い志を持たれていたということは、○×さんはそうとう子供がお好きだったんでしょうね」

美鈴の言葉に、女性が首を横に振る。

「特にそういうわけではなかったようです。ただ、自分は親からあまり可愛がられずに育って寂しい思いをしたので、自分がもらえなかった愛情を他の子供にあげられたらいいなと……そんなことを以前話していました」

「遺体が発見されたホテルには年配の男性と一緒に入ったそうですが、まだパパ活を続けていたんでしょうかね」

「わかりません……ただ、あのときにもっと親身になって相談に乗ってあげていたらと悔やんでいます」

画面がふたたび切り替わり、見覚えのある室内が映し出される。美鈴の取材を受けたカラオケボックスの個室だ。

「皆さんはパパ活という言葉をご存じでしょうか。パパ活というのは女性たちが夢や願望を叶えるために、パパなるパトロンを見つける行動です。配偶者や恋人以外の特定の異性と肉体関係を持って報酬を得る愛人や援助交際というのは以前からありますが、それらと現代のパパ活というのはちょっと違うようにわたしは感じています――」

自分への取材映像が始まると、詩織は動画を止めた。自分の顔や声が加工されているかどうかの興味は二の次になっている。それまでの映像を観ているかぎり、きちんと処理してくれているだろうという思いもあった。

詩織はスマホをテーブルに置くと美鈴からもらった名刺を探した。バッグの中に入れてあった名刺を見つけ、書かれている番号に電話をかける。

「もしもし、野依です――」

美鈴の声が聞こえた。

「先日お会いした平田です」

「ああ……先日はありがとうございました。どうされましたか？」

「野依さんにお会いしたいんですが」詩織は言った。

喫茶店に入って店内を見回す。奥のテーブル席に樋口と並んで座る美鈴を見つけ、詩織はそちらのほうに向かった。

「いきなり呼び出すような形になってすみませんでした」詩織はそう言いながらふたりと向かい合わせに座った。

「いえ、大丈夫です。ただ、これから行くところがあるのであまり時間は取れませんが」

「時間のかかる話ではないので……今日公開された動画で話に出ていた女性のことが知りたく

て」

「話に出ていた女性？」

「ホテルで自殺したという女性です」

「どうしてそんなことを？」

「ちょっと気になったので……」

こちらに視線を据えながら美鈴が小首をかしげる。

「まあ、いいでしょう。名前は谷村麗子さんといって、五年前に清倫大学を卒業して小学校の教師になりました」

「写真などはありますか」

美鈴が少し怪訝そうな顔をしたが、スマホを取り出して操作する。

こちらに差し出された画面を見て詩織は息を呑んだ。

ハンカチを渡してくれたあの女性だった。

「もしかしてお知り合いですか？」

「知り合いというわけではありませんが……自殺する前にあのホテルで会っています」

驚いたように美鈴が目を見開く。

「どういうことですか」

詩織はあの日の谷村麗子とのやり取りを話した。

「そうだったんですか……彼女にとって、この世の最後に残した思いやりだったのかもしれないですね」

詩織はうつむき、あのときの麗子の表情を必死に思い出そうとした。曖昧な記憶しか残っていないが、優しそうな口調の女性だったのは覚えている。

少なくとも、あの後に自ら命を絶ってしまうような悲愴感は窺えなかった。

「これから彼女の実家に行くんですが、ついてきますか？」

美鈴の声に、詩織は顔を上げた。

「彼女の親御さんが会ってくださるかどうかはまだわかりませんが、お線香ぐらい上げさせてもらえるかもしれません」

「ご実家はどちらなんですか？」

「仙台市内です」

せめて彼女の御霊(みたま)を弔(とむら)いたいが、仙台までの旅費などとても今の自分には出せない。

「安心してください。仙台までの電車賃ぐらいこちらで出しますから」美鈴がそう言って微笑む。

数棟の古びた団地が立ち並んだ前でタクシーが停まった。

後部座席のドアが開き、美鈴に続いて詩織は車から降りた。助手席に乗った樋口も出てくると、三人で団地のほうに向かう。

スマホを見ながら美鈴が『三号棟』と表示された建物に入っていく。階段で三階まで上がり、三〇一号室のドアの前で立ち止まる。

美鈴がインターフォンのボタンを押したが応答がない。それからも何度かボタンを押すと、チェーンロックをかけたままドアが少し開いた。ドアの隙間から中年の女性がこちらを覗き見る。

「何？」しわがれた声で女性が言った。

「突然お伺いして申し訳ありません。わたくし、こういう者です」

美鈴が名刺を取り出してドアの隙間から差し入れる。受け取った名刺をしばらく見つめていた女性が「ブレイクニュース？」と呟きながら、怪訝そうな目でふたたびこちらを見る。

「聞いたことないね。どこのテレビ局だい？」

「テレビではなく、インターネットでやっているニュースです。谷村麗子さんの件で取材させていただきたくお伺いしました。失礼ですが、麗子さんのお母様でしょうか」

「そうだけどさ、何も話すことはないからさっさと帰っておくれ」

そう言ってドアが閉じられる。

「ご心痛のところ大変申し訳ありませんが、お話を聞かせていただけるようであればそれなりのことはさせていただくつもりでおります」

美鈴の言葉に反応したようにドアが開いた。

「それなりのことっていうのはどういう意味だい」

母親が声を発すると同時にアルコールの臭いが鼻腔に漂ってくる。

「ご霊前にお供えください」美鈴がバッグから香典袋を取り出して母親に渡す。

母親は香典袋の厚みを指先で確かめると、部屋の中に向けて顎をしゃくった。

「それでは失礼いたします」

美鈴に続いて詩織は玄関を上がった。物が散乱した廊下を進み、母親が入っていった部屋に足を踏み入れる。六畳ほどの部屋にテレビと座卓があり、その前に布団が敷かれていた。

「適当に座って」母親がぶっきらぼうに言って布団の上で胡坐をかくように座る。

投げ出すように香典袋を置いた座卓の上に散乱したビールの空き缶と飲みかけのコップを見て、実家の光景が脳裏によみがえってきた。

父もこんな感じで昼から酒ばかり飲んでいた。

「こちらは生前麗子さんにお世話になったという女性で、ぜひお線香を上げさせていただきたいと同行してきました。よろしいでしょうか」

「そう。隣の部屋に置いてあるから」

美鈴がこちらに向けて目配せしたので、詩織は「失礼します」と母親に断ってから襖（ふすま）を開けて隣の部屋に入った。

こちらも六畳ほどの部屋だが、衣類やパチンコの雑誌や酒瓶など隣の部屋以上に物であふれ返っている。

部屋の隅に置かれた小さな棚の上にぽつんと骨壺が置いてあった。近くに遺影や仏具の類（たぐい）は見当たらない。

詩織は棚の前にあふれた雑誌を脇にどけて正座した。バッグから取り出したハンカチを骨壺の前に置き、目を閉じて手を合わせる。

今はもうこの世にいない彼女に対して語りかける言葉を探したが、何も見つからない。

ただ、どうして自ら命を絶ってしまったのだと心の中で問いかけるが、とうぜん答えは返ってこない。

詩織は目を開けて立ち上がった。隣の部屋に戻ると美鈴が母親と向き合うように正座している。樋口が部屋の隅に立ち、ふたりにスマホを向けていた。どうやら隣にいる間に取材の段取りを整えたようだ。

「それでは始めさせていただきます」

母親が面倒臭そうに頷いたのを見て、美鈴が樋口のほうに顔を向ける。

「皆さん、こんばんは。ブレイクニュースの野依美鈴です。今日は前回のニュースでお伝えした渋谷のホテルで亡くなられた女性の続報をお届けいたします。A子さんは二十七歳という若さで、自ら命を絶ちました。今日はA子さんのお母様にご出演いただき、そのような形で子供を亡くされた親の苦しみや悲しみをお伝えしたうえで、命の尊さについて一緒に考えたいと思います」美鈴がスマホから母親に顔を向ける。「ご心痛の中、取材にご協力いただきありがとうございます」

「いえ……」

「お嬢さんをあのような形で亡くされた、今の率直な気持ちをお聞かせいただけますか」

「そんなの、悲しいに決まってるじゃないですか。あの子が三歳のときに離婚してから女手一つで大事に育ててきたんだから」

美鈴が同情するように何度も頷きかける。

「お嬢さんが自ら命を絶った理由に何か思い当たることはありませんか」

「わかりません……」

「彼女が亡くなったホテルの部屋に遺書が残されていたそうですが、お母様はご覧になりましたか」

母親は美鈴を見据えながら何も言わない。否定しないということはおそらく読んでいるのだろう。

「どんなにあがいても頑張っても自分の未来に絶望しか感じられない――もしかしてこのような文面ではありませんでしたか？」

その言葉を聞いて母親の表情があきらかに変わった。

「ど、どうして……」うろたえたように母親が言う。

「やはりそのような内容でしたか。わたしは麗子さんが亡くなったと知ってから一週間ほどの間、彼女と交流があった何人かを訪ね回り話を聞きました。小学校、中学校、高校、大学の同級生や友人、それに亡くなるまで一緒に働いていた学校の同僚などです。仙台の同級生や友人たちは口々に同じようなことを話していました。彼女は家に居場所がないと言っていたと。それに自分は親に愛されていないとも。彼女がそんなことを言う理由はお母様ならおわかりですよね」

「まったくわかりません。あの子が本当にそんなことを言ってたっていうんですか。何を証拠にそんな……」母親が憎々しげに言う。

「彼女はもうこの世にいませんから、本人の口からそれが正直な気持ちだったのかどうかを聞くことはできません。でも推察することはできます。彼女が子供の頃からこの部屋には入れ代わり立ち代わりいろんな男の人が出入りしていたのはご近所では有名な話です」

「不愉快なッ！」母親が叫びながら手に取った香典袋を美鈴に投げつける。「こんなものはいらないからさっさと帰れ」

「話が終わるまでは帰るわけにはいきません。この家から出て行っても彼女の悩みが解消されることはなく、さらに苦しみが深くなっていったようです。大学の友人はこう証言していました。卒業を間近に控えていた頃、彼女はこんなことを言っていたそうです。これからの未来に絶望しか感じられないと。これから新しい世界に足を踏み出そうとする者が、自分がなりたかった職業に就けた者が、どうしてそんな言葉を口にしたんでしょうか」

母親は何も言わず、美鈴と目を合わせようとしない。

「大学の友人によれば、お嬢さんは日本学生支援機構から第一種と第二種の奨学金を合わせて年間にしておよそ二百二十万円ほど借りていたとのことです」

その話を聞いて詩織は驚いた。

単純に計算して大学四年間で麗子が抱える負債は八百八十万円ほどになる。

「大学時代の彼女はアルバイトに明け暮れていたそうで、ひとり暮らしの生活費はバイト代でまかなっていたといいます。彼女の大学の年間の授業料は約百万円とのことですので、残りの百二十万円ほどのお金はどこに行っていたんでしょうか」

苛立たしそうに母親が缶ビールをコップに注いで半分ほど飲む。

「あなたの生活費になっていたんですね。毎月奨学金が振り込まれる彼女名義の預金通帳はあなたが管理していたと麗子さんの友人から聞きました。それが大学に行くための条件だったと。さらに大学に行ってからも、社会人になってからも、事あるごとにあなたから金を無心されていて、麗子さんは奨学金とは別におよそ四百万円の借金もしていたと聞いています」

奨学金を合わせると千三百万円近くになる。いくら定職に就いていたとはいえ、二十代の彼女がそれだけの借金を返済しながらひとりで生きていくのは大変だろう。

同僚に諭されてもパパ活をやめられなかった理由がわかる。

「わたしは病気がちであまり働けなかったからねえ。あの子のために若い頃に無理したのが祟ったんだよ。子供だったら大きくなるまで育ててくれた親を助けるのが当たり前だろう」

「親だったら子供の未来を閉ざさないために尽くすのが当たり前だと思いますが」

そう言った美鈴の顔に向けて母親がコップのビールをぶちまける。

「わたしがあの子を殺したような言いかたをするんじゃないよ！」

さらに座卓に置いてあった鋏を手に取って美鈴の喉もとに向けたのを見てぎょっとした。

「わたしだとわかる映像を流しやがったら承知しないからな」

鋏を突きつけられても美鈴の表情は変わらない。

「あなたの顔をさらすことはしませんが、麗子さんが歩んできた軌跡はきちんと伝えます。それがわたしの使命ですから」


「暗い顔してどうしたの？」

その声に、詩織はスマホの画面から隣の美鈴に目を向けた。

「いえ……」

新幹線に乗ってからスマホでユーチューブのコメント欄を見ていたが、どうにもやるせない気持ちに苛まれている。

『子供を預かる教師がパパ活だとかありえねえ』

『男に身体を売らなきゃ生きられないんじゃ、そりゃ死にたくなるかも』

『今の若い人たちは安易な考えで金を稼ごうとし過ぎている。こんな人たちが増えたらこの国の行く末はどうなってしまうのか』

『C子さん、美鈴様に痛いところを突かれて黙っちゃったなあ。身体売るぐらいなら大学に行かずに働けばいいだけじゃんって話』

麗子や自分に対するひどい書き込みがあまりに多かった。

「世の中にはいろんな考えの人がいるから」詩織の思いを見透かしたように美鈴が言った。

「谷村さんもわたしも……これほど人から糾弾されるような悪いことをしてきたんでしょうか」

「あなたや谷村さんがしていたことに関して、いいか悪いかなんてことはわたしには言えない」

「ただ、それまでの人生よりもほんの少しだけ希望を持ちたかっただけだったんです。おそらく谷村さんも。教師になることが谷村さんの心を支えていたんだと思います。だからどんな無理をしてでも大学に行ったんでしょう」

「あなたはどんな希望を持ちたかったの?」

「わたしは家庭裁判所の調査官になりたい」

「家庭裁判所の調査官?」

美鈴に訊き返され、詩織は頷いた。

「わたしの家も谷村さんと似ています。子供の頃の父はとても優しかったけど、わたしが十三歳のときに母が亡くなってからは人が変わってしまって……それまで勤めていた職場を辞めて、一日中家で酒を飲んでいるか、ギャンブルをしているか。経済的に苦しかったけれどわたしは高校に入って、バイトをしながら家計を支えていました。だけど稼いだバイト代は酒とギャンブルにつぎ込まれて、とうとう授業料が払えなくなって高校を退学しました」

「大学に通っているというのは嘘だったの?」

「いえ……本当です。高校を退学したことで自棄(やけ)になったというか、人生に絶望したというか、それからはよくない人たちと付き合うようになって、十七歳のときに窃盗事件を起こして警察に逮捕されて少年鑑別所に入れられました。そこで出会った家庭裁判所の調査官のかたの言葉に感銘を受けて、このままじゃいけないって……」

「それで家庭裁判所の調査官になりたいと?」

「そうですね。人生をやり直すにはまず父から離れなければならないと上京しました。バイトをしながら必死に勉強して何とか高等学校卒業程度認定試験に合格しましたが、その時点でかなりの借金をしてしまいました。さらに大学に行くために奨学金を受けて、それに……」詩織はそこで口を閉ざした。

「谷村さんのように度々親御さんからお金を無心される？」

詩織は頷いた。

「離れなければいけないと思っても、捨てることまではできませんでした。たしかにこの人たちが言うように大学に行かずにどこかに就職していれば、パパ活なんかをすることはなかったんだと思います」

家庭環境が悪かったり経済的に底辺にいる持たざる者にとっては、普通の人なら少し頑張れば叶うような希望さえ、途方もない遠い夢になってしまう。

「取材のときに野依さんから後悔することはありませんかって訊かれたけど、今でもその答えがわからないんです。ただ、自ら命を絶ってしまったということは、谷村さんはご自身の選択を後悔していたんでしょうね」

大学に行かなければ多額の借金を抱えることなく、自殺することもなかったかもしれない。

どんなにあがいても頑張っても自分の未来に絶望しか感じられない――

いつか自分もそんなふうに人生を見切ってしまうことがあるのだろうか。

「ひとつお訊きしたいんですけど」

詩織が言うと、「何？」と美鈴が訊いた。

「どうして谷村さんの遺書の内容を知っていたんですか」

「わたしに宛てたメッセージだったから」

美鈴の横顔を見つめながら、詩織は首をひねった。

意味がわからない。

美鈴がスマホを操作して詩織に渡した。

「彼女からわたしに届いたダイレクトメッセージ」

美鈴の言葉を聞きながら、詩織はスマホの画面を見た。

そこに書かれた文字を目で追ううちに、どうにも胸が苦しくなる。

彼女の遺書だった。

『わたしは練馬区にある氷川第一小学校で働く二十七歳の教師です。今、渋谷のホテルの一室で、ひとりでこのメッセージを書いています。今までの二十七年間の人生、わたしなりに精一杯生きてきたつもりです。だけど、どんなにあがいても頑張っても自分の未来に絶望しか感じられません。ついさっき、最後の一滴が落とされて、心の中に満たされていた絶望があふれだしてしまいました。もう生きていくのが限界です。このメッセージをあなたに送ったら、わたしはこんな社会から逃げ出します。もう逃げることしかできない。わたしは弱い人間です。だから、社会の理不尽さや、まわりの人たちの無理解さに抵抗もせず、ただ逃げることしかできません。だからあなたの力で、わたしの悲しみを、わたしの絶望を、ありのままこの社会に伝えてほしい。よろしくお願いします。谷村麗子』

わたしの悲しみを、わたしの絶望を、ありのままこの社会に伝えてほしい——

麗子の実家で美鈴が言った『それがわたしの使命』とは、そういうことだったのか。

「正直なところ、この手のメッセージはよく送られてくる」

その声に、詩織はスマホの画面から美鈴に視線を移した。

「相手にしないことも多いけど、このメッセージには……」美鈴が口をつぐむ。

切迫したものを感じたのだろう。

「返信はしたんですか？」

詩織が訊くと、美鈴が頷いた。

「それからすぐに思い留まるように何度もメッセージを送った。でも、返信はこないまま、翌日のニュースで渋谷のホテルの一室で二十七歳の女性が亡くなったのを知った。自分の無力さを痛感させられる……」美鈴がそう言って重い溜め息を漏らした。

死の間際まで彼女が感じた絶望も自分にとって他人事ではない。

ほんの少しの希望が欲しくて大学に入ったが、麗子と同様に身体を売らなければ生活することさえ難しい。

希望通りの仕事に就けても、多額の借金を返していかなければならない。

自分も麗子のように仕事をしながらパパ活を続けることになるのか。少年少女たちを正しい道に導かせる仕事をしながら。

下手な希望など持たずに、すぐにでも大学をやめて、正社員として働いたほうがいいのかもしれない。そうすれば借金の額も減らせるだろう。

もうすぐ東京に着くというアナウンスが聞こえ、詩織は我に返った。

美鈴と樋口とともに新幹線を降りてエスカレーターに向かう。新幹線の改札口を抜けて詩織は立ち止まった。

「今日はありがとうございました。谷村さんの遺骨に手を合わせられてよかったです……」

同時に、何とも重苦しい気持ちを引きずることになったが。

「あなたもお元気でね」

そう言って微笑する美鈴に、詩織は頷きかけた。

もう会うことはないだろう。

詩織はもう一度礼を言って、山手線のホームに向かった。

詩織の姿が人波の中に消えると、美鈴がバッグから封筒を取り出して智に手渡した。

「おつかれさま。やっぱりきみはその髪型のほうがいいわよ」美鈴がそう言って笑い、こちらに背を向けて歩き出す。

あまり目立つわけにはいかないから昨日美容室に行って黒髪に戻した。

智はすぐに背負っていたデイパックを下ろし、中から半袖シャツとキャップを取り出した。柱の陰で手早くシャツを着替えてキャップを被ると美鈴が進んでいったほうに向かう。

人波の間から少し先を歩く美鈴の後ろ姿が見えた。改札を抜けて駅を出ていく。

東京駅の前の横断歩道を渡り、ビルが連なる通りに入ると、美鈴がその中のひとつのビルの地下への階段を下りていった。

少し間を置いてから智も階段を下りた。重厚なドアの横に『BAR　SILENT』とプレートが掲げられている。さらに小さな文字で『会員制』と記されていた。

行きつけかどうかはわからないが、会員制ということは美鈴が一見客として入ったわけではないだろう。

とりあえず十万円をゲットしたと、智は階段を上って外に出た。このまま東京駅に戻ろうと思ったが、斜め向かいにあるコンビニが目に留まって足を止めた。

コンビニのガラス越しに『迎車』の表示をしたタクシーがビルの前に停まるのを見て、智は手に持っていた雑誌を棚に戻した。

美鈴があの店に入ってから二時間近く経っている。そろそろ出てくるかもしれない。

ビルの地下階段から出てくる美鈴が見えた。そばに男性がいる。

おそらくあのタクシーに乗るにちがいないと、智はコンビニを出た。あたりを見回して後ろからやってくるタクシーに手を上げた。

ドアが開いて後部座席に乗り込むと、「どちらまでですか?」と運転手が訊いた。

「ちょっと待ってください」と智は言いながら少し先に停車しているタクシーを見つめる。美鈴と男性が乗り込んでタクシーが走り出した。

「あのタクシーを追ってください」

智が言うと、「え?」と運転手が怪訝そうな顔をこちらに向けた。

「ぼくの人生がかかってるんです。絶対に見失わないでください」

十万円と二十万円ではえらい違いだ。

運転手が溜め息を漏らして正面に視線を戻し、車を走らせる。

五分ほど行ったところで前を進んでいたタクシーが停まり、男性が降りてきた。まわりには小さなネオン看板を無数につけたビルが立ち並んでいる。

「ここはどこですか?」

智が訊くと、「銀座」と無愛想に運転手が答えた。

美鈴が出てこないままタクシーが走り出した。

「まだ続けるんですか?」

「お願いします」と両手を合わせて頼むと、ふたたび大げさな溜め息を漏らして運転手が車を出した。

赤信号に遮られて見失わないかと冷や冷やしながら前を進むタクシーを見つめる。

もちろん金が欲しいからこんなことをしているのも事実だが、自分も少し前から美鈴の素性が気になりだしている。

ブレイクニュースをやること自体は違法ではないが、他に危ないことをやっているようであれば関係を切らなければならない。

大きな白いマンションの前でタクシーが停まった。

「どうします?」

運転手に訊かれて、智は迷った。すぐ後ろで停まったら美鈴に気づかれてしまうかもしれない。

「少し行ったところで停めてください」

智はそう言って振り返り、リアガラス越しに停車したタクシーを見た。美鈴が降りてくる。

百メートルほど進んだところでタクシーを停めてもらい、智は財布から取り出した一万円札を渡して釣りを受け取ると、急いで車から降りた。小走りに白いマンションに向かう。

美鈴はマンションではなくその横にある路地に入っていく。美鈴と間隔を取りながら智も後を追った。両側に小さな民家が立ち並んだ細い道を歩く美鈴の背中を捉えた。

緊張しながら薄暗い道を進んでいくと、美鈴が右手にある二階建てのアパートの階段を上っていくのが見えて立ち止まった。

まさか、ここが彼女の部屋?

信じられない思いで古びたアパートを見つめていると、二階の一番右の部屋の窓に明かりが灯った。

ドアを開けて靴を脱いで中に入ると、詩織はミニキッチンにレジ袋を置いた。

「すぐに作るから、テレビでも観ながら待ってて」

詩織が言うと、涼介が頷いて部屋に入った。テレビの音が聞こえ始めた中、手を洗って料理に取りかかる。

今日は同じ時間にバイトが上がりだったので、家で食事をすることにしてスーパーに立ち寄った。たいした料理はできないが、明太子パスタにはちょっと自信があると言うと、涼介が食べたいと言ったので材料を買い揃えた。

隣から「えー!」という涼介の大声が聞こえ、詩織は手を止めた。何かおもしろい番組でもやっているのかと思い、タオルで手を拭って部屋に向かう。

どうしたの――と言いかけて、詩織はぎょっとした。

「何でブレイクニュースの名刺、持ってるの?」手にした名刺に目を向けながら涼介が興奮したように言う。

しまった。美鈴にもらった名刺をテーブルに置いたままにしていた。

「あ、その……」

詩織は答えられずに言葉を濁していたが、涼介はその理由にまだ思い至っていない様子で、ただ無邪気に驚いている。

「あれ、おもしろいよな。この前やってたパパ活の女子大生なんか、おれたちと同世代なのに本当に……」

そこまで言ったところで、はっとしたように涼介が口を閉ざした。こちらから壁際に置いたハンガーラックに視線を向ける。ハンガーラックに掛けた数着の服を見て、こちらに視線を戻す。

涼介の顔がこわばっている。

「もしかして……アレ、詩織……？」

どうにかしてごまかさなければならないが、頭の中が混乱していて何と答えていいのかわからない。

「何？　何のこと？」ようやく言葉を絞り出す。

だが、涼介は意に介さず、スマホを取り出して操作し始める。テレビの音声に混じって美鈴の声が聞こえた。

取材を受けたときに着ていたワンピースを目にして、すでにある程度の確信を得ているのだろう。

地方から上京してひとり暮らしをしている二十一歳の私立大学生で、女優の有川成美に似ていると言われたこともある。何よりもブレイクニュースの名刺を持っていることが決定的だ。

それでも何とかして言い繕うことはできないだろうか。あの女性が自分であると涼介にだけは絶対に知られたくない。

「絆創膏……」

涼介の呟きに、「え？」と詩織は首をかしげた。

「先週……ポテトを揚げてるときに小指を火傷しただろう……」

そのときのことを思い出して詩織は言葉に詰まった。

小指に薬を塗って絆創膏をした。取材を受けたときも絆創膏をしたままだったと気づく。

「最低だなって思った……いくら生活に困っているとはいっても、おっさんに抱かれて金をもらうなんて……もし、そいつに恋人がいたとしたら何とも哀れだなって……まさか、それが……」

「ねえ、聞いて」

とっさに詩織が言うと、ようやく涼介がスマホの画面からこちらを見た。冷ややかな視線に怯む。

「お金をくれるって言うから取材を受けたけど、けっこう盛って話してるから。あれが全部本当じゃないよ」

何とかごまかそうと嘘をつく。

「やましいことはないっていうのか？」

冷たい視線にさらされて声にならない。

「経済的に楽ではなさそうだというのはそれなりに察してた。困ったときにはおれにできることはしようと思ってた。家裁の調査官になることを目指して頑張ってる詩織のことが好きだったから。おっさんに援助してもらうために自分の身体を売るような人間に家裁の調査官になる資格があるのか？」

その言葉が胸に突き刺さった。同時に激しい怒りがこみ上げてくる。

「だってしょうがないでしょ！　わたしの親は涼介のところみたいに頼れる親じゃないんだから。かじれる脛がないんだから！」

思わず口をついて出た言葉に後悔したが、後の祭りだった。涼介がスマホをポケットにしまって立ち上がる。

「それで他人のおっさんの違うところをかじるのか」

その言葉に反応して涼介の頬を叩いたが、痛かったのは手ではなく自分の胸だった。

涼介は何も言わず、そのまま部屋を出ていった。

「ホットコーヒーとチーズバーガーで五百二十円になります……」

詩織が言うと、客が財布から一万円札を取り出して渡した。それを受け取り、釣りを返す。

ホットコーヒーを淹れて、バーガーを取りに向かう。スタンドにチーズバーガーを置いた涼介と目が合い、思わず顔をそらす。

商品が載ったトレーを持って客がレジから去ると、詩織は壁掛け時計に目を向けた。

ようやく上がりの時間だ。

詩織のシフトは正午から六時までだったが、四時に涼介が入ってからは気が遠くなるほど長い時間に感じた。

他のスタッフにパパ活の話をしている様子はないし、別れたとしてもそんなことをする人ではないと思っているが、たまに交差する涼介の視線はあきらかに詩織を非難している。

大好きだった人からの冷たい視線にさらされながら、ここに居続けることはできない。

「お先に失礼します……」

詩織はスタッフに声をかけてカウンターを出た。事務所に入ると、机に向かって作業していた店長に呼びかける。

「大変申し訳ないんですが、今日でバイトを辞めさせていただきたくて」

詩織が告げると、「今日でって……」と店長が驚いたように目を丸めた。

「すみません。実は父が重い病気になってしまって、しばらく実家に戻らなければならなくなって……」

嘘をついた。

詩織が住んでいるアパートは店からそれほど離れていないから、簡単に嘘がばれてしまうかもしれないが、今日限りで仕事を辞めようと思うとそれぐらいの理由しか思いつかない。

もう一時間たりとも涼介と一緒に仕事をすることはできない。

「そうなんだ……それは大変だね。北川さんはとても仕事を頑張ってくれてたから、うちとしても痛いけど。まあ、お父さんのことが落ち着いたらまた連絡してみてよ」

着替えをすると、洗濯して返却するために制服をバッグに詰めた。あらためて店長に挨拶をして事務所を出た。

今日で辞めることはスタッフに話さないまま店を出ると、さっそくスマホを取り出した。

すぐに新しいバイトを探さなければならない。


東急百貨店が見えてくると、とたんに足が鉛（なまり）のように重くなった。

行き交う人たちの誰もが浮かれるように早足で、自分だけがこの華やいだ夜の街から取り残されているように感じる。

ここに来ても彼ら彼女らのように楽しいことは何もない。自分がいたい場所ではないからこのまま引き返したいが、そういうわけにもいかない。

けっきょく新しいバイトが決まるまでに一週間かかってしまった。しかも給料の締めと払いが前の店より十日遅く、二日前に手持ちの金が底をついた。新人なので勤務時間もしばらく短く抑えられる。次の給料が期待できない状況で、消費者金融の扉を叩くのは当然ためらわれた。

八方塞（はっぽうふさ）がりの中、美鈴の顔が脳裏にちらついた。

また取材を受ければ、当座をしのげるのではないかと考えた。パパ活をしていたことが知られ、大切な恋人に去られてしまった哀れな女。視聴者の興味を誘う題材ではないかと思ったが、けっきょく美鈴に連絡することはできなかった。

彼女は決して詩織に対して同情など寄せないだろう。今まで彼女と接してみて、そのような甘さはないと感じる。涼介とは種類の違うものであろうが、冷ややかな視線をこちらに向けながら、自分の愚かさを突きつけてこられそうで怖かった。

横断歩道を渡りながら、詩織は百貨店の前の様子をさりげなく窺った。

数人いる男女の中に、目印として指定した雑誌を持った背広姿の年配の男がいる。

ＳＮＳに来たメッセージでは増田（ますだ）と名乗っていた。六十二歳の開業医だという。近づいていくうちに、どこかで見覚えのある男だと感じた。

口髭を生やし、高級そうな金の腕時計をしている。

その男のことを思い出したと同時に、「平田さん？」と声をかけられ、頷いていた。

あの夜、ホテルで谷村麗子と一緒にいた男だ。

「今日は当たりみたいだな」こちらを舐（な）め回すように見て増田が笑った。

あのときの横柄な言動を思い出して、このままついていくのをためらう。

「どこかで飯を食ってからホテルに行くかい？」

「食事にお付き合いするだけでも援助していただけますか？」

詩織が訊くと、増田が頭を振った。

「それはないね。忙しい合間を縫ってわざわざ来てるんだ。値段は決めてなかったけど、きみはかわいいから五枚出してもいいよ」

五万円——という金額に目がくらんだ。

今月はいつにも増して生活に困窮しそうなので、一回のパパ活では済まないだろうと覚悟していた。でも、五万円もらえるのであれば何とかなりそうだ。

「九時から予定が入っているので……」

今から二時間我慢するだけで今月は生活の心配をしないで済む。

「そう。じゃあ、行こうか」

増田が青信号になった横断歩道を渡っていく。増田について詩織も円山町の細い路地を歩いた。

「大学二年生と書いてあったけど、どこの大学？」

増田に訊かれ、詩織は適当な学校名を告げた。

「パパ活はよくしてるの？」

「いえ……本当に生活に困ったときだけです。増田さんはこういう援助はよく……？」麗子といたときのことを思い出しながら詩織は訊いた。

「月二回ぐらいだね。そういえば、この前援助した女は学校か何かの先生みたいだったな」

増田の言葉を聞いて、詩織は動揺した。

「どうしてそう思われたんですか？」

「バッグの中から答案用紙のようなものが見えたから。おそらくわたしと会うまで喫茶店かどこかで採点してたんだろう。子供がそれを知ったらどう思うかねえ」

増田の横顔を窺うかぎり、麗子がそのすぐ後に自殺したことは知らなそうだ。

「今の仕事なんか辞めてこれを本職にすればいいじゃないかとアドバイスしたよ。きみはこっちの仕事のほうが向いてるよ、と」

その言葉を聞いて、心臓が波打った。

「その女性にそう言ったんですか？」

「ああ。どうせこれからも身体を売らなきゃ生きていけないんなら同じだろう、とね」増田が笑いながら言った。

ついさっき、最後の一滴が落とされて、心の中に満たされていた絶望があふれだしてしまいました――

「その女性は何と言っていましたか」

「そうかもしれませんねって、笑ってたよ」

違う。笑ってなどいるはずがない。少なくともその言葉によって心の中では自分のこれからの人生に絶望を感じたのだろう。

麗子にとっては教師として働くことが唯一の心の支えだったはずだ。たとえ多額の借金を抱え、パパ活をしなければ生活していけなくても、人の役に立つための仕事をしているという誇りだけが彼女の心を支えていたにちがいない。

だけど、赤の他人の言葉によってその支えが叩き崩された。

そして――

締めつけられるように胸が苦しくなり、詩織はその場で立ち止まった。胸のあたりを手でつかみ、膝をつく。

「どうしたんだ？」怪訝そうに増田が訊いた。

「ちょっと気分が悪くて……」詩織は呼吸を整えて立ち上がった。「今日は帰ります」

「ここまで来て、それはないだろう」

増田が詩織の手をつかみ、強引にホテルのほうに向かわせようとする。その手を振り解き、「ごめんなさい」と言いながら踵を返す。

「じゃあ、また今度会ってくれよ。他の男よりもいっぱい払うから」

増田の声を背中で聞きながら、詩織は円山町の路地を早足で歩いた。

大通りに出て駅のほうに向かう。夜の街を歩きながら麗子が感じた絶望を噛み締める。

彼女の絶望は決して他人事ではない。今現在、自分自身も感じているものであり、これから先もずっと感じ続けなければならないものかもしれない。

わたしの悲しみを、わたしの絶望を、ありのままこの社会に伝えてほしい――

渋谷駅の改札の前まで来て詩織は立ち止まった。バッグからスマホを取り出す。美鈴の携帯番号を呼び出し、発信ボタンを見つめながら迷う。


木製の重厚なドアを押し開くと、ジャズの音色が聞こえてきた。薄暗い店内のカウンターの一番奥に座る美鈴を見つけて、詩織は近づいていく。

「いらっしゃいませ」

バーテンダーの声に反応したように、美鈴がこちらを向いた。

「渋谷まで来てくださってありがとうございます」詩織は頭を下げた。

「近くにいたから」

渋谷の駅前で美鈴に連絡を入れて「話したいことがある」と言うと、「これから行く」と返され、道玄坂にあるバーを指定された。

美鈴に隣の席を手で促されて、詩織は座った。

「何にする？」

「何でもいいです。あまりお酒は飲めないので」

美鈴がバーテンダーを呼び、「何か弱めのカクテルを」と注文する。バーテンダーがシェーカーを振って詩織の前にカクテルを置く。

「……で、話したいことって何？」

カクテルをひと口飲むと、美鈴が切り出した。

「さっき、谷村麗子さんと一緒にいた男と会ったんです」

詩織の言葉を聞いて、美鈴が首をひねる。

「あの夜、ホテルで一緒にいた」

「パパ活で？」

冷ややかな目で訊かれ、詩織は頷く。

増田から聞かされたことを美鈴に話す。詩織が一通り話し終えると、美鈴が「そう……」とだけ言ってグラスの酒を飲んだ。

「わたしは何も言えずにその場を去ってしまいましたが……谷村さんが味わった無念を思うとどうにもあの男のことが許せなくて、誰かにこの思いを聞いてもらいたくて……」

「それでわたしに連絡をくれたというわけね」

「ええ……」

「たしかに心ない言葉だとは思う。ただ、増田という男が谷村さんを殺したわけじゃない。自殺したのは谷村さん本人の選択で、法に触れることをしたわけでもない増田を罰することは誰にもできないでしょう」

「でも！」

「あなたや谷村さんの無念もわからないではない。でも、全面的に擁護する気持ちにはなれない。たとえ同じ女性だとしてもね」

「野依さんにはわたしたちの苦しみなんかわからないですよ。お遊びのニュース番組を作ってユーチューブに流して、それで濡れ手で粟のようにお金を稼いでいる人には……」

「あなたは闘ったことがある？」

美鈴にまっすぐ見据えられながら、その言葉の意味を考える。

「自分のやりたいことや、自分の尊厳や誇りを守るために。おそらく今までの人生で耐えたり逃げたりすることはあっても、死ぬ気で闘ったことはなかったんじゃないかしら。あなたも谷村さんも」

自分の人生の中で闘ったこと――

唯一思い浮かんだのは、父の反対を押し切って東京の大学に入ったことだ。だが、それからはたしかに耐えたり逃げたりする日々だった。

先ほどもそうだ。増田に何も言えないまま、逃げてきた。おそらくあの男に何かを言ったところで、逆に自分が傷つけられるだけだと察したからだろう。

ネット上で絶大な力を持つ美鈴であれば、あの男に何らかの報いを与えられるのではないかと期待して、この話をしたのだ。

自分は無力だから。

「あなたが考えている以上に世の中は優しくない。死ぬ気になって闘わなきゃ、大切なものも守れない。それればかりか本当に自分が死ぬことになる」美鈴が険しい表情で言う。

「野依さんは死ぬ気になって闘っているというんですか？」

詩織が問いかけると、美鈴が頷いた。

「今がそうよ」

美鈴を見つめ返しながら、どういうことかと考えた。

ブレイクニュースでは時には過激な報道も見受けられ、ユーチューブやＳＮＳでは賛否両論のコメントがあふれていた。中には美鈴に対して身の危険を匂わせるような脅迫まがいのコメントもある。

そもそも美鈴は何のためにこんなことをしているというのか。

今までは金のためにやっているのだろうと想像していたが、自分の顔を世界中にさらしてこんなことをするリスクを考えれば、割に合うとは思えない。

美鈴ほどの美貌や知性の持ち主であれば、それこそ水商売でもすれば手っ取り早く大金を稼げるにちがいない。

「たしかに野依さんの言う通りかもしれません。わたしも谷村さんも闘うことができない……ずっと耐えるばかりだったんでしょう」

そして耐え続けた末に麗子はあの世に逃げ出したのだ。

「それは認めます。ただ、だからといって、このままじゃどうにも気持ちが収まりません」

あの男は自分が人の心を深く傷つけたという自覚のないまま、これからも金に物を言わせて女漁（あさ）りを続けるのだろう。そしてこれからも他者を愚弄し、尊厳を踏みにじることで、優越感に浸るのだろう。

「増田のことをブレイクニュースで取り上げるのを期待しているのかもしれないけど、本人の承諾を得るか、犯罪者でもないかぎり、実名を挙げて報じるわけにはいかない」

「そうですか……」詩織は落胆して顔を伏せた。

「でも、一矢報いる方法がないわけでもない」

その言葉を聞いて、詩織は顔を上げた。


翌日の夜、東急百貨店の前に行くと増田が待っていた。すでにお互いの顔を知っているので、目印の雑誌は持っていない。

「昨日は申し訳ありませんでした」

詩織が頭を下げると、増田が満足そうな笑みを浮かべて歩き出した。

昨夜、美鈴と別れて自宅に戻るまでの間に、こちらから連絡するまでもなく増田からSNSのダイレクトメッセージがあった。『次に会えるのはいつだ』と訊かれて、さっそく今日の約束を取りつけた。

増田と並んで円山町の路地を歩き、ホテル街に向かっていく。

「ここにしましょうか」

詩織は言って、麗子と会ったホテルの前で立ち止まった。ちらっと横目で路地裏を窺うと、視界の隅に美鈴の姿があった。そのさらに奥で樋口がスマホを美鈴のほうに向けている。

ホテルの前で動こうとしない詩織を怪訝そうに見ながら「どうした?」と増田が訊いた。

「三週間前にこのホテルで二十七歳の女性が亡くなったんです」

詩織が言うと、意味がわからないというように増田が首をひねった。

「谷村麗子さんという小学校の教師です」

増田が驚いたように目を見開いた。

「教師って……まさか……あの……」

「そうです。あなたがひとりでホテルを出た後に谷村さんは手首を刃物で切って自殺しました」

「そ、それが……」増田がうろたえたように口ごもる。

「谷村さんは恵まれない家庭環境のせいもあって、大学時代に多額の奨学金を借り、親のために借金を重ね、教師を続けながら返済していました。好きで男に身体を売っていたわけではなく、パパ活をしなければ生活していけなかったんです。谷村さんの遺書にはこうありました。『ついさっき、最後の一滴が落とされて、心の中に満たされていた絶望があふれだしてしまいました。もう生きていくのが限界です』と……あなたの言葉が最後の一滴になったんです」

自分の心ない言葉と投げつけた相手のその後を知って罪の意識を感じるなら、それ以上の誹謗は慎もうと思った。

美鈴が言う通り、増田が麗子を殺したわけではない。自殺したのは麗子本人の選択だ。

「わ……わたしがあの女を自殺に追いやったとでも言いたいのか……」

「そうは言いません。でも、事実を知ってもらいたかったんです」うろたえる増田をまっすぐ見つめながら詩織は毅然として言った。

「わたしには関係ない。どうせわたしに会う前から人生に絶望していたんだろう。男に身体を売らなきゃ生きていけない自分の人生が惨めで……わたしは彼女のために言ってやったんだ。若い女がみすぼらしい格好をしてパパ活なんていう売春行為をするぐらいなら、プロになったほうがもっと金が入るだろうし、まともな生活ができるだろうと」

その言葉を聞きながら、身体の奥がかっと熱くなった。

「お金があることがそんなに偉いんですか!?」

「少なくとも自分の身体を金で売るおまえらのような小娘よりは偉いに決まってる」

「違う！」

詩織が叫ぶと、怯んだように増田が少し身を引く。

「あなたはちっとも偉くなんかない！　谷村さんは自分が苦しんでいる最中でも、ホテルのエントランスで泣いているわたしを気遣ってくれた。あなたなんかよりもよっぽど人間的な人だった。それなのに自ら命を絶たなきゃならなかった。あなたのように人の心を理解せず、自分のことしか考えない身勝手な人たちばかりの社会にいるせいで。医者だと書いてあったけど、あなたにそんな仕事に就く資格はない。人の心を癒せず、むしろ傷つけるような人に……」

右頬のあたりに激しい痛みが走り、詩織は地面に倒れた。

「くそ生意気な！」

立ち上がろうとした詩織に向けて、血相を変えた増田がさらに拳を振り上げるのが見えた。

「やめなさい――」と鋭い声が響き、詩織は目を向けた。美鈴がこちらに向かって駆け寄ってくるのが見える。

「何だ、おまえは！」

「殴りたいならわたしを殴りなさい。でも、そうしたらさらに罪を重ねることになるわよ。あなたが暴行したっていう証拠があるんだから」美鈴がそう言いながら後ろにいる樋口を見る。

スマホをこちらに向けて立っている樋口に気づいたようで、増田が青ざめた顔で膝をつく。

「これから警察に通報します」美鈴がポケットからスマホを取り出した。

診察室を出て受付に行くと、ベンチに座っていた美鈴が詩織に気づいて駆け寄ってきた。

「顔、大丈夫？」

美鈴に訊かれ、「かすり傷です」と詩織は笑った。

麗子が増田から受けた痛みを考えれば、自分のそれはたいしたことではない。

「増田があそこまでするかどうかはわからなかったけど、待機していてよかった。傷害の容疑で逮捕されたから、あの男の名前や顔をブレイクニュースで流せるわよ。ついでにパパ活で女を買おうとしていたことも」

それによって開業医だという増田の社会的な信頼はそれなりに失墜するだろう。

美鈴と立てた計画ではあったが、本当にそうなることを望んでいたわけではない。

ただ、一度でも話をした人間、肌を触れ合わせた人間の死を悼み、その原因の一端が自分の言葉にあったと悔いる様子が少しでも見られれば、それだけでよかった。

「あのときの動画をユーチューブに流すけど、もちろんあなたの顔にはモザイクをかけるから安心して」

「そのことですが……わたしの顔も出してもらっていいです」

詩織が言うと、驚いたように美鈴が目を見開いた。

「それと、顔を出したうえで、もう一度取材してもらえますか。パパ活をしていたこともちゃんとお話しします」

「自分が言っていることの意味がわかってる？」

詩織は頷いた。

「一生、ネットから消えないってことよ」念を押すように美鈴が言う。

「もちろんわかっています」

清涼飲料水のＣＭが終わると、画面が切り替わり美鈴の姿が浮かび上がる。

明るい日差しの中、人気(ひとけ)のないホテル街に美鈴が立っている。

「皆さん、こんにちは。ブレイクニュースの野依美鈴です。わたしは今、渋谷の円山町にいます。一昨日の夜九時頃、わたしがいるこの場所で二十一歳の女性が男に殴られるという傷害事件が発生しました。取材中に偶然にも、そのときの様子を収めることができましたので、これからその映像をご覧いただきます」

画面が切り替わり、夜のホテルの前の光景になった。自分と増田が言い争っている様子がモザイクなしで画面に流れる。血相を変えた増田が詩織の頬を拳で殴りつけ、美鈴が止めに入る様子がリフレインされる中、彼女のアナウンスがかぶる。

「傷害の容疑で逮捕されたのは渋谷区内で開業医をしている増田吉久(よしひさ)、六十二歳で、警察の調べに対して、女性を殴ったのは間違いないと容疑を認めているとのことです。女性はパパ活のために増田容疑者と会い、ホテルに入る前に言い争いになり事件になったようです。ブレイクニュースではこの二十一歳の女性から話を聞くことができました」

画面がさらに切り替わり、右頬をガーゼで覆った詩織の顔がアップで映し出される。

昨日、詩織の部屋で撮影したものだ。

「お名前を訊いてもいいですか」

美鈴の声が聞こえる。

「北川詩織といいます。西条(さいじょう)大学の二年生です」

「ずいぶん痛々しい顔をされていますが、怪我の具合はどうですか」

「大丈夫です」

カメラが引いて、詩織の隣に座っていた美鈴の姿も映し出される。

「どうしてあのような事件になったのでしょうか」美鈴が問いかける。

「パパ活のためにあの人に会ったんですが、ホテルの前で言い争いになって……」

「言い争いの原因は？」

「あの人からの心ない言葉です。たしかにパパ活という名の売春をしているわたしが偉そうなことは言えませんが、それでも許せない侮蔑の言葉があって……」

麗子が自殺した件に触れようかと悩んだが、増田には妻と自分と同世代の娘がいると知り、思い留まった。

「あなたはどうしてパパ活をしているんですか」

「お金がないからです……わたしの実家は経済的に余裕がありませんでしたが、どうしても家庭裁判所の調査官になりたくて、奨学金を借りて大学に行くことにしました」

「どうして家庭裁判所の調査官を目指しているんですか？」

「経済的な理由でわたしは高校を中退しました。それでグレてしまって、十七歳のときに窃盗事件を起こして警察に逮捕されて……ただ、少年鑑別所で出会った家庭裁判所の調査官のかたが親身になってわたしの悩みを聞いてくださって、そのおかげでわたしは立ち直ろうと、更生しようと思えました。わたしもいつかそんな存在になりたい、罪を犯した人が更生できるように寄り添いたい。それで高等学校卒業程度認定試験を経て西条大学の法学部に入りました。授業料は奨学金でとりあえず賄えますが、生活費は親には頼れず、また、それまでにした借金もあって……かといって勉強もしなければならないので、きちんと生活できるだけのバイトもできなくて……」

「それで、どうしてもお金が足りないときにパパ活をしていた？」

「そうです。自分がやっていることを肯定するつもりはありません。ただ、もっと社会も変わってほしいと願っています。家庭環境が悪かったり、経済的に底辺にいる持たざる人たちであっても、努力すれば報われる社会になってほしいと……自分の身体や大切なものを切り売りしなくても……誰もが夢や目標を持てる社会になってほしいと……」

「あなたはこれからもパパ活を続けていきますか」

美鈴の言葉に、画面の中の自分が強く首を横に振る。

「いえ。今まではそうするしかないと簡単に諦めていましたけど、他に方法がないか自分なりに必死に考えていきます。いつか、自分が今願っている社会になるように、自分なりに闘っていくつもりです」

「最後の質問になりますが、顔と名前を出してこれらの話をすることに迷いはありませんか」

「ありません」

画面の中の自分がきっぱりと告げたところで動画を止めた。

これから先もこの選択を後悔せずにいられるだろうか――

この動画が流れることによって大学をやめさせられてしまうかもしれない。仮に退学にならなかったとしても、友人たちの詩織を見る目はあきらかに変わるだろう。今のバイト先も辞めさせられるかもしれないし、就職するときにも悪影響があるかもしれない。

だけど――

やはり今の自分に後悔はない。

麗子が発したかったはずの無念の叫び。それを社会に伝えるためには、モザイクで隠された姿や機械で加工された声による訴えでなく、北川詩織というひとりの人間の肉声であるべきだと思うから。

この選択を後悔しないようにこれから闘っていく。

ふいにベルの音が鳴り、詩織は手に持ったスマホから玄関に視線を移した。立ち上がって玄関に行き、ドアスコープを覗き見る。

美鈴の姿が見えて、詩織はドアを開けた。

「どうしたんですか?」

「ちょっと話したいことがあって。いいかしら?」

「散らかってますけど」と詩織は頷き、美鈴を中に促した。ローテーブルを挟んで向かい合って座ると、美鈴がバッグから厚みのある封筒を取り出した。

「何ですか、これ?」テーブルに置かれた封筒を見ながら詩織は訊いた。

「契約金よ」

「契約金?」意味がわからず美鈴を見つめる。

「三百万入ってる。それだけあればしばらくバイトをしなくても生活できるでしょう」

ますます何を言っているのかわからなくなり、美鈴と封筒を交互に見ながら首をかしげる。

「ブレイクニュースを手伝わない?」美鈴がそう言って微笑んだ。

憎悪の種

教室に入ると、詩織はさりげなくあたりの様子を窺った。

十数人の学生がすでに席に着いている。その中に特に親しい友人はいない。

詩織は他の学生たちから少し離れた席に座り、バッグから教科書と筆記具を取り出した。

机の一点に視線を据えながら授業が始まるのを待っていると、背後から女性の囁き声が聞こえた。どんなことを話しているのかまではっきりわからないが、『ブレイクニュース』や『パパ活』や『逮捕』などの単語が聞き取れる。詩織の噂話をしているのは間違いない。

じりじりとした思いで教授が現れるのを待っていると、他のほうからも男女の声が聞こえてくる。そちらも詩織の話をしているようだ。じっと顔を伏せているが、まわりの学生たちから浴びせられる視線を全身に感じる。

耳に響いてくる嘲り(あざけ)にどうにも耐えられなくなり、教科書と筆記具をバッグにしまって詩織は席を立った。まわりにいる学生たちと目を合わせないようにしながら教室を出る。

十日前、実名と顔をさらしてブレイクニュースに出た。自分なりの覚悟があって、パパ活という名の売春をしていたことや、十七歳のときに警察に逮捕されたことを告白したが、まわりの反応は想像していた以上に厳しいものだった。

動画が公開された数日後、詩織は大学から呼び出されて事情を訊かれた。ブレイクニュースの動画で話したことは事実だと正直に伝え、大学側に自身の処分を委ねた。幸いなことに退学や停学の処分にはならなかったが、それ以降教授やまわりの学生たちの詩織を見る目があきらかに変わった。

大学内にいた数少ない友人はあからさまに詩織を避けるようになり、まったく知らない人からも後ろ指を差すような目で見られるようになった。

そんな反応は大学にいるときだけではない。やっと見つけたバイト先でも詩織に対する接しかたが変わった。店長もバイト仲間もブレイクニュースやパパ活などの話には触れないが、詩織を蔑んでいるように感じられてしかたがない。

ブレイクニュースのSNSやユーチューブのコメント欄も、ごく一部の人たちのものを除いて、詩織に対する心ない中傷であふれていた。

夢を抱きながらも生活に困窮し、自ら命を絶ってしまった谷村麗子の無念の叫びを代弁したくてネットでその告白をしたが、ほとんどの人たちに自分の思いが伝わることはなかった。

そればかりか、ブレイクニュースであの動画が流れてから、すれ違う誰もが自分を見ているようで、自分をあざ笑っているように感じられて、毎日がどうにも息苦しい。

肩にかけたバッグの中で振動があり、詩織は立ち止まった。スマホを取り出して見ると、野依美鈴からの着信だった。

昨日も美鈴から電話があったが、関わらないほうがいいと思って出なかった。

電話に出ないままスマホをバッグにしまい、詩織は足早に正門に向かった。

アパートに向かって歩いていると、コンビニの看板が目に留まって詩織は足を止めた。

電気料金を支払わなければならないと、払込用紙をバッグに入れていたのを思い出す。

バッグから払込用紙を取り出し、財布の中の現金を確認する。電気料金を払ってしまったら、バイトの給料が入る一週間後までそうとう厳しい生活になる。かといって来月まで支払いを遅らせたとしても苦しいことに変わりはない。

今日のうちに払っておこうと思って、詩織はコンビニに入った。ついでに夕食も買っていこうとカゴを取って店内を巡る。

電気料金を引いた残りの金額を考えると選択肢もないまま、袋タイプのインスタントラーメンを二つと、もやしを一袋カゴに入れてレジに向かう。

「お願いします」詩織はそう言いながら若い女性店員の前にカゴと払込用紙を置いた。

外国人の店員が払込用紙のバーコードを読み取る。無言のままレジのほうに手を向け、表示された『ＯＫ』ボタンを押すよう促す。インスタントラーメンともやしをレジ袋に入れ、片言の日本語で金額を告げた女性と目が合った。鼻で笑っているように感じた。

わびしい食事だとでも思われているのだろうか。

少し苛立ちながら詩織は支払いをして、ちらっと女性の名札を見た。『ヨウ』と書いてある。中国人だろうか。

女性から袋を受け取り、詩織はコンビニを出た。不快な思いを引きずったままアパートに向かう。

部屋の前で立ち止まりバッグから鍵を取り出す。背後から「北川さん――」と声をかけられて詩織は振り返った。

美鈴の姿を見て、全身に緊張が走る。

「電話しても出てくれないから。ちょっと話がしたいんだけど」こちらに近づきながら美鈴が言った。

「この前のお話でしたら、気持ちは変わりませんので……」

詩織の告白を流した後、美鈴が部屋を訪ねてきた。「ブレイクニュースを手伝わない？」と言って契約金として三百万円を提示されたが、詩織は断った。

もちろん目の前に差し出された現金が入った封筒は喉から手が出るほど欲しかった。三百万円あれば今の逼迫(ひっぱく)した生活もずいぶん楽になる。だけど同時に恐ろしくなった。

そんな大金を出して美鈴は自分にいったい何をさせるつもりだろうと。

パパ活をしていることなどをネットで告白した詩織がふたたび登場すれば、世間の興味をひき、ひいてはそれを流しているユーチューブの視聴回数も増えるだろう。でも、その後には、自分はさらに世間から好奇の目にさらされることになるのだ。ネットに流れた情報は消せない。

それに美鈴がどんな人物で、何を考えてこんなことをしているのかがよくわからないという不安もあった。

「わたしは諦めが悪くてね。もう一度だけ話がしたかったの」

そう言って美鈴が詩織の持ったレジ袋に目を向ける。すぐに視線を戻して口を開く。

「どこかで軽く食事でもしない？　別にわたしの話を断ったとしても食事はおごるから」

この前はきちんとした説明もしないまま、ただ断った。はっきり自分の思いを伝えたほうがいいだろう。

「わかりました」

詩織は答えて、美鈴と一緒に近くのファミリーレストランに向かった。

店内に入り、美鈴と向かい合わせに座る。

「好きなものを頼んで」と言われたが、詩織はアイスティーだけ注文した。施しを受けるために付き合ったとは思われたくない。

ふたりの前にアイスティーとホットコーヒーが運ばれてくる。美鈴がコーヒーをひと口飲み、「後悔しています……って顔ね」と言った。

告白のときに美鈴がした最後の質問のことを言っているのだろう。

「野依さんの言った通りでした」

詩織が言うと、こちらを見つめながら美鈴が首をひねった。

「わたしが考えている以上に世の中は優しくありませんでした。ブレイクニュースのＳＮＳやユーチューブで、わたしに対して罵詈雑言のコメントがあふれているのはとうぜん知ってますよね？」

美鈴が頷く。

「ネットだけではありません。学校でも、バイト先でも、まわりの人たちからの冷たい視線にさらされています。おまえなんかこの社会にいる資格はない、おまえと同じ空気を吸いたくないと、まるでそんなふうに思っているような視線を向けられて……」

こちらを見つめながら美鈴は何も言わない。

「死ぬ気になって闘わなきゃ、大切なものも守れないと、野依さんは言いましたよね。でも、わたしは死にたくありません。これ以上、世間からの嘲笑(ちょうしょう)や誹謗中傷にさらされたら、生きていたいという気持ちにさえならなくなるかもしれません。今回のことで気づいたんです。わたしには死ぬ気になってまで守るほど大切なものはありません。ただ、できるだけ平穏な生活を送りたいんだと。それだけでいいと」

「今までのように？」皮肉っぽく美鈴が訊く。

「世間のさらし者にされるぐらいであれば、そのほうがいいかもしれません」

「世間がどう思うかは知らないけど、わたしは別にさらし者にしようとは思っていない。ただ、あなたに打ってつけの仕事だと思ったから、依頼しに来ただけ」

「わたしに打ってつけ？」

「そう……今、ヘイトスピーチについての取材をしてるんだけど、顔と名前が知られているわたしだとなかなかうまくいかないことがあってね」

「ヘイトスピーチ？」

言葉自体は知っているが、意味はそれほどよくわかっていない。

「日本語に訳すと、憎悪表現、差別扇動。人種、出身地、民族、宗教、性的指向、性別、容姿、障害などを根拠に、集団や個人に対して攻撃や脅迫や侮辱の言動をすることよ。今、ＳＮＳ上で個人に対してひどいヘイトスピーチを行っている集団がいるの。どうしてそんなことをするのか話を聞きたいけど、取材をしたいとダイレクトメッセージを送っても無視されてる。もちろんそれをしている個人の特定もできない」

「それで、わたしにその人たちに接触しろと？」

「そう。もちろんタダでとは言わない。その集団の誰かと接触して話を聞けたら十万円払う。それにブレイクニュースにあなたの顔や名前を出すことはない」

その申し出に心がぐらついた。でも、ためらいも根強くある。

美鈴とふたたび関わったら、さらに傷つくことになるかもしれない。

「どうしてもその集団の全貌を知りたい。どうしてそんなことをするのかという真意を……」

「ひとつ訊いていいですか?」

詩織が言うと、「何?」と美鈴が見つめ返してくる。

「なぜ、わたしに打ってつけなんですか?」

「何となくよ」

「何となく?」詩織は首をひねった。

「近々、ユーチューブに新しい動画を投稿する。それを観てから、引き受けるかどうかを決めてもらっていい」美鈴はそう言うとカップを持ち上げて口につけた。


自動ドアが開いて店内に入ると、カウンターの中にいるキム・ジウの姿が見えた。

今日のシフトにジウは入っていなかったはずだが。

堀内沙紀(ほりうちさき)は漏れそうになる溜め息を抑えつけながらカウンターに近づき、「おはようございます」と挨拶した。

「おはよございます」とジウが片言の日本語で言い、もうひとりの女性パートの福本(ふくもと)も沙紀に挨拶を返す。

レジの中を確認すると事務所の鍵が入っていない。

「てんちょさんがいらっしゃます」

ジウの声を聞いて、さらに気持ちが重くなる。フロアを進んで事務所に向かう。ノックをしてドアを開けると、事務机に向かって座っていた店長がこちらに顔を向けた。沙紀と目が合うと仏頂面になる。

「おはようございます。一昨日は申し訳ありませんでした」沙紀はそう言って頭を下げた。

息子の陸斗が熱を出してしまい保育園に預けられず、パートを休ませてもらった。

「本当だよ。代わりに出てくれる人を探してくれと言ったのに、けっきょく何の連絡もないまま休んじゃって」

連絡先を知っているパートやアルバイトに代わりに出てもらえないか頼んでみたが、だめだった。そうしている間にも陸斗は苦しそうに呻いていたので、病院に連れて行くことを優先して店に連絡するのを忘れてしまった。

「息子さんが熱を出して大変なのはわからないでもないけど、先月も息子さんのことで二回休んだでしょう。パートとはいえ仕事なんだから、もっと責任感を持ってやってもらわなきゃ、こっちも困っちゃうんだよね。時には旦那さんに頼むとかできないの？」

「ええ……申し訳ありません」

下手な詮索をされたくなかったので、面接のときに未婚のシングルマザーであることは伏せていた。

「当日欠勤が多いようなら、希望のシフトに入れなくなるし、他の仕事を探してもらうことになるかもしれないよ」

それは困る。ここブロードカフェの他にもクリーニング店でパートをしているが、長時間は働かせてもらえない。自宅や保育園から近い場所で、クリーニング店と掛け持ちできる時間に働ける職場を見つけるのが難しいのは、ここを探したときによくわかっている。

「これからは気をつけますので……」沙紀はふたたび頭を下げて更衣室に向かった。

「一昨日はキムさんが代わりに出てくれたから、よくお礼を言っておくように。今日も安田くんが親戚の不幸で休んじゃったんだけど、彼女が代わりに出てくれて助かったよ」

店長の言葉を聞きながら、沙紀は更衣室のドアを閉めた。

ジウは予定が空いていたのか――

ＳＮＳを通じて連絡することはできたが、そうすることをためらった。ジウに頼みごとをしたり、ましてや礼など言いたくない。

半年前、沙紀がここで働き始めて二週間ほど後にジウが新しいバイトとして入ってきた。

ジウは沙紀と同じ二十四歳で、韓国の大学を卒業して日本の大学に留学してきたという。

二週間とはいえ先輩なので一緒のシフトに入ったときにはジウに仕事を教えたが、その頃からいい感情を抱けなかった。別に態度がよくないわけではないし、仕事覚えが悪いわけでもない。

ただ、彼女と接しているとどうにも苛ついてしまうのだ。

内向的な自分とは違ってジウは社交的な性格のようで、誰にでもよく笑顔で話しかける。片言の日本語で一生懸命に話そうとする姿が健気（けなげ）に映るのか、店長や他の同僚や客からの受けがとてもいい。

ジウは裕福な家庭の出身のようで、着ている服や身に着けている物はとても自分には手が届かないものばかりだ。何度か彼女のＳＮＳを見たことがあるが、日本での学生生活を存分に楽しんでいる様子が窺える。

留学生は週に二十八時間までしか働くことができないそうだが、ジウはそもそも週に十時間ほどしかシフトに入っていない。それでも生活に何の問題もないということだろう。だから他のパートやバイトが急に休んだときに店長の頼みでピンチヒッターとして代わりに入ることも容易にできる。そしてそれがさらに店長や他の同僚たちのジウへの信頼につながっているのだ。

シングルマザーとして毎日ヘトヘトになって働き、何とか生活している沙紀とはあきらかに違う。そしてジウが同い年ということが、さらに沙紀を惨めな思いにさせ、苛立たせるのかもしれない。それまではできれば接したくないというぐらいのものだったが、二ヵ月前に彼女の時給だけが三十円上がったと知ってからは憎悪に近い感情になっている。

日本語もまともに話せず、労働時間も自分より少ない彼女のほうが先に時給が上がったことにどうにも納得できなかったが、定期的に当日欠勤をしているので店長にはその不満をぶちまけられずにいる。

制服に着替えるとタイムカードを押して事務所を出た。カウンターに入ると嫌々ながらレジに立つジウのもとに向かう。

「キムさん、一昨日仕事に出てくれてありがとう」

感情を押し殺して沙紀が言うと、「いえいえ」とジウが手を振った。

「こ、こまったときは……ごちそうさま……じゃなかった……あれ」

「困ったときはお互い様、でしょ」

近くにいた福本に言われ、「そう。それそれ」とジウが満面の笑みを浮かべた。福本もおかしそうに笑っている。

ジウの笑顔を見ながら、胸の中でふつふつと煮えたぎる感情を膨らませた。


陸斗を寝かしつけると、沙紀は冷蔵庫から缶チューハイを取ってローテーブルの前に座った。タブを開けてチューハイを飲むと、重い溜め息を漏らす。

今日も疲れる一日だった。

朝、陸斗を保育園に預けると、九時から十三時までブロードカフェで勤務し、手早く昼食をとって十四時から二十時までクリーニング店で働き、陸斗を迎えにいく。

週五日そんな生活を続けて年収は二百二十万円ほどだ。

夫はおろか、自分には頼れる身内もいない。容姿に自信もなく、高卒で資格も持たない未婚のシングルマザーが今以上の年収を稼ぐのは難しいだろう。

陸斗が成長すれば今以上にお金がかかる。

自分と陸斗はこれからどうなっていくのだろう。これから先、この社会でまともな生活を送っていくことができるのだろうか。

どうにも暗い気持ちになり、沙紀はテーブルに置いていたスマホをつかんだ。いつものように仲間のＳＮＳを見てコメントを残し、自分のＳＮＳに思いの丈を書き込む。

この一時だけが塞ぎそうになる心を癒してくれる。

仲間のひとりから届いたダイレクトメッセージに気づき、沙紀は目を通した。

『ユーチューブのブレイクニュースにぼくたちのことが出てる』

どういうことだろう――

ブレイクニュースは沙紀も知っている。

野依美鈴というフリーのジャーナリストを名乗る女性が、ユーチューブやＳＮＳに寄せられるコメントやダイレクトメッセージをもとに、事件と思われるものや社会問題などを独自に取材し、発信しているのだ。

たまに沙紀も観ていたが、あれに pureblood のことが出ているというのか。

テーブルに置いたスマホが震え、詩織は手に取って画面に目を向けた。

美鈴からのメールだ。

『新しい動画をアップした』というメッセージを見て、ユーチューブを起動させた。公開されたばかりの動画をタップすると、化粧品のＣＭの後に美鈴の姿が浮かび上がる。

美鈴は公園らしいベンチに座っていて、隣に若い男性がいる。顔にモザイクはかけられていない。

「皆さん、こんにちは。ブレイクニュースの野依美鈴です。今日はブレイクニュースでぜひ取り上げてほしいことがあると、連絡をくださった男性にお越しいただき、お話を聞かせていただこうと思います。こんにちは。よろしくお願いします」

美鈴がそう言いながら頭を下げると、「こんにちは……」と隣の男性も頭を下げた。

アクセントがおかしい。一見日本人のように見えるが、そうではないようだ。

「まずはお名前を聞かせていただいてもよろしいでしょうか」

「カン・ソジュンいいます……」

韓国人だろうか。

「カン・ソジュンさんはおいくつですか?」

「にじゅういちです」

「学生さんですか」

男性が頷く。

「ブレイクニュースで取り上げてほしいことがあるそうですが、どのようなことでしょうか」

「ヘイトスピーチ……です。まいにち……くるしい……」

美鈴がこちらに顔を向けてヘイトスピーチについての説明をする。男性に視線を戻して「どのようなことを言われたり、されたりしているんですか？」とゆっくりと訊く。

「わたし、コンビニで、働いてた。一年間……頑張ってた。でも、てんちょうにやめろ、いわれた……」

「理由は？」

「店のもの、ぬすんで食べてた、いわれた。おきゃくさんが見てたて……でも、わたし、やってない……いった。そしたら、パソコンみ、見せられた。ＳＮＳ。お店とわたしの名前でていて、そう書いてあた」

「でも、カンさんはそんなことはしていないんですよね？」

美鈴が問いかけると、男性が強く頷く。目が潤んでいるのがわかった。

「いえにいたずらされました……」

「どのような？」

「夜おそくピンポーンピンポーン、誰もいない。帰ってきてドア開けようとしたら、カギ入らない」

「鍵穴に接着剤か何かを入れられていたんでしょうか」

男性が美鈴を見つめながら首をひねる。すぐに口を開いたが詩織には聞き取れない。

美鈴がこちらに顔を向けて言う。

「カンさんは簡単な日本語はできますが難しい言葉はわからないそうなので、通訳のかたに来ていただきました。お願いします」

美鈴が紹介すると、モザイクのかかっていない若い女性が現れてふたりの後方に立つ。

「夜遅くに部屋のベルを鳴らされたり、鍵穴に接着剤か何かを入れられているといった嫌がらせをされたんですね？」と美鈴が訊くと、通訳の女性が韓国語でカンに伝える。カンの言葉を聞いて女性が日本語で話す。

『そうです。日本語のできる友人にネットに書かれている書き込みを訳してもらいました。ひどいことがたくさん書いてありました。でもすべて嘘です。わたしは盗み食いなんかしていませんし、街中で卑猥なこともしていません。おまえみたいなやつはすぐに日本から出ていけと……』

「わたしもネットでカンさんのことを検索してみました。様々なSNSや掲示板などでカンさんについて無数の書き込みがされていました。カンさんへの誹謗中傷だけでなく、住んでいる場所や学校の名前、そして恋人のことも。コンビニで働くカンさんを隠し撮りしたような写真と一緒に」

力なく男性が頷く。

『学校や街を歩いていても、いつも誰かに見られているような、誰かに笑われているような気がします。それで……怖くて部屋から出られなくなりました。学校もずっと休んでいます』

「お辛いですね」

『ええ……ただ、それ以上に彼女を巻き込んでしまったのが苦しくてたまりません』

男性が辛そうに顔を伏せる。

詩織は画面の中の男性を見つめながら、今の自分の苦境と重ね合わせた。

自分もネットで見知らぬ他人からの罵詈雑言にさらされ、常にまわりからの冷たい視線を感じ取っている。

詩織はよくないことをしたとネットで告白したので自業自得とも思えるが、男性の訴えが本当だとすれば、このようなことをされるのはどうにも納得しがたい話だろう。

詩織に打ってつけの仕事だと美鈴が言った理由が何となくわかった。

立場や事情は違えども、自分もこの男性も無数の匿名の意見によって社会から排除されそうになっている。

「どこかに相談はされましたか？」

美鈴が問いかける。

『友人と一緒に警察に相談しました』

「日本語のできる？」

『ええ。同情はしてくれたみたいですが捜査は簡単ではないと言われたそうです。サイトの管理者に書き込みを削除してもらおうかとも考えましたが、それも簡単ではなさそうです。とにかく書き込みの数が多すぎて……』

「補足させていただきますと、書き込みをした発信者に損害賠償請求を行おうとしても、相手を特定するのは容易ではありません。個人でそれをしようとすれば発信者情報開示のために、通常は仮処分を含む複数の法的手続きを行わなければならず、時間もお金もとてもかかります。特にカンさんのような外国人で日本語が堪能ではないかたにとっては、なおさら困難なことでしょう」

『日本に憧れてやってきたのに……こんなことになるなんて』

がっくりと男性が肩を落とす。

「実はこのような被害を訴えていらっしゃるのはカンさんだけではないんです」

そう言って美鈴がこちらに顔を向ける。男性に向けていた憐憫ではなく鋭い眼差しで見据える。

「カンさんの他に四人の在留外国人のかたから同様の訴えが寄せられました。国籍はそれぞれ違いますが、その四人のかたがたもＳＮＳやネット掲示板にいわれなき誹謗中傷を無数に書き込まれ、自身の個人情報をさらされ、苦しんでいます。中には心労のために通院せざるを得なくなったかたや、通っていた学校をやめて帰国を決意されたかたもいます。カンさんや他の四人に対して最初の頃に書き込みを行った人たちのハンドルネームには pureblood という共通の言葉が使われています」

pureblood――

「pureblood……日本語では『純血』という意味ですが、おそらくこの集団が意図的にカンさんたちを陥れるためにデマや個人情報を流し、それに扇動された多くの人たちが結果的にヘイトスピーチに加担したのだろうと思われます。確認されただけでも pureblood のハンドルネームを持つアカウントは二百近くにのぼり、また彼ら彼女らが行っているヘイトスピーチの対象者は現在三十人近くいます。おそらくこのかたがたも、いわれのない大量のデマをネット上に撒き散らされ、どう対処していいのかも誰に相談していいのかもわからないまま苦しんでいるのでしょう」

画面から美鈴が詩織に訴えかけてくるように感じる。

「どんな目的や主義に基づいてこのような活動をしているのかを知りたくて、pureblood のハンドルネームを持つ人たちにダイレクトメッセージで取材依頼を行いましたが、今のところお答えはいただけておりません。でも、あなたがたと対峙して話を聞くまでわたしは絶対に諦めません。以上、野依美鈴がお伝えしました――」

息苦しさに包まれながら、詩織はユーチューブを閉じた。

心が揺れ動いている。

ヘイトスピーチによって苦しめられている人たちに同情するし、美鈴が求めているように

pureblood なる集団の全貌を突き止めて、攻撃や嫌がらせをやめさせたいという気持ちは強くある。

でも、同時に怖くてしかたがない。

相手は二百近いアカウントを持つ得体の知れない集団だ。

美鈴に協力したことが知られてしまえば、その人たちの憎悪の刃が一斉に詩織に向けられるかもしれない。でも……

この集団がやっていることが正しいことだと自分は思わない。それを黙ったまま見過ごしていてもいいのだろうか。いや、部屋の中でただ傍観しているだけでは、自分が願っている社会になどなりようがない。

詩織は迷った末に美鈴に電話をかけた。

「もしもし……観てくれたみたいね」

美鈴の声が聞こえた。

「ええ。あのお話——やります」詩織は言った。

「ブレンドとシュリンプ、お願いします」

レジから声が聞こえ、沙紀はトースターにバンズを入れた。焼き上がったバンズに具材を挟んで、ボトルに入ったソースをかけようとしたとき、「ホリウチさん、ちがうよ！」と大きな声が聞こえた。

ボトルを持った手を止めて沙紀が目を向けると、ドリンクマシーンの近くにいたジウがこちらに近づいてくる。

「シュリンプサンドに使うソース、こっちね」ジウが違うソースボトルを指さして言う。

「あ、ああ……」

沙紀は手に持ったボトルを置き、そちらに持ち替えてソースをかける。皿に盛ってカウンターの前で待っている男性客に渡す。

「いいかげん覚えなきゃ、またてんちょに怒られるよ」

片言の日本語に反応したように、皿を受け取った客が沙紀を見ながら鼻で笑う。

顔から火が出る思いでとっさに客から視線をそらす。すぐに腹立たしさがこみ上げてきて頭の中が真っ白になる。

「堀内さん、そろそろ休憩じゃないかしら」

福本の声で我に返り、沙紀は時計に目を向けた。

「それでは休憩をいただきます」

「ごゆっくりどうぞ」

あふれそうになる感情を必死に押し殺しながらジウの前を通り、カップに入れたコーヒーを持ってカウンターを出た。

事務所に入って椅子に座ると、ふつふつと身体中から湧き上がってくる怒りを何とか押し留めるためにバッグからスマホを取り出した。ユーチューブを起動させてブレイクニュースのコメント欄に目を通していく。

pureblood に関する動画が公開されてから一週間が経つが、続報はまだない。

だが、野依美鈴に対する批判のコメントは着々と増えている。

『表現の自由は憲法で保障されているだろう』

『炎上商法をやっているおまえが偉そうなことを言うな』

『偽りの正義感を騙る売国奴』

それらのほとんどは当初は沙紀を含めて仲間たちによるものだったが、今では他の人たちの間にも野依美鈴へのバッシングが広がっている。

それまでブレイクニュースを観ていても、ネットで騒がれているほど野依美鈴に対する嫌悪感を自分は抱かなかったが、あの動画を観てからは名前を目にするだけで吐き気がこみ上げてくる。

カン・ソジュンのような男に肩入れして。

あの男を標的として最初にSNSにさらしたのは自分だ。本当はキム・ジウをそうしたかったが、あまりにも近すぎる関係なので、自分がやったのではないかと疑われるのを危惧してとりあえず様子を見ることにした。

同じ韓国人の標的を探しているうちに、近くのコンビニで働いていたカンを見つけた。

別に何か嫌なことをされたわけではないが、ジウと同じ国の出身というだけでじゅうぶん憎しみの対象になる。きっとカンのまわりにいる日本人たちも、自分がジウに対して抱いているような苛立たしさを日々感じているにちがいない。

仲間ではない人たちの間でも、カンに対する罵詈雑言が飛び交ったり個人情報がさらされたりしているのが何よりの証拠だ。

カンのことを考えているうちに、先ほどジウに味わわされた屈辱がふたたび胸の内側にあふれてくる。

そろそろいいのではないだろうか。

初めて自分が関わった五ヵ月前に比べて、pureblood の活動はかなり世間に浸透してきている。

ここでジウを標的にしてさらしたとしても、自分が最初の発信者だと悟られることはないのではないか。

沙紀は自分のＳＮＳを開いた。以前隠し撮りしたレジに立っているジウの写真を貼り付け、コメントを書く。

『先ほど立ち寄ったカフェでキムっていう女性店員のこんなひとり言を耳にした。「仕事だからしかたないけど、日本人は口が生臭いから話すのが嫌だ」って。ブロードカフェ祖師ヶ谷大蔵(そしがやおおくら)店にて』

ＳＮＳにアップすると、仲間の書き込みをシェアして、新しく届いたコメントを読んでいく。

その名前に目を留め、スクロールさせていた指を止めた。

山下(やました)さとみ――

この一週間ほど、毎日のように自分のＳＮＳにコメントしてくる。しかもこのアカウントだけではなく、別のアカウントのどれにもこの名前からのコメントが寄せられていた。そればかりではなく仲間のＳＮＳにもだ。

コメントはどれも書き込んだ内容に深く共感しているようなものだった。

試しに山下さとみのＳＮＳを覗いてみると、在留外国人に対する辛辣な言葉が綿々と綴られていた。

常日頃からリーダーの森山修(もりやましゅう)は信頼のおける同志を増やしたがっている。

彼からさらに認めてもらえるチャンスになるかもしれない。

祖師ヶ谷大蔵駅で電車を降りると、詩織はエスカレーターに乗って改札に向かった。駅を出てスマホの地図を見ながら歩いていく。

三日前の夜、『ゆっこ@pureblood』から詩織のＳＮＳにダイレクトメッセージが送られてきた。

詩織は一度も釣りをしたことはないし、長い時間ぼうっとしていて何が楽しいのだろうともそれまで思っていたが、魚が餌に食いついたときの快感はこういうものなのかもしれないと小躍りした。

あの日、美鈴に協力する旨を伝えて電話を切ると、詩織はさっそく『山下さとみ』という偽名で新しいアカウントを作成した。

美鈴の指示はそのＳＮＳ上で詩織自らがヘイトスピーチを行い、pureblood のハンドルネームを持つアカウントに手当たり次第に共感しているようなコメントを送るというものだった。

詩織は自らヘイトスピーチを書き込むことに抵抗があると言ったが、そうしなければ相手は興味を示さないだろうと美鈴に返され、しかたなくそうすることにした。

さらに自分から相手にダイレクトメッセージを送ることも禁止された。

ブレイクニュースで取り上げたことによって、相手は積極的に自分たちに近づこうとする人物に警戒心を抱いているはずだという理由だ。

そういうわけでそれから一週間、詩織はひたすら無数のＳＮＳにコメントを書き続け、ようやく相手からのコンタクトを得た。

『ゆっこ@pureblood』からのメッセージは『いつもコメントしてくださってありがとうございます』という簡単なものだった。そこから何度かやり取りを重ね、相手のほうから会ってみたいという話になった。

あまり遠出ができないと言われ、詩織は指定された祖師ヶ谷大蔵に行くのを了承した。

相手は詩織が出たブレイクニュースを観ている可能性がある。思い切って髪をショートにして、さらにメイクをかなり変えて伊達メガネをかけて会うことにした。

待ち合わせ場所の公園が近づくにつれ、鼓動が激しくなってくる。

これから会う相手はいったいどんな人物なのだろうか。

ハンドルネームからすると女性なのか。それとも男性のなりすましなのか。

いずれにしてもSNSに書き込まれている内容から、かなり過激な思想の持ち主ではないかと警戒している。

公園に入った詩織はあたりを見回した。遊具で遊ぶ子供たちやそれを見ている母親たちが目に入ったが、数人で寄り集まっているので待ち合わせの人物ではないだろう。

そこから少し離れたベンチの前で佇む女性が目に留まった。そばにベビーカーが置かれている。

詩織が近づいていくと、気配を感じたように女性がこちらに顔を向けた。

地味めな服に化粧も薄めだが、自分とそれほど年が変わらないように思える。

「あの、失礼ですが……ゆっこさんでしょうか」

詩織が問いかけると、目の前の女性が頷いた。

優しく朗らかな笑顔だった。

「お子さんはおいくつですか?」

詩織が訊くと、ファミレスの向かいの席でアイスティーを飲んでいた女性がこちらに目を向けた。

「二歳よ」

女性が答えてテーブルの脇に置いたベビーカーで眠る子供を見る。

「お名前は？」

「陸斗っていうの」

「いいお名前ですね」

詩織が言うと女性が嬉しそうに笑った。

今まで接したかぎり、詩織がブレイクニュースに出ていたことには気づいていないようだ。

「あなたは山下さとみさんでいいの？　本名？」

「ええ。ゆっこさんは、本名はゆうこさんですか？」

「ぜんぜん違うわ」女性が手を振りながら言う。「本名であんな書き込みなんて怖くてできないわよ。本名は堀内沙紀っていうの。あなたも注意したほうがいいわよ」

本当は偽名を使っているが、たしかにそうだと詩織は頷く。

「さとみさんは、おいくつ？」

沙紀に訊かれ、「二十一歳です」と答える。

「若いわね。羨ましい」

「沙紀さんはおいくつなんですか」

「二十四歳。学生さん？」

「いえ」

これから話を合わせるために嘘をついた。

「ダイレクトメッセージをくださってありがとうございます。嬉しかったです」

詩織が言うと、「ううん」と沙紀が首を振って口を開いた。

「ずいぶん熱心にコメントしてくれてたから、話が合うんじゃないかと思って」

「わたしも沙紀さんのSNSを拝見してそう思いました。わたし、ずっと日本にいる外国人が嫌いなんです。でも、まわりの人にはなかなかそんなこと言えないじゃないですか。そんなときに沙紀さんのSNSを見て、胸がスカッとしました」

「どうして日本にいる外国人が嫌いなの？」興味を持ったように沙紀が身を乗り出して訊いてくる。

「わたしの父が……いえ、わたしの家族がひどい仕打ちを受けたんです」

こちらを見つめながら沙紀が首をひねる。

「うちの実家は栃木で会社を経営していました。会社といっても食品を加工する零細企業なんですけど。日本の企業で働いて技術を習得したい外国人のために、父は何人かの技能実習生を雇っていました。人手不足を解消するためでもありましたけど、父なりに自分ができる国際貢献をしたいという思いもあったからです。ただ、ある日雇っていた従業員がすべていなくなりました」

「いなくなった？」

「失踪したんです。しかも、会社にあった金庫を壊して中のお金を持ち出して。そればかりではなく、商品や仕事で使っていた車もなくなっていました。彼らからすれば給料が安いという不満があったのかもしれません。東京に出ればもっと稼げる仕事があるかもしれない。でも、父は日本人を雇うときとそれほど変わらない給料を出していましたし、何よりも自分の家族のように愛情を持って彼らに接していました」

「それでどうなったの？」

「その後、失踪した人たちは見つかっていません。金庫にあったお金や商品を奪われたことが痛手になって、けっきょく会社を畳むことになりました。わたしもそれで大学進学を諦めました」

「ずいぶんへビーな話ね」

すべて作り話だが、沙紀は信じたようだ。

実際に技能実習生として働いている人たちには申し訳ないが、在留外国人に対してヘイトスピーチをする説得力が必要だと思って昨日必死に考えた。

「沙紀さんは、どうしてSNSにあんな書き込みを？」

詩織が訊くと、沙紀が考えるように唸った。しばらくして口を開く。

「あなたほどたいした理由はないわ。ただ、むかつくから」

「むかつくから？」

「そう……わたしの職場にむかつく韓国人がいるの。こっちは幼い子供を抱えて必死になって働いてるのに、留学だか何だか知らないけど浮かれた生活をしてて。だいたい日本はわたしたちの国よ。人の国に来させてもらってるのに偉そうにしないでって話」

むかつく韓国人――

もしかしてブレイクニュースに出ていたカン・ソジュンだろうか。

「男性ですか？」

沙紀が首を横に振る。

「キム・ジウって女」

キム――その名前の女性に覚えがある。

たしか数日前にSNS上で『みぽりん@pureblood』というアカウントが、写真とともにコメントを投稿していた人物ではないか。

仕事中に日本人を中傷するようなことを呟いていたと書かれて、非難の声が殺到していた。

「もしかして、みぽりんさんというかたのSNSに出ていた人ですか？　『仕事だからしかたないけど、日本人は口が生臭いから話すのが嫌だ』って書いてあった……」

「あれ、わたしが書いたのよ」あっけらかんとした口調で沙紀が言う。

「本当にそんなことを言ってたんですか!?」

そう言っておかしそうに笑う沙紀を見つめながら、ブレイクニュースで観たカン・ソジュンの悲愴な顔が脳裏によみがえってくる。

コンビニでバイトをしていたというカンは、店のものを盗み食いしていたとSNSに書き込まれて仕事を続けられなくなり、さらにネット上に個人情報をさらされて様々な嫌がらせを受けている。

キムという女性も同様の被害を受けているのではないだろうか。

「あの……ちょっと気になっていたんですけど」

詩織が言うと、「何？」と沙紀が訊いてくる。

「ゆっこというのもみぽりんというのも、ハンドルネームに pureblood っていう言葉が使われていますよね。他にも同じようなハンドルネームのアカウントを見かけるんですけど、あれっていったい何なんですか？」

「pureblood はわたしたちの結社の名前よ」

「結社……」

「そう。日本っていう国をわたしたち日本人のための国に戻すために活動してる」

「メンバーはどれぐらいいるんですか？」

「残念ながらわたしを入れてメンバーは今のところ八人だけよ」

その話を聞いて詩織は驚いた。

美鈴の話によれば、pureblood のハンドルネームを持つアカウントは二百近くにのぼるという。実際に自分も pureblood のハンドルネームを持つアカウントを数多く目にしたが、ひとりで何十個も使い分けているということだろう。

「あなたと同じように、メンバーのそれぞれが日本にいる外国人に不満を持ってる。その人たちのせいでやりたい仕事に就けなかったり、近隣に住んでる外国人の騒音やマナーを守らないことに悩まされたり、治安が悪くなることに怯えたり……今まで誰も表立って声を上げることはできなかったけど、リーダーがわたしたちを立ち上がらせてくれたの」

「リーダー？」

「pureblood を作った人よ」

「どんな人なんですか？」

「わたしよりひとつ年上の男性で、これからの日本のありようを真剣に考えてる人よ。今の日本は若者や女性に優しくない。たくさんの人たちが仕事にあぶれて、貧困に苦しんでいる。その理由のひとつは、本来であればわたしたちが得られる恩恵を外国人たちが奪っているから。リーダーの意見に賛同して、わたしたちは奪われたものを取り戻すために実力行使に出ることにしたの」

今の日本は若者や女性に優しくないという意見には頷ける。自分も貧困の最中にいるのだ。だけど、それが外国人のせいだというのは飛躍し過ぎている。とうてい賛同できない。

普通であれば話にならないと、このまま帰ってしまうところだ。だが、そうするわけにはいかない。pureblood の誰かと接触して話が聞けたら十万円払うと美鈴は言っていたが、リーダーという人物までたどり着かなければ自分の気が済まないし、ブレイクニュースの目的も果たせないだろう。

「わたしもそのかたの意見に共感します。会ってみたいなあ」

詩織が言うと、その言葉を待っていたかのように沙紀がにこりと笑った。

「メンバーになれば会えるよ」

「どうすればメンバーになれるんですか?」

「簡単よ」

アパートに向かって歩きながら、詩織はこれからどうするべきか考えていた。

沙紀は簡単だと言っていたが、自分にとってはなかなか難しい要求で、返事を保留にしたままファミレスで別れた。

メンバーになるための条件は、自分のSNSに在留外国人の写真と名前を添えて、沙紀がカン・ソジュンやキム・ジウに行ったようなヘイトスピーチをすることだという。

外国人の知り合いはいないと詩織が言うと、知り合いである必要はないと沙紀が即答した。

さらに、むしろあまり近しい人をターゲットにすると自分が書き込んだと気づかれかねないので、よく知らない人のほうがいいと言われた。実際、沙紀は真っ先に職場の同僚であるキムの書き込みをしたかったそうだが、自分がやったと疑われるのを危惧して、同じ韓国人という理由だけで知り合いでも何でもないカンを最初のターゲットにしたという。

カンにとっては災難以外の何物でもなかっただろう。

自分にそんなひどいことはできない。

だが、とりあえずメンバーになってリーダーについて調べなければ、美鈴の真の目的は果たせない。カンのような辛い思いをする人たちが次々と現れることになるだろう。

ふと、コンビニの前にいる女性が目に留まり、詩織は足を止めた。

先日接客を受けた中国人らしき店員が、ごみ箱の袋を取り替えている。たしか女性の名札にはヨウと書いてあった。

詩織は迷いながらもバッグからスマホを取り出した。気づかれないように彼女の写真を何枚か撮ってコンビニの前を通り過ぎる。

アパートに戻ってからも、彼女をターゲットにするべきかどうかしばらく迷った。

以前コンビニを使ったときに彼女が詩織に取った態度を思い出す。インスタントラーメンともやしを買った自分を鼻で笑っていたではないか。

嘘を書くのではない。それに人助けのためにするのだ。

詩織はそう決心すると、沙紀に助言されたように新しいアカウントを作り、SNSにヨウの写真を貼り付け、コメントを書いて投稿した。

『さっきコンビニでインスタントラーメンともやしを買ったら、ヨウっていう店員に鼻で笑われた。不愉快だ。エブリーマート大山店にて』

溜め息を漏らしてSNSを閉じると、美鈴に電話をした。

「もしもし……」

美鈴の声が聞こえた。

「北川です。今、家に戻ってきました」

pureblood のアカウントを持つ人物と会う約束を取りつけたことは話していた。

「それで、どうだった？」

「ボイスメモで会話を録音したので後でデータを送ります。とりあえず……」

詩織は沙紀から聞いた話をかいつまんで説明した。

「……そのリーダーと話がしたいわね」

「そう言うと思って、リーダーに会うためにメンバーになる試験を受けました。少々嫌な試験でしたけど」

「嫌な試験？」

新しいアカウントを作成し、そのSNSに自分の行きつけのコンビニで働く外国人女性の写真付きでヘイトスピーチを書き込んだことを話した。

「そう……嫌なことをさせちゃったわね」

「リーダーと会えることになったら連絡します」詩織はそう言って電話を切った。

「いらっしゃいま、せ……」

歯切れの悪い店長の声が聞こえ、沙紀は自動ドアに目を向けた。

肩をすぼめたジウが店内に入ってきて、「おはようございます……」とカウンターの中に向けて弱々しく声をかける。

レジに立っていた店長はあからさまに顔をそらしたが、沙紀はとりあえず「おはようございます」と挨拶を返した。

ジウが恐縮するように頭を下げ、レジから鍵を手に取ると事務所に向かっていく。

「まったく、まいったなあ……」ジウの背中を忌々しそうな目で見つめながら店長が頭をかいた。

沙紀の投稿に追随するように、他の仲間たちもネット上にジウに関する誹謗中傷を書き込んでいた。さらにジウのSNSも特定されてコメント欄は炎上している。

ネットで書き込まれていることについて自分は何も言わなかったが、やがて店にも苦情の電話が入るようになり、ついに店長や同僚たちの知るところとなった。

「真面目でいい子だと思ってたんだけどなあ……おれも人を見る目がない」店長がさらにぼやく。

「彼女は何て言ってたんですか？」

「自分はSNSで書き込まれているようなことを言ったりしたりしてないって言い張ってた。だけど、あれだけお客さんから苦情が入るってことはなあ……」

「疲れてたか何かで、思わず口から出ちゃっただけじゃないですか」

「疲れてようが何だろうが、そういうこと口にされちゃ困るんだよ。さすがに問答無用でクビにするわけにはいかないけど、極力シフトを減らすしかないかな」

制服に着替えたジウが現れると店長が大仰に溜め息を漏らして、「堀内さん、時間だから上がって」と言った。

「お疲れ様です」と沙紀はジウから鍵をもらい、入れ違いにカウンターを出る。カウンターの中で心細そうに佇むジウを一瞥して、事務所に向かった。

更衣室に入ると私服に着替えて、スマホでSNSのチェックをした。

修からダイレクトメッセージが入っている。

『同志をスカウトしてくれてありがとう』

山下さとみのことだろう。

昨日、ファミレスで会ったときにはためらっていたが、別れてから数時間後に彼女から連絡があった。『やはりメンバーに加えてもらいたい』というメッセージと新しいアカウントが添えられていて、SNSを確認するとコンビニで働く中国人女性を吊るし上げていた。すぐにそのことをリーダーの修や仲間に伝えた。

『彼女はわたしたちの活動にすごく関心があるようでした。修さんのお話を聞いたらさらに共感してくれると思います』

ダイレクトメッセージを送ると、すぐに返信があった。

『近いうちにその女性も交えて集会を開こうか』

そのメッセージを読んで、ひさしぶりに修に会えると胸がときめく。

だが、仲間のみんなで会うとなると、彼とゆっくり話すのは難しいだろう。修はみんなにとってのカリスマだ。

少し考えて、沙紀はさらにメッセージを打った。

『彼女はちょっと人見知りするようなので、最初は修さんとわたしの三人で会うのがいいかもしれません』

先ほどのようにすぐに返信がないので不安になりながら待っていると、ようやくメッセージが届いた。

『わかった。そうしよう』

その返信に満足すると、沙紀はスマホをしまって事務所を出た。カウンターにいる店長に挨拶して店を後にする。

陸斗と修の存在が今の自分のすべてだ。

子供の頃から自分を理解してくれる人は誰もいなかった。学校の同級生も、先生も、そして親さえも。

十八歳でそんな親や周囲の人たちに嫌気がさして家を飛び出してからも、自分はずっと孤独だった。心を許せる友人もできず、心を許して付き合い始めた男性も、自分が妊娠したことを知るとどこかにいなくなった。

幼い子供をひとりで育て、毎日ヘトヘトになって働き、今の生活に何の楽しみも見いだせないままネットの中を漂っているときに、たまたま修のSNSが目に留まった。

在留外国人に対する過激なヘイトスピーチだったが、なぜだか深い共感を覚えてダイレクトメッセージを送った。

おそらくジウと知り合ったばかりの頃で、自分も在留外国人に対する苛立たしい思いを抱えていたからだろう。

何度か連絡を取り合っているうちに会おうという話になったが、実際に目の前に現れた修はSNSでの過激な言動からは想像がつかないほど、穏やかで優しい人だった。

どうしてSNS上であのようなヘイトスピーチをするのかと問いかけると、昔親しかった友人が信頼していた在留外国人からひどい裏切りにあったのがきっかけだと語った。それ以上に詳しいことは話そうとしなかったが、おそらくそのことによって修自身が耐えられないような思いをしたのではないかと彼の表情から察した。

彼の包み込むような物腰や言葉に導かれて、沙紀も自分の身の上話をしていた。

そして女手ひとつで子供を育てていて立派だと、今まで誰からも言われたことのない労(ねぎら)いの言葉をかけてくれたのだ。

修の思いに応えたくて、沙紀はSNS上でヘイトスピーチを繰り返し、自分たちに賛同してくれる仲間を探した。

そして少しずつではあるが仲間が増えていき、ネットで影響力を持ち始めている。

実生活の中では誰もが学のないシングルマザーの自分を馬鹿にして蔑んでいるが、ネットの世界では人々をひれ伏させる存在だ。

修と出会ったあの日から自分は充実した毎日を送れている。

たとえたまにしか会えなくても、彼と一緒に闘っているかぎり自分は孤独ではない。


コンビニの前で詩織は足を止めた。

ガラス越しに店内を覗いてみたが、ヨウの姿はなかった。

SNSにヨウのことを書き込んだ翌日から、一日に何度となくコンビニに足を運んでいるが、ヨウを見かけない。

休んでいるだけだろうか。それともあのSNSの書き込みのせいで仕事を辞めさせられたか、もしくは彼女自身で辞めることにしてしまったのではないだろうか。

自分がSNSに書き込んだ後から、ネット上の様々な場所で pureblood による彼女への攻撃が始まった。

自分がその引き金を引いてしまったのだ。

人助けのためにやったことだと思おうとしたが、本当にそれだけだったのかと、もうひとりの自分が心の中で問いかけてくる。

彼女に対して悪感情があったから、そうしたのではないかと。

自分がしたことによって彼女が仕事を辞めることになったり、心労のために通院せざるを得なくなったり、日本に来てやりたかったことを諦めて国に帰るようなことになったら――

自分はどうすればいいのだろう。

アパートに戻る道すがら考えたが、部屋にたどり着いても答えは見つからなかった。

ＳＮＳをチェックすると、沙紀からダイレクトメッセージが届いている。

『リーダーがあなたと会いたいって。明日の予定はどう？』

会うしかない。その結社の全貌をつかんで、彼女についての書き込みはすべて嘘だとネット上で告白させるしかない。自分もそれに加担したことも含めて。

『わかりました。明日は一日空いていますので何時でもかまいません』

詩織は沙紀に返信すると、美鈴に電話をかけた。


暖簾（のれん）をくぐって店に入ると、女性の店員が出迎えた。

「堀内さんで予約が入っていると思うんですが」

詩織が言うと、「お待ちしておりました。こちらにどうぞ」と店員が奥に促す。緊張しながら店員の後についていく。

沙紀には自分がブレイクニュースに出ていたのを気づかれた様子はなかったが、リーダーということはより警戒心が強いかもしれない。

店員が立ち止まり、「お連れ様がお見えになりました」と言って襖を開く。

気づかれたら気づかれたでしかたがない。自分の今日の役割はリーダーをこの場に誘い込むことなのだ。

そう腹を括って目を向けると、個室のテーブルに着いていた沙紀と淡いブルーのジャケットを着た男性が同時に立ち上がった。

詩織が個室に入ると、「初めまして。森山修です」と爽やかな笑顔を向けながら男性が頭を下げた。

「山下さとみです」詩織は森山に名乗ってふたりと向かい合うように座った。

「山下さんの好みも訊かずに勝手にこのお店に決めてしまいましたが、和食は苦手ではありませんか？」

「ええ……」

「ここは魚がおいしいのでたまに利用しているんです。もし苦手なものがないようでしたらお薦めのものを頼んでもいいですか？」

詩織が頷くと、森山が手慣れたように何品かの料理を頼む。

朗らかな森山の表情を見ながら、どうやら気づかれていないようだと胸を撫で下ろす。

ドリンクの注文を訊かれて、下戸だと言い訳しながら詩織はウーロン茶を頼んだ。アルコールで気を緩ませるわけにはいかない。

「やっぱり三人で会って正解だったみたいだ」

店員がいなくなると、森山がそう言いながら沙紀と顔を見合わせて笑った。

その言葉の意味がわからず、詩織は首をひねった。

「いや……彼女の話によると、山下さんは人見知りするようなので最初は大勢でないほうがいいんじゃないかと」そう言って屈託のない感じで笑う。

少し接したかぎりだが、人当たりのよさそうな人物に映る。とてもあんな過激なヘイトスピーチを主導しているようには思えない。

「彼女から山下さんの事情は聞かせてもらいました。ご家族にとって不幸なことでしたね」

「いえ……ひとつお訊きしたいんですが」

「何でしょうか」森山がそう言って少し身を乗り出してくる。

「堀内さんから、リーダーである森山さんがpurebloodを作ったと聞きました。どうしてこのようなことを始めようと思ったんでしょうか？」

詩織が訊いた瞬間、森山の眼差しが鋭くなった。だがすぐにそれまでの柔和な視線に戻る。

「あなたやご家族と同じですよ。わたしも外国人によって苦しめられてきた。それが今の原動力です」

森山に見つめられながら、得体の知れない息苦しさを覚えた。

「すみません、ちょっとお手洗いに」

「どうぞ」と森山に言われ、詩織は席を立って個室を出た。トイレに入るとスマホを取り出してメッセージを打つ。

『リーダーの名前は森山修。淡いブルーのジャケットを着ている』

店の外で待機している美鈴にメールを送った。


自動ドアが開いて店内に入ると、レジに立っているジウと目が合った。

「おはようございます」

挨拶しながら沙紀がレジに近づいていくと、小さく頷いただけでジウがその場から離れていく。

人が挨拶しているというのにいったいあの態度は何なのだ。

レジの中を確認すると鍵がなかったので、そのまま事務所に向かった。

ノックをしてドアを開けると、事務机に向かって店長が座っている。「おはようございます」

と声をかけたが、書類仕事で忙しいのか挨拶が返ってこない。

そのまま更衣室に向かおうとすると、「ちょっといいかな」と呼び止められた。

振り返ると同時に店長が立ち上がる。こちらに近づいてきて自分のスマホを差し出す。

「ここに書いてあることは本当のことかな」

意味がわからない。

スマホを見るようにとさらに差し出されて、沙紀は受け取った。画面に映し出された文字を見て心臓が飛び出しそうになった。

『この投稿は彼女を陥れるための嘘です。嘘をついた人物。堀内沙紀（24）』

さらに自分のアパートの住所と陸斗の名前も書かれている。

わけがわからず画面をスクロールさせる。ジウのSNSだ。自分がジウについて最初にした書き込みを貼り付け、それに追記するように先ほどのコメントが載せられている。

いったいどういうこと……

「これは本当のことなのか？」

その声に我に返り、店長を見た。

「あ、あの……」動揺していてすぐに言葉が出てこない。

「同僚をこんな卑怯なやりかたで陥れて店の信用を落とす人間は、ここで働いてもらうわけにはいかないから」

店長が冷ややかな口調で言い、沙紀の手からスマホを奪うとこちらに背を向けて部屋を出ていった。

ドアが閉まると、慌てて自分のスマホを取り出した。ジウのSNSを表示させる。

いったい誰があんな書き込みをしたのだ。

ふたたび先ほどのコメントを見て、愕然とする。

修のアカウントから投稿されたものだった。

どういうことか理解できないまま自分のSNSをチェックすると、同様の書き込みがされている。さらに仲間たちのSNSに次々と目を通していく。自分だけではなく、修を除く他の六人の仲間も個人情報がさらされていた。

『修さんのアカウントから変なコメントがされています』

修にダイレクトメッセージを送るとすぐに返信が届いた。

『おまえがドジったからだよ。バーカ』

その文字を見て立ち眩(くら)みしそうになったが、何とか『どういうことですか?』とメッセージを打って送った。

すぐに返信が届く。

『山下さとみはブレイクニュースの回し者だ。ゲームオーバーだ』

薄闇の中で足音が聞こえ、詩織は顔を上げた。

こちらに向かって近づいてきた人影が立ち止まる。この場所からではっきりと顔は認識できないが、身なりや背格好から二日前の夜に和食屋で会った男に間違いないと思った。

アパートの前で待ち伏せされても動じる様子はなく、男がふたたびこちらに向かって歩いてくる。

街灯の明かりであらわになった男は口もとに笑みを浮かべていた。

「よくここがわかったな。会食の後に尾行されたってわけか」

表情はあのときと同様に涼やかだが、口調は別人のように荒い。

詩織のすぐ目の前で男が立ち止まり、あたりに視線を配る。

「どうせそこらへんに隠れてるんだろ。ブレイクニュースの野依美鈴さん」

アパートの物陰から美鈴と、手に持ったスマホを男のほうに向けた樋口が現れる。

「やっとお話を聞かせていただけますね」美鈴がそう言いながら男に近づく。

「あんたに話すことは何もないよ」

「では、こちらで勝手に始めさせていただきます」

美鈴がそう言って男から樋口のほうに顔を向ける。

「皆さん、こんばんは。ブレイクニュースの野依美鈴です。今夜は先日お伝えしましたヘイトスピーチに関する続報をお届けいたします。まずは先日お伝えした内容をご覧ください」

そこで美鈴が口を閉ざした。数秒間、男をじっと見つめた後、ふたたび樋口のほうに顔を向けて口を開く。

「彼らがどんな目的や主義に基づいてこのような活動をしているのかを知りたくて、pureblood のハンドルネームを持つ人たちに取材依頼をしましたが、今まで誰からもお返事をいただくことはできませんでした。ただ、それからも取材を重ね、pureblood のリーダーとようやくコンタクトを取ることができました。今、わたしの目の前にいる男性がそのリーダーです」

そこまで話して美鈴が男に向き直った。

「森山修さん――いえ、シユウ・ズハンさん」

美鈴を見つめる男の表情が険しくなる。

「ここで、シユウ・ズハンさんについてご紹介しましょう。シユウさんは現在二十五歳、中国国籍で、三年前に中国でも優秀なことで知られる大学を卒業し、名門の東輝大学に留学なさいました。ただ、九ヵ月ほど前に退学されて……今は何をしておられるんでしょうか？」

美鈴が問いかけるが、男は苦笑しただけで何も答えない。

美鈴が調べたところでは、退学後は池袋にある飲食店でバイトをして生計を立てているようだ。

「あなたの身元を知ってわたしは戸惑いました。どうして自分と同じ立場の在留外国人に対して、あのような卑劣な方法でヘイトスピーチをするのか。その理由がまったくわからなかったからです。ただ、先日お伝えした韓国人のカンさんとともに、ブレイクニュースでこの問題について訴えてほしいと言ってこられた方々にあなたの写真を見せて、ようやくその理由がわかりました。そのおひとりであるリ・ハオユーさんはヘイトスピーチの被害に遭った後にあなたと知り合いになったと証言されました。そしてあなたからブレイクニュースでそのことを訴えればいいんじゃないかと助言された……」

「そうだよ」

ようやく男が声を発した。

「日本人が馬鹿だというのを訴えるためだ。たいした能力もないくせに、国籍が違うという理由で人を見下す国民性だということを。おまえらは自分よりも弱そうに思える人間にさえ、徒党を組まなければ何もできない愚か者だっていうことを、この動画を観ている日本人全員に思い知らせてやるためさ」

「そのために自分と同じように異国の地で頑張っている人たちを陥れたと？」

「日本に来てからずっとおれも同じような目に遭わされてきたんだ！　どんなに頑張ってもしょせん外人だと見下され、のけ者にされ、苦しめられてきた。おれよりもずっと頭の悪いやつらにだ。あいつらのせいでおれの夢は絶たれた。国に帰る前にせめてこの悔しい思いを晴らさなきゃ気が収まらなかったんだ」

「それで仲間として集めた日本人にネット上で在留外国人に対するヘイトスピーチをさせて、日本人がひどい差別をしていることをブレイクニュースで取り上げさせようとしたんですか？」

「そうだ。他のマスコミだったら自国の恥になるようなこんなネタは真剣に扱わないだろう。それにユーチューブでのブレイクニュースの視聴回数はかなりの数だから、日本語ができる世界中の人たちがきっと観ているにちがいないと思った。その人たちから日本人の愚かさが世界中に拡散されるのを願ったんだよ」

「もし、ブレイクニュースが取り上げなかったらどうするつもりだったんですか？」

「そしたら自力で発信するまでだ。おれは日本語だけじゃなく、英語も韓国語もフランス語もイタリア語もそれなりにできる。シユウ・ズハンとして日本のひどい現状を自分のＳＮＳからリポートするだけだ」

「仲間を裏切ったのはその布石ですか？」

美鈴が言うと、それまで饒舌（じょうぜつ）に話していた男が口を閉ざした。

この二日ほどの間に pureblood のハンドルネームを持つものたちの実名や個人情報がさらされ、

在留外国人を陥れるために嘘をついているとコメントがされていた。

おそらくシユウのしわざだろうと自分たちは思っている。

「わたしたちがあなたの正体をつかんでそれを報じることで、それまでの仲間の協力を得ることはもうできなくなる。pureblood によるヘイトスピーチはなくなり、世界中に日本人の差別を発信したいと思っていたあなたの願いは絶たれる。だからせめて、自分が利用していた日本人がひどい嘘をつき、卑劣な手段を用いて在留外国人を排除しようとしていたのを知らしめようとしたというわけ？」

男が「そういうことだ」と笑った。

「あなたが日本に来てからどれほどの苦痛を味わわされてきたのか、わたしにはわかりません。ただ、ひとつだけたしかなのは、あなたの言う通り愚かな日本人がいるということです。今回のあなたの計画に加担した人間のように。そしてあなたのように愚かな中国人も、愚かな韓国人も、愚かなアメリカ人も、どこの国にも愚かな人間は存在します。けれど、人種や国籍が人間の優劣を決めるものではないと知っている人間も同じ数だけ、いえ、それ以上に存在するとわたしは思いたい」

「きれいごとを……」

「自分が強いから、優秀だから、人を差別するわけじゃない。自分が弱いから、無能ではないかと怯えているから、人を差別する心が生まれるんじゃないかしら。その弱さに付け込んできたあなたなら、それがよくわかるでしょう」

「くそっ！　もう話すことは何もない……」

男が忌々しそうに言ってアパートのドアのほうに向かう。

「待ってください。まだ話は終わっていません」

美鈴の言葉に、鍵を開けようとしていた男が振り返る。

「最後にあなたに言いたいことがあります」

何だ、と男が美鈴を睨みつける。

「今の状況ではあなたの名前や顔を動画で公表することはできません。でも、愚かな行為にはいつか代償を払うことになるでしょう」

そうだ。ヘイトスピーチの被害に遭った者の中には心労のために通院せざるを得なくなった人もいる。

名誉毀損だけでなく傷害の容疑でも立件される可能性があるということだ。

「おれの知ったことか」

男は捨て台詞を吐くと、ドアを開けて逃げるように中に入っていった。

叩きつけるようにドアが閉じられると、美鈴が樋口のほうに顔を向けた。

「——彼らにかぎらず、ネット上では無数のヘイトスピーチが見受けられます。それを書き込んだ人たちは自分の意思によって、自分の主張こそが正しいという思いでしているのでしょう。その書き込みを見た誰かを深く傷つけてしまうかもしれないという想像力を持てないままに。それは愚かという以上に悲しいことだとわたしは思います。ネット上でヘイトスピーチをしている人たちには今一度、自分の行為をしっかりと見つめ直して、自分が傷つけた人たちにきちんと謝罪してほしいとわたしは願っています。以上、野依美鈴がお伝えしました」

そこまで言うと、美鈴が溜め息を漏らして詩織に顔を向けた。

「とりあえず終わったわね」

美鈴の言葉に、「まだ終わっていません」と詩織は首を横に振った。

「ヨウさんを捜して謝らなければならない」

先ほど美鈴が男に言った言葉が自分の胸に突き刺さっている。

自分が強いから、優秀だから、人を差別するわけじゃない。自分が弱いから、無能ではないかと怯えているから、人を差別する心が生まれるんじゃないかしら——

ＳＮＳに書き込んだときの自分にヨウに対する差別意識がまったくなかったとは言えない。

在留外国人の店員に蔑まれたと感じて、彼女なら排除されてもしかたがないと心の片隅で考えたのではないか。

それは自分が弱いから、無能ではないかと怯えていたからだろう。

「ヨウさんなら新しい部屋に移って、仕事も変わったわ」

美鈴を見つめ返しながら、詩織は首をひねった。

どうしてそんなことを知っているのだろう。

「あなたがＳＮＳにヨウさんのことを書き込んだと聞いたすぐ後に彼女に会いに行った。在留外国人に対するヘイトスピーチをやめさせるためにしかたなくあの書き込みをしたと説明したら、快く納得してくれた。協力してもらった謝礼として引っ越し先の部屋に移る資金を出して、新しい仕事を紹介したの」

「そうだったんですか……」詩織は安堵の溜め息を漏らした。

「あとはあなたがＳＮＳで彼女の名誉を回復する書き込みをするだけ」

美鈴の言葉に、詩織は強く頷き返した。

画面を見つめる視界が涙で滲んだ。

声は加工され、顔にモザイクがかかっていたが、自分たちに対する修の本心を聞いてどうしようもない悲しみに苛まれている。

「――きれいごとを……」

吐き捨てるような修の声が聞こえた。

「自分が強いから、優秀だから、人を差別するわけじゃない。自分が弱いから、無能ではないかと怯えているから、人を差別する心が生まれるんじゃないかしら。その弱さに付け込んできたあなたなら、それがよくわかるでしょう」

野依美鈴の言葉が胸に突き刺さった。

「くそっ！　もう話すことは何もない……」

「待ってください。まだ話は終わっていません。最後にあなたに言いたいことがあります……今の状況ではあなたの名前や顔を動画で公表することはできません。でも、愚かな行為にはいつか代償を払うことになるでしょう」

この動画を観る前にブレイクニュースのアカウントから自分に送られてきたダイレクトメッセージのことを言っているのだろう。

そこには修の本名と住所や電話番号などの個人情報が記されていた。

きっと他の仲間のもとにもそのメッセージは届いているにちがいない。

愚かな自分は、これ以上愚かなことをするつもりはない。ただ、かつて仲間だった他の人たちがそれをどのように使うかはわからない。

「――ネット上でヘイトスピーチをしている人たちには今一度、自分の行為をしっかりと見つめ直して、自分が傷つけた人たちにきちんと謝罪してほしいとわたしは願っています……」

ふいに手の中で振動があり、袖口で涙を拭ってスマホの画面を見た。『ブロードカフェ』と表示されている。

いったい何の用だろう。

ためらいながら応答ボタンを押して、「もしもし……」と沙紀は電話に出た。

「あ……堀内さん？　ブロードカフェの林です」

店長だ。

「いや……何て言っていいか言葉に困るんだけど……その……妙な疑いをかけてしまって本当にすまなかった。キムさんのSNSを見てすでに知ってるかもしれないけど、お客さんに対してあいうことを漏らしてしまったのは本当だと彼女が認めたよ」

その言葉を聞いて、動揺した。

「ど……どういうことですか？」

「自分が言ったことがSNSに出てしまってどうしていいかわからず、友人に頼んで堀内さんのせいにしてもらったということだ」

キムがどうしてそんな嘘をついたのか、自分には理解できない。

「キムさんもすごく反省しているようだから、堀内さんに謝って許してもらったらどうかと言ったんだけど、本人は責任を取ってどうしても辞めるということでね……調子がいいと思われるかもしれないけど、堀内さんさえよかったらまた店に戻ってくれないかな？」

「い、いや……」

それ以上言葉にできないでいると、「まあ、今すぐ決めなくてもゆっくりと考えてくれていいから。じゃあ、連絡を待ってるよ」と店長が言って電話が切れた。

沙紀はスマホを耳から離すとすぐにジウのＳＮＳを見た。

『わたしがお客さんに対して、日本人は口がくさいからイヤだっていったのは本当です。堀内さんのせいにしてごめんなさい』

ジウの投稿を見て、心が震えた。

居ても立ってもいられなくなり、『どうしてわたしをかばうの？』とジウにダイレクトメッセージを送った。

返信があった。

『あなたのためではない。お子さんのため』

その文字を見つめながら、自分がずっと孤独だった理由が今わかった。

こうやって友達になれたはずの人を失い続けてきたのだ。

正義の指

拡散希望——という文字が目に留まり、宇都史恵は思わず前のめりになった。

若手人気俳優の二階堂健についての書き込みで、何やら炎上しているらしい。

詳しく内容を調べようとしたときにインターフォンの音が鳴り、史恵は玄関のほうを見た。すぐにノートパソコンに視線を戻す。

立て続けにインターフォンの音が聞こえるが、史恵は気に留めることなくその件について調べていく。

たぶん宅配便の業者だろう。今は応対するのが面倒くさい。後でまた持ってきてもらえばいい。

ようやく耳障りな音がやんだと思ったら、すぐにパソコンの横に置いたスマホが振動した。津村敦子からの着信だ。

「今、どこにいるの？」

電話に出ると、敦子の声が聞こえた。

「家だけど」

その言葉に、史恵はパソコンの時刻表示を見た。二時を少し過ぎている。そういえば昨日LINEで、明日の二時に家に遊びに行っていいかと敦子に訊かれ、オッケーマークを送っていた。

「ごめん、忘れてた……」

史恵はスマホをテーブルに置いて座椅子から立ち上がり、玄関に向かった。ドアを開けると廊下に敦子が立っている。

「寝てたの？」

敦子の言葉に史恵は首を横に振った。「ちょっと作業に夢中になってただけ」と言って部屋に戻る。すぐに座椅子に座ってパソコンと向き合う。

「ケーキ買ってきたんだ」部屋に入ってきた敦子が手に持った箱を掲げて言った。

「冷蔵庫にお茶があるから適当にやって」

しばらくするとパソコンの横にグラスに入ったお茶と皿に載ったケーキが置かれる。

「一日中、部屋でパソコンと睨めっこしてて疲れない？」

その声に史恵は視線を向けた。敦子がローテーブルの向かいに座ってこちらを見つめている。

「別に……」

「ここのケーキ、おいしいんだよ」

敦子がそう言って自分の目の前に置いたケーキを食べる。せっかくなので史恵もフォークをつかんでケーキを食べた。

「たまには外に出ないと身体によくないよ」

またおせっかいが始まったと、史恵は漏れそうになる溜め息をお茶とともに飲み込んだ。

敦子は旅行関係の専門学校の同期だ。卒業後はふたりとも違う旅行会社に就職したが、自分は二年前に辞めた。それ以来、ウェブライティングやデータ入力など家でできる仕事で生計を立て、前の会社の同僚はもちろんのこと、学生時代の友人たちとも顔を合わせることのない生活を送っている。

唯一、敦子だけが定期的に自分に連絡を取り、こうやって家にやってくるのだ。

「二日に一回はコンビニに行ってるよ」史恵は返した。

「そういうのを外に出るって言わないの。それに寂しくない？」

「何で？」

「何でって……わたし以外の人と友達付き合いしてないんでしょ。朋美や優花も史恵はどうしてるんだろうって心配してたよ」

そのふたりも専門学校の同期だ。二年近く連絡を取り合っていないが、別に寂しいとは思わない。

敦子は知らないだろうが、仲間ならネットの中にいくらでもいる。お互いに本名も年齢も性別さえもわからない仲だが、そのほうがかえって気楽でいい。

「ねえ、近いうちにどこか旅行しない？　昔みたいにさ」

専門学校時代はよく敦子たちと旅行したが、今はまったく関心が持てない。

パソコンがあればどこのどんな風景でもタダで見られるし、食べたいものがあれば取り寄せればいいだけだ。

「近いうちって……連休なんか取れるの？」

旅行したくても今の職場はなかなかまとまった休みを取らせてくれないと、以前敦子は愚痴っていた。

「うん。実は……昨日からしばらく休みなんだ」

心なしか敦子の声が沈んでいるように感じる。

「へえ、よかったじゃない」

「よくはないよ。仕事でちょっとミスしちゃって、会社からしばらく休んでいろって言われたから……」

「そうなんだ」

敦子は学生時代から優等生で通っていたので、会社から休みを命じられるほどのミスをしたというのが意外だった。

どんなミスをしたのかまったく興味がないわけではないが、それ以上に先ほどSNSで目にした炎上案件のことが気になっている。

「もしかしたらこのまま辞めることになるかもしれないから、また新しい仕事を探さなきゃいけなくなるかも。その前に旅行でもして自分を見つめ直そうかなって。でも、ひとりだったら辛い旅になっちゃうかもしれないから……」

「自分を見つめ直したいんだったらひとりのほうがいいよ。悪いけど、そろそろ仕事をしなきゃいけないから」

史恵が言うと、こちらを見つめながら敦子が「そうだね……」と寂しそうに笑った。

せっかくケーキを持ってきてくれたのに素っ気なさ過ぎただろうか。

何か口にする前に、「邪魔しちゃってごめんね」と言って敦子が立ち上がった。自分が使った皿とグラスを流しで洗ってから玄関に向かう。

冷たいようだが、仕事で嫌なことがあっても自分で何とかするしかない。自分がそうであったように。

敦子が出て行ってドアが閉まると、史恵はパソコンに視線を戻した。二階堂健への書き込みについて調べていく。

いくつかのサイトをチェックして、炎上の理由がわかった。旅行会社に勤めているらしい人物のＳＮＳの書き込みが火元だ。

その人物は三日前に、もともと大ファンであった二階堂健が来店して自分が接客したことを興奮気味に投稿していた。

それだけであればたいした批判を浴びなかったかもしれないが、二階堂健が旅行する場所や日付、ホテル名と部屋のランクを示し、『最高級のスイートに二泊するなんてさすが人気俳優！　チョー憧れる』などと無邪気に感想を述べていた。さらに公表されていない本名を書き込んだことから、二階堂健のファンはもちろんのこと、たくさんのネットユーザーから『個人情報を勝手にＳＮＳにさらすのはひどい』と抗議のコメントが寄せられている。

その人物はすぐに書き込みを削除して『軽率な行動をしてしまい申し訳ありませんでした』と謝罪したが、スクリーンショットされた書き込みがあらゆるＳＮＳに拡散されてしまい炎上していた。

ネット上では書き込みをした人物の身元と働いている旅行会社を特定しようという動きがあるが、まだ判明していないらしい。

しばらくこの話題で楽しめそうだと思いながら、史恵は残りのケーキを頬張った。


目を覚ますと、史恵は枕元に置いたスマホをつかんだ。昼の二時を過ぎている。

このまましばらく横になっていたかったが、そろそろ仕事をしなければならない。

史恵はベッドから起き上がってユニットバスに入った。歯を磨いて顔を洗うと、スウェットのままパソコンの前に座る。

データ入力をする前にパソコンでネットの検索サイトを開いた。『二階堂健』『炎上』とキーワードを入れる。

ネット上はあいかわらずこの話題で持ちきりだ。二階堂健の個人情報をさらした件のまとめサイトがいくつか立ち上がり、まだ特定されていない書き込みをした人物についての情報を求めるコメントがあふれている。その中には自分とつながっている仲間によるものも多数含まれている。

自分も火元となった『トンコ』という人物のSNSを見たが、二階堂健に関する投稿以外にはたいした書き込みはされておらず、本人を特定する材料には乏しい。

それにしてもトンコとはずいぶん冴えないハンドルネームだ。子豚をイメージさせる名前を自分ならつけない。

そこまで考えたとき、ふいに敦子の顔が脳裏をよぎった。

トンコ……たしか……

専門学校の頃はそんな呼びかたを誰もしなかったが、それまでの同級生からはトンコというあだ名で呼ばれていて嫌だったと、以前敦子から聞いたことがある。

そういえば昨日ここにやってきたときに、敦子は仕事でミスをして会社からしばらく休むよう命じられたと話していた。それに敦子は二階堂健の大ファンだ。

あのSNSの投稿をしたのは敦子ではないだろうか——

二階堂健本人か事務所の人間から旅行会社に抗議がいき、敦子は自宅謹慎させられているのではないか。

もしかしたらこのまま会社を辞めることになるかもしれないと敦子は言っていた。

これだけネットで騒がれてしまい、上司や同僚から責められて肩身の狭い思いをしているのかもしれない。

そうだ。きっとトンコは敦子にちがいない。

画面を見つめながら興奮している自分に気づく。

このことを知っているのはおそらく敦子が勤める旅行会社の一部の人間と、自分だけだ。

これだけ無数の人たちが知りたくてたまらないことを自分は知っている。

史恵は自分のＳＮＳに画面を切り替えた。過激なコメントをするときに使う裏アカウントだ。

興奮を抑えられないまま、史恵は一心不乱にキーボードを叩いた。


「そうですか。わかりました……ご連絡いただきありがとうございます」

詩織はそう言うと、相手の次の言葉を待たずに電話を切った。

またダメだったと、スマホをテーブルに置きながら溜め息が漏れる。

昨日面接に行ったバイトの不採用の電話だ。

面接しているときには終始和やかな雰囲気で、店長も自分に好感を持ってくれているように思えていたので、おそらくその後にネットで詩織のことを知ったのだろう。

ユーチューブやＳＮＳで話題になっているブレイクニュースで、パパ活をしていたことや逮捕歴があることを実名と顔をさらして告白した人物だと。

二週間前にそれまでバイトをしていた居酒屋を辞めた。ブレイクニュースに出たことで店の人たちや客から好奇の視線にさらされ続け、とうとう耐えられなくなってしまったのだ。

一ヵ月ほど前にブレイクニュースの取材を手伝い、野依美鈴から十万円をもらったが、それも来月には使い切ってしまうだろう。少しでも早く仕事を探さないと生活していけない。

詩織はふたたびスマホを手に取った。目を凝らしてネットの求人情報を見ていると、いきなりスマホが震えて画面に『野依美鈴』の名前が表示される。

「元気にしてる？」

電話に出ると、美鈴の声が聞こえた。

「まあ……あいかわらずです」けっして元気ではないが、詩織はそう答える。

「まだ居酒屋のバイトをしてるの？」

「二週間前に辞めました」

「新しいバイトは？」

「今、探しています」

「また手伝う？　きちんとした代価を払うのはこの前の取材で証明したでしょう」

その言葉に、心が揺れ動く。

「どんな取材なんですか？」ためらいながら詩織は訊いた。

「まだわからない。これから取材をしてほしいという人に会うから」

「そうなんですか……」

どのような取材に協力させられるかもわからないのに、やりますとは即答できない。

「二時間後に光が丘駅のすぐ近くにあるサンディーズに来てほしい」

チェーンのファミリーレストランだ。

「話を聞いてから手伝うかどうか決めていいから」

「わかりました」詩織はとりあえずそう言って電話を切った。

ファミリーレストランのドアを開けて中に入ると、すぐに若い女性の店員がやってきた。

「すみません。待ち合わせをしているので、店内を見てもいいですか？」

詩織は店員に言って店内を巡った。奥のほうの席に美鈴がひとりで座っているのを見つけ、近づいていく。

「まだいらっしゃっていないみたいですね」

詩織が言うと、美鈴が頷いて隣の席を手で示す。美鈴と並んで座ると、やってきた店員にアイスティーを頼んだ。

美鈴と会話がないままドアを見つめていると、ひとりの女性が入ってきた。五十歳前後に思える女性が店内に視線を配りながらこちらに向かってくる。詩織たちの前まで来て立ち止まると、

「野依美鈴さんですよね？」と女性が訊いた。

「ええ、津村さんですか」

「そうです」と頷き、女性が自分たちの向かいに座る。「こちらのかたは？」と探るような目を詩織のほうに向けて言う。

「わたしの助手をしております。何か問題がおありでしょうか？」

美鈴の言葉に、「いえ……」と津村が首を振る。

店員に注文をしてドリンクが運ばれてくると、美鈴が少し身を乗り出して口を開いた。

「ブレイクニュースで取り上げてほしいことがあるとダイレクトメッセージにありましたが、どのようなことでしょうか？」

津村はなかなか言葉を発さない。ためらっているようだ。

「プライバシーには可能なかぎり配慮いたします。ブレイクニュースをご覧になったことはありますよね？」

神妙な面持ちで津村が頷く。

「ご本人の承諾を得られないかぎり、名前や顔を公表することはありません」

「一週間前に……娘が……自殺を図りました」

その言葉を聞いて詩織の胸に鈍い痛みが走った。谷村麗子の姿が脳裏をかすめる。

「お嬢さんはおいくつですか」穏やかな口調で美鈴が訊いた。

「二十五歳です。この近くにあるマンションでひとり暮らしをしていましたが……五階の部屋のベランダから飛び降りて……」そこまで言うと津村が苦しそうに顔を伏せる。

美鈴は先を促すようなことをせず、じっと津村を見つめている。

「落ちたところが草地になっていたことと、足から着地したことが幸いして、命に別状はありませんでした。ただ、両足を複雑骨折していて入院しています。治っても今までのように歩けるかどうかはまだわからないそうで……」

「自殺を図った原因にお心当たりはあるのでしょうか」

美鈴が訊くと、津村が小さく頷いた。

「理由を訊いても娘は何も話そうとしなかったので、最近まではわかりませんでした。ただ、実家にいる息子がネットに娘のことが書かれているのを見て、きっとこれが原因にちがいないと」

「SNSなどでの誹謗中傷ということでしょうか」

「ええ……娘は旅行会社で働いておりまして、そこに俳優の二階堂健さんがやってきて自分が接客したことと、予約したホテルの情報や、公表されていない二階堂さんの本名などを、自分のSNSに上げてしまったそうなんです。本人の承諾を得ずに個人情報を載せるのはひどいというコメントがあって、すぐにそれらを削除して謝ったみたいですが……」

「ネットにお嬢さんの名前などがさらされてしまった？」

「そうです。名前だけでなく、娘の顔写真や住所、電話番号や勤務先までネットのあちこちに出ていました。それに娘に対する誹謗中傷もひどくて……とても見ていられないような汚くて心ない言葉ばかりで……」

「ネット上の誹謗中傷のせいでお嬢さんが自殺を図ったことを、ブレイクニュースで訴えたいということですか？」まっすぐ相手を見て美鈴が訊く。

「たしかに娘がやったことはよくないことです。娘は二階堂健さんのファンだったので、舞い上がってしまったのかもしれませんが……二階堂さんご本人や、それによってご迷惑をおかけしてしまった会社から責められるのはしかたがないことだと思います。ただ、世間の多くの人たちからこれほどまでに糾弾され、死を選ぶほどに追い詰められなければならないくらい、娘はひどいことをしたのかと書き込みをした人たちに訴えたいんです」

津村の話を聞いて、美鈴が溜め息を漏らす。

「お母様のお気持ちはわからないでもありませんが……ただ、それをすることによってさらに彼女への誹謗中傷が増してしまうかもしれませんよ。ネットのスラングで『燃料投下』と言うようですが。たとえお嬢さんや二階堂さんの名前を伏せて今回の事情を伝えたとしても、わかる人にはわかってしまいますから」

「わたしがそうしたとしても、そうしなかったとしても、娘の名誉が完全に回復することはないと思っています。ネットに出てしまった情報は簡単に消すことはできないんですよね？」

「簡単に……といいますか、完全に消すことはできないと考えたほうがいいでしょう」美鈴が答える。

匿名が当たり前のネットの世界では、ひどい書き込みをした者を特定するのも容易なことではない。仮に特定してその記事を削除させたとしても、他の者がスクリーンショットで保存した情報が際限なく増殖してネットの中を漂うのだ。

「たとえ怪我が治って退院しても、娘はこれから苦しみ続けることになるでしょう。だから母親として公の場で訴えたいんです。あなたは死ななければならないような悪いことはしていないと。あくまでも悪いのは、平気でこんなひどい言葉を書き込む人たちなんだと。息子によれば、娘はブレイクニュースが好きでよく観ているといと話していたそうです。今はネットになど触れたくないでしょうが、いつか観てもらうようにします……」津村が涙を浮かべながら言う。

詩織は美鈴に目を向けた。目の前で嗚咽を漏らす津村を見ていた美鈴が「わかりました」と頷く。

「わたし自身の考えとしましては、お嬢さんがしてしまったことはどう考えてもよくないことだと思っています」

美鈴の言葉に、「それはもう……」と津村がうなだれる。

「ただ、ネットの誹謗中傷に関してはわたしも常々思うことがありますので、ブレイクニュースでこの件を取り上げましょう。この後お時間があるようでしたら、さっそく近くで撮影したいのですが、いかがでしょうか？」

「大丈夫です。ちょっとお手洗いに行ってきます」ハンカチで目もとを拭いながら津村が立ち上がってトイレに向かう。

「これから撮影ということは、樋口さんを呼ぶんですか？」

詩織が訊くと、美鈴が首を横に振った。

「遅い春を謳歌しているのか、どこかで大金でも拾ったのかわからないけど、最近呼び出しに応じるのを渋ることがある。ふたりいるから今日は彼を呼ぶ必要はないでしょう」

　自分にカメラマンの代わりをやれということか。

「あなたがインタビューをしてみる？」

　美鈴の言葉に、詩織は戸惑った。

「ちょっと待ってくださいよ。わたしにはできませんよ」手を振りながら詩織は拒否した。

「ギャラを弾むわよ。取材一回につき五万円でどう？」

　少し心がぐらついたが、詩織は思い直して首を横に振った。

「いえ、いいです。ブレイクニュースの視聴者の多くは野依さんを目当てにしているでしょうから」

「わたしよりあなたが伝えたほうがより説得力が増すと思うけど」

「どうしてですか？」

「ネット上の誹謗中傷に傷つけられているから」

「それは野依さんも同じでしょう？」

　たしかに自分に対する誹謗中傷や罵詈雑言もネット上にあふれているが、美鈴の比ではない。あれだけ世間から叩かれながら美鈴はどうしてこんなことを続けていられるのだろう。

　彼女のその原動力はいったいどこからくるのか。

「わたしはそんな誹謗中傷でいちいち傷つかないから」美鈴がこともなげに言ってカップに口をつけた。

ＬＩＮＥを確認すると、あいかわらず自分のメッセージに既読がついていない。

パソコンの画面を見つめながら、史恵は唸った。

十日ほど前から何度となく敦子のＬＩＮＥにメッセージを送っている。ネット上に彼女に対するコメントが増えて、さすがにどうしているか気になったからだ。

二階堂健の個人情報をＳＮＳに載せたのは津村敦子という二十五歳の女性であると旅行会社名とともに書き込むと、自分の裏アカウントに無数の賞賛のコメントが届いた。そしてネット上に敦子の情報が次々とアップされていった。たかが俳優のちょっとした個人情報を漏らしたぐらいの人物に対して、まさかこれほど大きな反応があるとは思っていなかったので、正直なところ戸惑いを覚えている。

敦子が住んでいるマンションの住所や電話番号もネットにさらされていたので、もしかしたらしばらくの間スマホの電源を切っているのかもしれない。

それとも名前を書き込んだのが自分だと察して、連絡を無視しているのか。

いや、それはないだろう。

敦子は二階堂健の件を自分に話したわけではない。あくまでも自分の推測に基づいて特定したのだ。会社の同僚の誰かが漏らしたのだろうと思っているはずだ。

まあ、いい――

しばらくすれば炎上も落ち着いて、また連絡してくるようになるだろう。

ユーチューブをチェックすると、ブレイクニュースの新しい動画が投稿されている。

ブレイクニュースは好きなチャンネルだ。自分のようなネット民にとって、野依美鈴は羨望の的だ。組織の後ろ盾もなく、ジャーナリストを名乗る素人でしかない彼女が、自分ひとりの力でこれだけ多くの人たちから注目を浴びている。まさにネットの申し子というべき存在だろう。

サムネイル画像をクリックすると、化粧品のＣＭに続いて映像が流れた。どこかの公園のようで、ベンチに並んで座るふたりを映し出している。ひとりは若い女性で、もうひとりは顔にモザイクをかけられた、こちらも女性のようだ。

若い女性に見覚えがある。以前、ブレイクニュースでパパ活をしていることを告白した女性だと思い出した。

「……皆さま、こんにちは。ブレイクニュースです。今日は野依美鈴に代わりまして、わたくし北川詩織がインタビュアーを務めさせていただきます」

画面の中で、若い女性がこちらに顔を向けて言う。

北川詩織――そういえばそんな名前だった。たしか年齢は二十一歳だったはずだ。

野依美鈴が出ないことに落胆したまま画面を見つめる。

「わたくしは今、練馬区にある光が丘公園に来ています。今日はブレイクニュースで訴えたいことがあるとおっしゃる女性にお越しいただきました。どうぞよろしくお願いいたします」

北川詩織が隣の人物に会釈すると、「よろしくお願いします」と機械で加工された声が聞こえた。

「〇×さんは静岡県在住の五十三歳の主婦ということですが、どのようなことをお話しされたいのでしょうか？」

名前にピーという音がかぶる。

「娘のことです……」

「お嬢さんのどのようなことですか？」

「娘の○×は二十五歳で、都内の旅行会社に勤めていました。二週間ほど前にその旅行会社に俳優の○×さんがいらっしゃり、娘が接客をしました」

機械音を聞きながら、胸の中がざわつく。

モザイクの女性はもしかして敦子の母親なのか?

「娘はもともと○×さんの大ファンだったので、舞い上がってしまったのでしょう。自分のSNSに○×さんが来店して接客したことと、あろうことか○×さんのプライベートに関わるいくつかの大切な情報を載せました。当然、それを見ていた人から非難の声が届き、娘はすぐに書き込みを削除して、『軽率な行動をしてしまい申し訳ありませんでした』と謝罪しました……」

「それでことが済まなかったということでしょうか」

北川詩織が訊くと、モザイクの女性が頷くのがわかった。

「その後、ネット上に娘の名前や年齢や職場の会社名がさらされ、さらに顔写真や電話番号などが出されて無数の誹謗中傷をされました。すべてではありませんが、わたしも確認しました。娘に対して『死ね』とか『おまえなんか生きている価値はない』とか『これでどこも雇ってもらえないだろうな』とか『おまえの人生は終わった』とか……もっと、もっと……ひどい言葉がたくさんありました……後々、娘のスマホを確認したら、おびただしい数の非通知設定からの着信もありました。娘はそれらの誹謗中傷や悪質な嫌がらせに追い詰められてしまったのでしょう……」

嗚咽が聞こえ、女性が取り出したハンカチで顔を覆う。

「大丈夫ですか?」

北川詩織の問いかけに、女性が「はい」と言葉を返す。

「自殺を図るまで、わたしは娘がそんなに辛い思いをしていることをまったく知りませんでした」

　その言葉を聞いて心臓が跳ね上がった。

　──敦子が自殺を図った？

「……娘は一週間前に自宅マンションの五階から飛び降りました。足から落ちたことで一命は取り留めましたが、両足を複雑骨折して入院しています。退院しても今までのように歩けるかどうかはわからないとお医者さんから言われました」

「お嬢さんが自殺を図ったのは、ネット上の誹謗中傷やそれに伴う嫌がらせが原因だとお考えですか？」

「そうとしか考えられません。わたしがその立場だったとしても、ネット上に自分の個人情報がさらされて、あれだけの誹謗中傷をされたら、生きる気力をなくしてしまうでしょう」

　北川詩織が女性からこちらに顔を向ける。

「わたしもお母様のお話を聞いてからネットでの◯×さんについての書き込みを調べてみました。本当にひどい言葉がたくさん並んでいました……それを書き込んだ人たちや、世間の多くの人たちは、嫌ならネットを見なければいいだけだろうと思うかもしれません。ただ、そういうことではないんです。自分がその言葉に直接触れなかったとしても、それを見たかもしれない人たちの自分への視線を感じて、それがとてつもない苦しみになるのをわたしは知っています」

　北川詩織はそう言うと、隣の女性に視線を戻した。

「お嬢さんはどのようなかたですか？」

「親のわたしが言うのもなんですが、優しい子だと思っています。子供の頃から自分の話をするよりも友達のことを心配して、わたしにどうすればいいだろうかと訊いてくるような子でした」

それらの言葉が胸に突き刺さる。

敦子は友人を思いやる優しい女性だったと自分も思う。

「たしかに娘がしたことはよくないことです。それは重々わかっています。ただ、自殺を図らなければならないほど責められることなのでしょうか!? わたしはそうは思いません。これを観ている人たちに訴えたいです。どうか、娘のことをこれ以上傷つけないでください。娘だけではなく、他の誰をも自分の悪意の言葉で傷つけないでください。娘が感じた苦しみや深い絶望を、母親のわたしが感じた悲しみを、もう誰にも味わってほしくないんです!」

北川詩織が女性に頷きかけて、こちらに視線を向ける。

「書き込みをする人たちにとっては、たかが言葉だと思うかもしれません。しかし、人を傷つけ、死に追いやってしまう言葉があります。韓国ではネットの誹謗中傷によってたくさんの有名人が自ら命を絶っていて、『指殺人（ゆびさつじん）』と言われて問題になっています。自分がキーボードや液晶画面に打ち込んだ言葉によって、人を殺すということです。日本でもそういった悲しい出来事が度々起こっています。ブレイクニュースではこれからもこの問題について報じていくつもりです。以上、北川詩織がお伝えしました――」

静止した画面を見つめながら、息苦しさがやまない。

指殺人――という言葉が頭の中でこだましている。

自分の指が敦子を死に追いやろうとしたというのか。

そんなことはない。そんなつもりはなかった。

自分は名前と年齢と職場を書き込んだだけで、敦子に対する誹謗中傷や嫌がらせはしていない。

ただ、ネット民や仲間たちの欲求を少しだけ満たしてあげようとしただけだ。

でも……どんなに心の中で言い訳してもひとつはっきりと気づいていることがある。

引き金を引いたのは紛れもなく自分なのだ――


ファミレスに入って店内を見回すと、窓際の席にひとりで座っている美鈴が目に留まった。スマホを見ているようだ。

近づいていく智に気づいて美鈴が顔を上げた。隣の席を手で示され、美鈴と並んで座る。

「取材の相手はまだ来てないいんですか？」

午後三時にここに来てくれと美鈴に言われたが、十分ほど遅れてしまった。

「約束は三時半だから」

自分が遅れてくるのを見越していたわけか。

「ブレイクニュースに由々しき事態が起きてる」

その言葉に、美鈴に顔を向けて首をひねった。

「わたしの情報が漏洩している」

ぎくっとして思わず美鈴から視線をそらした。

「あなたじゃない？」

冷ややかな口調で美鈴に問いかけられ、ごまかしきれないと観念した。

「ごめんなさい……週刊現実の真柄さんから野依さんの情報を調べて教えてほしいと頼まれて」

「わたしの情報はいくら？」

「ひとつにつき十万円……」

「悪くない金額ね。総額でいくらもらえたの？」

「東京駅近くにある会員制のバーと野依さんが立ち寄ったアパートを教えて二十万円です」

「そう」

恐る恐る視線を戻すと、美鈴は正面を向いてアイスコーヒーを飲んでいる。それほど怒っている様子には見えない。でも……

「おれはクビですよね？」智は訊いた。

前回の動画では北川詩織がリポートしていて、おそらく美鈴が撮影したのだろう。ふたりいれば自分は必要ない。

「あなたと北川さんがいてくれないとこれから困るから」

呟くように言った美鈴の横顔を見てはっとした。今まで見たことのない弱々しい表情に思えた。

「これから困るってどういうことですか？」

智が訊くと、美鈴がこちらを見た。

「彼女とはどうなってるの？」

ふいに関係のないことを訊かれてどぎまぎする。

「まだ彼女じゃないです……コクってないし。でも、一緒にいると楽しい……」

「二十万せしめたんならしばらく楽しめるわね。今日は先に渡しておくわ」美鈴がそう言ってバッグから封筒を取り出してこちらに差し出す。

中をあらためると一万円札が五枚と、五百円硬貨が一枚入っていた。

どうしてこんな中途半端な金額を。

「これから日給ではなく取材一回につき五万五百円の報酬でいい？　北川さんは五万円だけど、あなたのほうが先輩だから」

嬉しかった。

「今日の取材が終わったら、ブレイクニュースを少し休んで彼女との時間を目一杯楽しみなさい。でも、必要なときにはあなたに来てほしい。そのときはわたしを助けてくれる？」

美鈴を見つめ返しながら智は頷いた。


「皆さま、こんにちは。ブレイクニュースの北川詩織です。先日に引き続き、ネットでの誹謗中傷の問題について考えたいと思います。本日はネットの問題に詳しい弁護士の西村博一先生にお話をお聞きしたいと思います」

詩織は美鈴が構えるスマホを見つめながら言うと、斜向かいに座る西村に顔を向けた。

「西村先生、よろしくお願いいたします」

西村が会釈で応じる。

「最近、ネットでの誹謗中傷が問題になっていますが、どうしてこのようなことが起こるとお考えですか？」

詩織が訊くと、西村がひとつ頷いてから口を開いた。

「まず、ＳＮＳやネット掲示板などは匿名性が高く、身元が特定されづらいことが第一に挙げられると思います。対面で直接相手に話すわけではないので自身の発言に罪悪感を抱きづらく、意見の発信にも制限が少ないため、極端に攻撃的な言葉が書き込まれやすくなるのではないでしょうか。ネットの誹謗中傷というと、皆さんはまず著名人に対するものを想像されるかもしれませんが、一般のかたに対する誹謗中傷も確実に増えています。総務省から委託を受けて運営される違法・有害情報相談センターに寄せられた相談件数が二〇一〇年度には一三三七件だったのに対して、二〇一八年度には五〇八五件と四倍近くになっています」

「SNSの普及によって誹謗中傷の書き込みが増えているということでしょうか」

「SNSの普及がこの問題を大きくしているのは事実だと思います。ただ、ある調査によりますと、実際にそのような書き込みをしている人はごく少数で、ネットユーザーの一パーセントにも満たないのではないかと言われています」

「そうなんですか？」

「ええ。ただ、ひとりの人が書き込んだ内容に共感した人がその投稿をシェアしたりスクリーンショットをして転載したりする。そのような人が複数いればネット上でその書き込みが可視化されていきます。さらに多くの人が便乗することでどんどんその書き込みが拡散されていく。たとえ書き込む人は全体の一パーセントだったとしても、その何千倍、何万倍の人たちが書き込むよりもハードルが低いと思って気軽に共有してしまう。これがネット上で誹謗中傷が増えていくメカニズムです」

「しかし……ごく少数の人たちであったとしても、どうしてそのような誹謗中傷を書き込んでしまうのでしょうか」

「これもある調査の結果なのですが、約半数の人が、相手が間違っていることをしているのが許せなかったから書き込んだと答えています。つまり正義感でやったという思いが強い人が多いのでしょう。それが結果として過剰な社会的制裁……もっと言いますとネットリンチという状況になってしまっているんです」

　詩織に対して書き込まれた誹謗中傷もその類だろう。パパ活をしているのは正義に反する。そんなことをする人間は懲らしめて吊るし上げるべきだと。しかし……

「ただ、正義感というには程遠いような、相手の尊厳を踏みにじるひどい言葉がネット上にはたくさん見受けられると思います。ひどい書き込みをされた側はどのような対応をすればいいのでしょうか」詩織は訊いた。

「まず、ネット上においても自身の評価を貶めるような書き込みをされれば、名誉毀損罪や侮辱罪で訴えることができます。ただ、名誉毀損罪や侮辱罪は親告罪なので、ご自身が捜査機関に告訴する必要があります。また、民事上でも損害賠償を請求することができます。ここで誹謗中傷の書き込みなどを行っているかたにお話ししておきたいのは、ネットの世界は決して匿名ではないということです。捜査機関が介入すれば書き込んだ人物の身元は簡単にわかりますし、たとえ捜査機関に委ねなかったとしても、発信者情報開示請求という法的手続きを取れば相手を特定することができます」

「発信者情報開示請求については、かかる時間や費用などの面でハードルが高いところもありますよね」

詩織の言葉に同意するように西村が頷く。

「現状ではそうですね。ただ、このような問題が多くなって、これから法整備がされるのではないかと思います。いずれにしてもネット上で書き込みをする前に、自分は決して匿名ではないのだということを肝に銘じてほしいと思いますし、その言葉が相手の心をひどく傷つけるものではないか、ひいては自分も罪に問われるかもしれないということに思いを向けてほしいですね」

「書き込みをしなくても、シェアしたりスクリーンショットをして拡散したりする人たちも考えてほしいですね」

「同感です。ボタンひとつでできる気軽な作業ですが、その責任は書き込みをした人と同等にあ

ります から。シェアしたりスクリーンショットをして拡散したりした人も相手の社会的評価を下げる行いをしたことに変わりはなく、名誉毀損罪や侮辱罪が成立します」

「今日は貴重なお話をお聞かせいただき、ありがとうございました」

　詩織は西村に会釈して、スマホを構える美鈴のほうに顔を向けた。

「ブレイクニュースでは引き続き、この問題に取り組んでいきたいと思っております。以上、北川詩織がお伝えしました——」

　片手でオッケーマークを作った美鈴を見て、詩織は溜め息を漏らした。

「西村先生、ありがとうございました」美鈴がスマホを持っていた手を下ろしてこちらに向かってくる。

「いえ、お役に立てることがあればまたおっしゃってください。そういえば先日、ブルーダイヤモンドで夏八木さんとお会いしましたよ。あなたがいらっしゃったときのことを懐かしそうに話していましたね」

「また新米だったわたしのドジを酒の肴(さかな)にされてたんでしょう」

　ふたりの談笑が終わると、詩織もあらためて西村に礼を言って、美鈴とともに法律事務所を出た。

「なかなか様になってきたじゃない。これからずっとわたしの代わりに出てもらおうかしら」冗談めかして美鈴が言う。

「勘弁してください。今回のニュースだけっていう約束なんですから」

　今回のニュースに関してだけ美鈴の代役を務めることになった。報酬は一回の取材で五万円。あまり気が乗らなかったが、このままでは生活費もなく背に腹は替えられない。それに今回の問題に関しては自分も強い関心がある。

「ところで西村先生がおっしゃっていたブルーダイヤモンドって何ですか？」詩織は訊いた。

「銀座にある高級クラブよ」

「野依さん、働いていたんですか？」

先ほどの話の流れではそうだろう。

「ええ」と頷いた美鈴を見て、以前にも抱いた疑問が頭をもたげた。

「野依さんはどうしてブレイクニュースをやっているんですか？」

「そのうち話すわ。でも、今はまだ……」美鈴が言葉を濁す。

「それでは、お疲れ様でした」

ビルから出ると美鈴に続いて大通りに向かう。美鈴が手を上げてタクシーを拾った。

タクシーに乗り込もうとする美鈴に声をかけると、こちらを向いて「あなたも一緒に乗って」と促した。

「家まで送ってくれるんですか？」

自分のアパートがある大山町はここからかなり遠い。

「違う。取材。今日は稼げそうね」

詩織がタクシーに乗り込むと、「新井薬師（あらいやくし）に行ってください」と美鈴が運転手に告げ、タクシーが走り出す。

「どんな取材ですか？」詩織は訊いた。

「二階堂健のことを書き込んだのが津村敦子さんだと、最初にネットにさらした人物がわかったの。宇都史恵さんという、敦子さんと同い年の女性よ」

美鈴の言葉に、鼓動がせわしなくなる。

「どうやってその人を割り出したんですか？」

「わたしの情報網を侮らないでほしいわね」美鈴がそう言って笑う。「ふたりは同じ専門学校の同期で友人同士だったそうよ」

「どうして友人の名前をネットに？」

その感覚が信じられずに詩織が訊くと、「さあ」と美鈴が首を横に振った。

「これから彼女の家に突撃取材をして、それを訊くのよ。あなたが――」


住宅街の一角でタクシーを降りると、美鈴がスマホを見ながら周辺を歩き回った。クリーム色のアパートの前で足を止める。

「ここね……このアパートの二〇三号室」美鈴がそう言って手招きする。

詩織がアパートの前に向かうと、美鈴が先ほどまで自分がいたあたりに移動する。

「じゃあ、さっそく始めましょう」と美鈴にスマホのカメラを向けられ、詩織はうろたえた。

「今すぐやるんですか？」

「そうよ。はい――」

もう片方の手で美鈴が三本、二本、一本と指を折るのを見ながら、詩織は頭の中で必死に言葉を整理する。オッケーマークが出され、とっさに口を開く。

「あ……皆さま、こんにちは。ブレイクニュースの北川詩織です。今、わたしは都内の某所にいます……あの……先日、ネット上での誹謗中傷に苦しみ自殺を図った津村敦子さんのお母様からお話を聞かせていただきました。敦子さんは俳優の二階堂健さんが自分の職場に来店した際に知った個人情報を自身のＳＮＳに載せてしまい、そのことによって激しい誹謗中傷にさらされました。ブレイクニュースの調べで、二階堂さんの個人情報を載せたのが敦子さんだと、最初に書き込んだ人物がわかりましたので、これからお話を聞かせていただこうと思います……」

詩織は何とかそこまで話すと、アパートの階段を上った。美鈴がスマホを詩織の背中に向けながら後に続く。

二〇三号室の前で立ち止まると、緊張しながらインターフォンを鳴らした。しばらく待っているとドアが開き、女性が顔を出した。ショートカットに眼鏡をかけた女性が「何ですか？」と怪訝そうな顔でこちらを見る。

「あの……宇都史恵さんでしょうか？」

詩織が訊くと、つっけんどんな口調で「そうだけど」と返す。

「わたくし、ブレイクニュースの北川詩織と申します」

その言葉にぎょっとしたように史恵が目を見開く。すぐに後ろでスマホを構える美鈴に視線を移す。

「何なのよ、あんたたちは……」

「津村敦子さんという女性をご存じでしょうか？　あなたと専門学校のときに友人だったそうですが」

「ちょっとやめてよ！」と史恵が閉めようとするドアを、美鈴が詩織の反対側に回り込んでつかむ。ドアをつかんだ手に力を込め、もう片方の手に持ったスマホのカメラをこちらに向けながら、美鈴がもっと質問しろと目で訴えかけてくる。

「敦子さんが自殺を図って重傷を負ったのはご存じでしょうか？　俳優の二階堂健さんの個人情

報をＳＮＳに投稿したことをネット上で激しくバッシングされたのを苦にして……あなたが敦子さんの個人情報を最初にネットにさらしたという話があるのですが、それは本当ですか？」

「だったら何だっていうのよ！」必死にドアを閉めようとしながら史恵が叫ぶ。

「どうして友人だった人の個人情報を書き込んだんですか？　そんなことをすれば彼女が世間から激しい非難を受けることになると思わなかったんですか？」

「うるさいわね！　みんなが知りたがってることだから書き込んだだけよ。彼女は悪いことをしたんだからみんなから責められてもしかたないでしょう！」そう叫びながら史恵が力を込めてドアの取っ手を引く。

大きな音を立ててドアが閉じられ、詩織は美鈴を見た。

「……残念ながら、これ以上お話を聞くことはできませんでした。以上、北川詩織がお伝えしました」

美鈴が片手でオッケーマークを作ると、力が抜けて詩織は膝をつきそうになった。

「いい画が撮れたわね」と言ってスマホをしまうと美鈴は階段に向かった。


クリーム色のアパートの階段から野依と若い女性が下りてきた。女性は以前ブレイクニュースに出ていた北川詩織という女子大生で、ここしばらく野依と行動を共にしている。

今日も虎ノ門の喫茶店で落ち合い、近くにある法律事務所を訪ねた後、タクシーで中野区新井にある日の前のアパートにやってきた。

真柄は自動販売機の陰から出て、距離を取りながら大通りに向かって歩いていくふたりに続いた。

大通りで拾ったタクシーに乗り込む野依と北川を見て、真柄はポケットからスマホを取り出して電話をかけた。

「もしもし……今、タクシーに女性がふたり乗ったのがわかるか？」

「ええ」と相手の声が聞こえた。

「紺のパンツスーツ姿の女性の行き先がわかったら連絡してくれ」

「了解」

電話を切ってスマホをポケットにしまった。

これから野依がどこに行くかはわからないが、とりあえず今後の動きが取りやすいように高田馬場で待機しようと真柄は近くの新井薬師前駅に向かった。

樋口から情報を得て以来、仕事の合間を縫って彼女の行動を調べている。

まず野依が立ち寄ったという東京駅近くのバーに行って客として飲みたいと言ったが、会員制なのでと従業員にあっさりと断られた。野依のことについて訊ねてみようかと思ったが、どうせ答えてもらえないだろうし、相手に伝わり警戒されるといけないのでやめた。

次に野依が入っていったというアパートに行った。樋口が言っていた二階の一番右の部屋である二〇五号室のドアの前を確認したが表札はなかった。

ユーチューブの動画の視聴回数を単純計算しても、野依はこの一年ほどの間で一億円近い収入を得ているはずだ。

こんなぼろいアパートに住んでいるとはとても思えなかったが、実際に何度か部屋を出入りしている彼女の姿を確認している。近くのコンビニで弁当を買ったり、コインランドリーを利用しているところから、あの部屋が彼女の住居と考えていいのではないかと感じた。

ただ、彼女の動向を調べるといってもひとりでは限界がある。自分が最も知りたいことを調べているが、仕事ではないので同僚に協力は仰げない。

質素そうな生活をしているように思えても、彼女の移動手段はたいがいタクシーなので、見失ってしまうことが多かった。

その中で自分が確認できた彼女の印象的な行動がふたつある。ひとつはアパートの近くの郵便局で現金書留を出していたことだ。もちろん誰に宛てたものなのかは知る由もないが、ネットの申し子とも言われている彼女にしてはずいぶんとアナログな方法だと印象に残った。

もうひとつ、一週間前に彼女は電車で埼玉の川越まで行き、南通町にあるアパートを五時間近く監視していた。次のターゲットかもしれないが、対象者らしき人物が現れないまま駅に戻っていったので、彼女の目的がわからない。

今日は一日休みを取れたので、栄倫社に出入りしているバイク便のライダーを日給五万円で雇い入れ、朝から野依の動きを追っている。

樋口に渡した報酬も含めてすべて自腹なので、これから次の給料日までは自分もコンビニ弁当か牛丼ぐらいしか食べられないだろう。

高田馬場駅に降り立って駅前にある喫煙所で連絡を待っていると、バイク便の男からメールが届いた。

『板橋の大山でスカートの女を降ろしてから、八重洲二丁目のコトウビル地下一階にあるサイレントというバーに入っていきました』

メッセージを確認すると、灰皿に煙草を捨てて喫煙所を離れた。電車よりもタクシーのほうが早そうだと乗り場に向かう。

タクシーに乗り込んで、「八重洲までお願いします」と運転手に告げた。

三十分ほどで八重洲二丁目に着くと、目当てのバーが入っているビルの斜め向かいにあるコンビニの前にバイクが停まっているのを確認した。会計をしてタクシーを降り、コンビニに入って雑誌コーナーにいるバイク便の男に近づく。

「女はまだ店に？」

真柄が訊くと、男が頷いた。

「そろそろ帰ってもいいですか？　十時間ぐらいの拘束だって言われてたんで」

男の言葉に、真柄は腕時計を見た。夕方の六時を過ぎている。

朝の八時から稼働してもらっているのでたしかに十時間経っていた。

「あともう少しお願いできないかな。追加で払うから」

渋々といった様子で男が頷いてコンビニを出ていき、真柄は適当に雑誌を手に取ってガラス越しに見える斜め向かいのビルに意識を集中させた。

じりじりとした思いで三十分ほど様子を窺っていると、ビルの前にタクシーが二台停まった。

ビルの地下階段から美鈴が出てきた。

続いて現れた年配の男性の姿を捉えて、真柄は息を呑んだ。

夏八木吾郎——


授業が終わると、詩織はすぐに教科書と筆記具をバッグにしまって立ち上がった。誰よりも早く教室から出ていく。

まわりの学生たちからの嘲りや好奇の視線にさらされたくない。

校舎を出ようとしたときに、「ちょっといいかしら」と後ろから鋭い声が聞こえ、詩織はびくっとして立ち止まった。

自分のことを呼んだのだろうかと訝りながら詩織は振り返った。険しい眼差しをこちらに据えながら女性が近づいてくる。名前は知らないが、いくつかの講義で一緒になっている学生だ。

「あなた、北川詩織さんだよね？　ブレイクニュースに出てる」

「え、ええ……」ためらいながら詩織は答える。

「わたし、あなたがいるときの教室の雰囲気がすごく嫌いなの」

どういう意味かと考える。パパ活をしていたり警察に逮捕されたりした女と同じ教室で勉強するのは汚らわしいという、いつもよく耳にすることだろうか。

「あなたのことを嘲ったりしてる人たちを見てるとどうにも吐き気がしてくる。ネットの中も同じ。あなたを馬鹿にしたり責めたり、そういう誹謗中傷を目にすると、この国にはなんてさもしい人間が多いんだろうって絶望的な気分になる」

もしかして目の前の女性は詩織の味方だと言いたいのだろうか。それを伝えるために呼び止めたのか？

「顔をさらして本当の自分を告白したあなたの映像を観て、勇気があるなってわたしは感心した」

「ありがとう……」と口にするよりも早く女性が「でも、失望したわ」と吐き捨てるように言う。

どういうことだろうと、女性を見つめながら詩織は首をひねった。

「あなたは正義感のつもりでやってるんだろうけど、けっきょくはあなたを嘲ったり罵ったりするさもしいやつらとたいして変わらない」

「どういうことですか？　あなたの言ってる意味が……」

よくわからない。

「野依美鈴はあなたのことをかばっているみたいだけど、あんな女に協力しているあなたも同罪よ。視聴回数を稼ぐためにさもしい聴衆に生贄(いけにえ)を差し出す手伝いをしてるなんて、見損なったわ」女性はそう言うと詩織から顔を背けて校舎を出ていく。

遠ざかっていく女性の背中を見つめながら、詩織は自分に向けられた理不尽な怒りに耐えていた。

視聴回数を稼ぐためにさもしい聴衆に生贄を差し出す手伝いをしてる——

いくら考えてみても女性に言われたその言葉の意味が理解できない。視聴回数を稼ぐために、ということはブレイクニュースの話をしているのだろうが。

そこまで考えて、ある可能性に思い至りながら詩織は校舎を出た。近くにあるベンチに座り、バッグからスマホを取り出す。ユーチューブを起動させるとブレイクニュースの新しい動画が投稿されている。美鈴からは何も連絡がなかった。公開されたのは今朝だ。

公開された動画をタップすると、化粧品のＣＭに続いて、クリーム色のアパートの前に佇む自分の姿が映し出される。

「あ……皆さま、こんにちは。ブレイクニュースの北川詩織です。今、わたしは都内の某所にいます……あの……先日、ネット上での誹謗中傷に苦しみ自殺を図った○×さんのお母様からお話を聞かせていただきました。○×さんは俳優の○×さんが自分の職場に来店した際に知った個人情報を自身のＳＮＳに載せてしまい、そのことによって激しい誹謗中傷にさらされました」

たどたどしい自分の言葉の合間に、ピーという自主規制音が聞こえる。

「ブレイクニュースの調べで、〇×さんの個人情報を載せたのが〇×さんだと、最初に書き込んだ人物がわかりましたので、これからお話を聞かせていただこうと思います……」

アパートの階段を上っていく自分の背中を画面越しに見つめる。次に続く映像に詩織は眉根を寄せた。ドアの横にある二〇三号室というプレートと、その下にある表札の『宇都』という文字がモザイクに隠されることなく出ている。

どういうことだ……

いつもなら相手が了承しないかぎり、本人だと特定できる情報は伏せているのに。

ドアが開いて顔を出した史恵を画面越しに見て、詩織は息を呑んだ。

史恵の顔にもモザイクがかけられていない。

「あの……宇都史恵さんでしょうか？」

「そうだけど」

「わたくし、ブレイクニュースの北川詩織と申します」

「何なのよ、あんたたちは……」

「〇×さんという女性をご存じでしょうか？　あなたと専門学校のときに友人だったそうですが」

詩織が史恵の名前を言ったときに自主規制音はかぶせられず、彼女の言葉も機械で加工されていない。

「うるさいわね！　みんなが知りたがってることだから書き込んだだけよ。彼女は悪いことをしたんだからみんなから責められてもしかたないでしょう！」

閉ざされたドアから詩織の顔に画面が移る。

「……残念ながら、これ以上お話を聞くことはできませんでした。以上、北川詩織がお伝えしました」

動画が終わるとすぐにコメント欄やブレイクニュースのSNSを確認した。動画が公開されてから八時間ほどしか経っていないが、すでに宇都史恵のことでコメント欄が埋め尽くされている。

『自分の友人をネット民の生贄として捧げるなんて、マジありえないんだけど』

『相手は自殺を図って両足を複雑骨折する重傷を負ってるっていうのに、あの態度は何なの?』

『顔も悪いけど、性格はそれ以上にひどいね』

言われ放題である。

さらに名前だけでなく、年齢、住所、前職の旅行会社の名称、携帯電話の番号、SNSのアカウントなど、史恵の個人情報や写真がアップされている。

コメント欄の非難の声は史恵だけでなく、ブレイクニュースや美鈴にまで及んでいる。

『相手の承諾を得ずに本人を特定するような動画を流したらマズいだろう』

『美鈴さま、視聴回数を稼ぐためについに一線を越えてしまったか、残念』

『今回のブレイクニュース、やりかたがエグいよな』

『野依美鈴、よくやった! あんな鬼畜女は成敗すべし。でも、あなた自身が成敗されないようがんばってね』

コメント欄を見ていて、詩織本人への誹謗中傷がないことを不思議に思った。美鈴によるSNSへの投稿を見てその理由がわかった。

『今回投稿する動画の編集に関して、北川詩織は一切関知しておりません』

先ほどの女性が言っていた、『野依美鈴はあなたのことをかばっているみたいだけど』というのはこういう意味だったのか。

自分に火の粉が降りかかっていないとはいえ、美鈴の行動はとうてい納得できない。

詩織はすぐにその場で美鈴に電話をかけた。

「もしもし……どうしたの？」

美鈴の声が聞こえる。

「どうしたのって……それはこっちの台詞です。どうしてあんなことをしたんですか！」

「あんなこと？」

「更新されたブレイクニュースの動画ですよ。どうして宇都さんの顔や名前をそのまま流したんですか」

「決まってるじゃない。ひとりでも多くの人に観てもらうためよ」

事もなげに言った美鈴に怒りがこみ上げてくる。

「もらった電話で悪いけど、これから取材があるからどこかで待ち合わせしましょう。授業は終わったんでしょ」

「冗談じゃないです……」

「え？　何？」

「あなたにはもう協力しません。二度と電話してこないでください」詩織はそう言うと電話を切った。

コンビニからアパートに戻ると、史恵は郵便ポストを開けた。警戒しながら中に入っているものを取り出す。ダイレクトメールに交じって差出人の定かではない封筒がふたつと、ポリ袋で包んだ何かがあった。

史恵はそれらをつかんでアパートの階段を上った。部屋に入って鍵をかけると、すぐにダイレクトメールと何かが包まれたポリ袋を台所のごみ箱に捨てた。中を確認するまでもなくろくなものではないのはわかっている。昨日はポストの中に犬か猫の糞を入れた袋を入れられ、その前には白い液体が入ったコンドームが入れられていた。

ふたつの封筒の中身も確認したい気持ちにはとてもなれないが、封を切って流し台の横に中身を出した。先に開けた封筒の中には一枚の紙が入っていた。『死ね！』『おまえなんか生きてる価値はない』と赤いペンで殴り書きされている。もうひとつの封筒の中にはカッターナイフの替え刃が十枚入っていた。それらをスマホのカメラで収めると、コンビニで買った弁当を持って奥の部屋に向かった。

座椅子に座ってパソコンに向き合うと、必死にこらえていた溜め息が漏れてしまう。

史恵はノートパソコンを開けて電源を入れ、自分のＳＮＳとブレイクニュースのＳＮＳとユーチューブをチェックした。自分に対するおびただしい数の罵詈雑言のコメントが書き込まれている。

ブレイクニュースの動画に史恵の顔や名前が出てから五日になるが、ネット上の自分への誹謗中傷は下火になるどころか、日を追うごとに激しさを増していく。

画面をスクロールしながらそれらを読んでいくと、ひとつのコメントが目に留まり、マウスを持った手を止めた。

『おれは以前、宇都史恵と同じ職場で働いてたことがあるけど、あの頃からネクラで気持ち悪い女だったたな』

この書き込みをしたのは誰だろうと想像してしまう。

まさか秋元樹（あきもといつき）だろうか。

史恵が旅行会社で働いて三年目のときに、秋元樹が中途採用者として入ってきた。自分よりもふたつ年上だった秋元樹はそれまで大手の旅行会社で働いていたこともあってか仕事覚えも早く、ルックスもよく、まわりに気遣いもできる人だったので、男女ともからすぐに好かれる存在になった。

職場でまったく目立たない自分にさえ、いつも優しく声をかけてくれ、気づいたら彼のことを好きになっていた。

自分など相手にされるわけがないとわかっていたが、職場の飲み会の帰りにふたりきりになったときに、気持ちを抑えきれなくなって彼に告白した。

案の定、史恵はその場でフラれた。それでも「宇都さんみたいな素敵な人にそんなふうに言ってもらえるのはとても嬉しいけど、好きな人がいるから」と最後まで気遣いを見せてくれた。

それからしばらくした頃、同年代の女子社員たちが自分の陰口を言っているのを耳にした。

宇都さん、秋元さんにコクってフラれたみたいよ――

身の程知らずもいいところだよね――

あの場にはふたりしかいなかったから、それを話したとすれば彼しかいない。知っているのは彼女たちだけだろうか。それとも他の人たちにも知れ渡っていることなのか。

それからは職場にいるすべての人の自分を見る目が気になるようになった。職場にいると激しい動悸に苛まれ、欠勤することが多くなり、やがて自主退職した。

すぐに新しい仕事を探そうとしたが、前の職場での苦い記憶を思い出すたびに人と接することがどうにも怖くなり、なかなか一歩が踏み出せない。自分のまわりから人を排除して、気づけばネットの中だけで生活するようになっていた。

ネットの中であれば、お互いによく知らない者同士であれば、あのときのように自分が傷つけられることはないだろうと思っていた。

でも、違った。

ネットの中にあふれる言葉の刃や、人々の悪意は、現実社会のそれと変わらない。いや、むしろもっと深く、鋭く、自分の心を突き刺して、さらにその傷をえぐる。

絶望しか感じられない。

史恵は先ほど撮った写真をパソコンに取り込み、自分のＳＮＳにアップした。この絶望感ができるだけ薄まらないうちに、自分の苦境をＳＮＳに書き込む。

涙をこらえながら書き込みを終えると、ユーチューブを開いた。ブレイクニュースの新しい動画が投稿されている。

震える指先で画面をクリックすると、ＣＭに続いて野依美鈴の姿が映し出された。どこかの公園のベンチに顔にモザイクがかけられた女性と並んで座っている。

いつもの動画と違ってズームや画面の移動はなく、カメラが固定されているようだ。

「皆さん、こんにちは。今日は北川詩織に代わりまして、わたくし野依美鈴がブレイクニュースをお伝えします。前回の動画に対して大変大きな反響が寄せられましたので、今回も引き続き宇都史恵さんの件についてお伝えしようと思います」

自分の名前を堂々と口にする野依美鈴を画面越しに見つめる。

「……今日は宇都さんのことをよくご存じのかたにお越しいただいています。ご本人の希望により、A子さんとお呼びさせていただきます。A子さん、よろしくお願いします」

「よろしくお願いします」

顔にモザイクがかけられて声も加工されていたが、体型や全体の雰囲気から専門学校の同期の優花だとわかった。

「A子さんは宇都さんと同じ専門学校に通われていたそうですね」

野依美鈴が訊くと、「そうです」とモザイク越しに優花が頷く。

「ネットの誹謗中傷が原因で自殺を図った〇×さんも同じ学校なんですよね？」

「ええ。わたしともうひとりの友人と〇×ちゃんと史恵ちゃんの四人が特に仲がよくて、学生の頃はよく一緒に遊んだりしました。就職してからはそれぞれ忙しくなって、頻繁には集まれなくなりましたけど」

「わたしどもの取材によって、宇都さんが最初に名前などの個人情報をネットに書き込んだことで、〇×さんの身元が特定されてしまい、誹謗中傷や悪質な嫌がらせを受けることになってしまったことがわかっていますが、それをお聞きになってどのように思われますか？」

「たしかに〇×ちゃんがSNSに投稿した内容は軽率なものだったと思います。ただ、自殺を考えてしまうほど責められなければならないことではないと感じますし、史恵ちゃんもどうして彼女の個人情報を書き込んでしまったのだろうと信じられない思いでいます」

「おふたりの仲がよくなかったということは？」

「それはないと思います」優花が手を振って否定する。「むしろ、それまでは史恵ちゃんにとって唯一と言える友人だったんじゃないかと思います」

「唯一と言える、というのは？」

「二年ほど前に仕事を辞めた頃から史恵ちゃんは人が変わったようになってしまって……何があったのかはわからないんですけど、家に引きこもるような生活になって、それまで付き合いのあった友人たちを避けるようになって……わたしもそうですけど……リアルな付き合いを拒絶して、ネットで知り合う人としかやり取りしないで、仕事も自宅でできるもので、まるで世捨て人のような……」

優花が言った言葉に反応する。

世捨て人——たしかにそうかもしれない。

「でも、○×さんは変わらずに宇都さんと友人関係を続けていたんですか？」野依美鈴が訊く。

「ええ。○×ちゃんは史恵ちゃんのことをとても心配していました。どんなにうざがられたとしても、自分が史恵ちゃんを現実の社会につなぎとめるって」

「それなのに彼女の個人情報をネットに書き込んだ？」

「史恵ちゃんも悪意があってしたことではないと、わたしは信じたいです。ただ、ネットの社会としかつながっていない生活を送っているうちに、感覚が麻痺してしまっていたんじゃないかと」

「今、○×さんや宇都さんにあなたから伝えたいことなどはありますか」

「できればまた昔のように一緒に楽しく遊びたいと思います。難しいかもしれませんが……」優花がそう言ってうなだれる。

「今日はお話を聞かせていただき、ありがとうございました」優花に会釈して野依美鈴がこちらに向き直る。「A子さんの思いが通じるのをわたしも陰ながら願っております。以上、野依美鈴がお伝えしました」

静止した画面を見つめながら、何もする気が起きないでいる。

まるで魂が抜き取られてしまったみたいだ。

史恵は気力を振り絞ってパソコンに手を伸ばした。そろそろユーチューブにチャンネルを開設する準備をしなければならない。

この思いをひとりでも多くの人に伝えなければ——


午後八時が過ぎたのを確認すると、詩織はテーブルに置いていたスマホを手に取った。ユーチューブを起動させて、『宇都史恵』の名前で検索する。

新しい動画が投稿されている。薄暗い部屋の中でこちらにどんよりとした目を向ける史恵の画像の下に『宇都史恵の絶望日記　11月6日』というタイトルがついている。

どんな姿を投稿しているのか確認したいが、目にするのが怖くてなかなか画面をタップできずにいる。

美鈴に電話で決別を告げてからも、史恵のことが気になって詩織は定期的にネットをチェックしていた。

史恵に対する誹謗中傷は日を追うごとに激しくなっていった。それだけではなく自宅の住所をさらされた彼女の郵便ポストに、脅迫状まがいの手紙や汚物を入れられるなどの悪質な嫌がらせがされているという。

史恵は自身のＳＮＳにおいて、自分がされた脅迫や嫌がらせの内容や、辛い胸のうちを書き込んでいた。それらの言葉は悲痛な叫びだった。それでも自身に対するバッシングがやまないためか、今度はユーチューブチャンネルを開設して一日一回夜の八時頃に、その日にされた嫌がらせについて話し、自分に対して書き込まれた誹謗中傷を読み上げ、今の自分がどんなに苦しい思いでいるかを涙ながらに訴えかけた。

日に日に史恵の顔がやつれていき、眼差しから生気が失せていくのが画面越しからでも感じられる。

だが、世間の反応は冷ややかだった。自分の不幸をべらべらと話して悦に入っているなとか、その前に名前をさらした敦子に詫びろとか、相変わらず史恵に対する厳しい声であふれていた。

今回の投稿で七日目になる。昨日観た動画の最後のほうでは、台所に置いていた包丁を映し出して「死ねばきっと楽になるんだろうな……」と呟いていた。

詩織は怯みながらも画面をタップする。すぐに薄闇の部屋の中からこちらを見つめる史恵の声が聞こえる。

「皆さん……こんばんは……宇都史恵です。この動画を観ている人の多くはきっと落胆されたんじゃないでしょうか。なんだよ、まだ生きてるのかよって……」

地の底から響いてくるような暗い声音に、息苦しさを覚える。

「今日も嫌なことがたくさんありました……いや、嫌なことばかりです。もう限界になってきました。動画の投稿は今日で最後にします。それでは、皆さんさようなら……」

史恵がこちらに弱々しく手を振るところで画面が止まり、小刻みに揺れる。

スマホを持った自分の手が震えていた。

動画の投稿は今日で最後にします。それでは、皆さんさようなら――

まさか……津村敦子と同じことをしようというのではないか。

止めなければ。

詩織はスマホをバッグに入れて抱えると、玄関に向かって靴を履いた。ドアを開けてどきっとして身を引く。

目の前に美鈴が立っている。

「ど、どうして……ここに……？」

「あなたのことだから宇都史恵さんの動画を観て、彼女の部屋に駆けつけようとするんじゃないかと思ってね」

「わかってるんなら邪魔しないでください」詩織はドアを閉めてバッグから鍵を取り出す。

「邪魔するつもりはない。むしろまたあなたに協力してもらうためにここに来たんだから」

「二度とあなたに協力するつもりはありません」

「どうして？」

その言葉に詩織は憤然とした。

「どうして？　わたしたちに宇都さんを吊るし上げる権利なんかない」

「そうよ」

あっさりと美鈴に言われ、さらに頭に血が上る。

「それがわかっているのにどうして宇都さんを追い詰めるようなことをしたんですか!?　彼女の顔と名前をさらして、世間の人たちに糾弾させるようなことを……」

「彼女が望んだからよ」

「は？」

呆気（あっけ）にとられると同時に隣の部屋のドアが開く音が聞こえ、詩織は振り返った。

開けられたドアの隙間から若い男性が怪訝そうな顔でこちらのほうを窺っている。詩織の怒鳴り声を聞いて、何事かと出てきたのだろう。

「どういう意味ですか？」男性のことは意に介さず美鈴に向き直って訊く。

「部屋に入れて。話はそこで」

美鈴に言われ、詩織はとりあえずドアを開けて部屋に入って靴を脱いだ。

「あなたはここまでです」

玄関に入った美鈴が、「わかった」と頷いてドアを閉める。美鈴が上着のポケットから取り出したスマホを操作してこちらに差し出す。

詩織は受け取って画面を見た。動画ファイルのようだ。

「観て」

美鈴に促され、詩織は画面をタップした。動画が流れた次の瞬間、詩織は目を見張った。

喫茶店かファミリーレストランの窓際の席で、美鈴と史恵が向かい合って座っているところを撮影した映像だ。

「それでは始めさせていただきます……まず、あなたのお名前をお聞かせいただけますか？」

美鈴が問いかけると、向かいに座った史恵が「宇都史恵といいます」と答える。

「昨日、会って話したいことがあると、わたし宛にダイレクトメッセージをくださいましたが……どのようなことをお話しになりたいんでしょう？」

「昨日、ユーチューブに公開されたブレイクニュースの動画についてです……」

震えた声でそう言うと、史恵が顔を伏せる。

「あの動画が何か？」

「自殺を図った旅行会社に勤める二十五歳の女性というのは、津村敦子さんのことですか」

「そうです」

その言葉に弾かれるように、史恵が顔を上げる。

「やっぱりそうですか……」

「彼女のお知り合いなのですか？」

美鈴の質問に、史恵が頷く。

「友人です。専門学校時代からの……」

「そうだったんですか。それで……」

「わたしが彼女の名前や個人情報をネットに書き込んだんです」

美鈴の言葉を遮るように史恵が言う。嗚咽を漏らしながら言葉を続ける。

「ネットの仲間にすごいって言われたいっていう、軽い気持ちだったんです……まさか自分がしたことで敦子がそんなことになるなんてあのときには考えてもみなかった……何も見てなかった……他人の気持ちや痛みがまったくわかっていなかった……」

「その後悔を誰かに話したくて、わたしに連絡をしてくださったんですか？」

美鈴が穏やかな口調で問いかけると、目もとをハンカチで拭いながら史恵が首を横に振る。

「じゃあ、わたしに何を？」

「ブレイクニュースでわたしのことを伝えてほしいんです。敦子のことを最初に書き込んだのはわたしだと」

史恵の訴えを聞いて、美鈴が首をひねる。

「どうしてそんなことを？」すぐに美鈴が問いかける。

「敦子がどんなに苦しい思いをしたのか、わたしも味わわなければならないって思ったからです。

それに……少しでも多くの人に同じ思いを共有してもらいたい……もう誰にも、敦子のような苦しい思いをしてほしくないから……」

「多くの人に同じ思いを共有してもらいたいって……いったいどうやって？」

「人を貶めるようなことをしたらその後どうなってしまうのか、自分の身をもって世間の人たちに訴えます。それを自分の償(つぐな)いにしたいんです」

「でも……そんなことをしたら、あなたはきっと大変なことになりますよ。ご家族も含めて……」

「覚悟しています。昨晩、実家に連絡して両親にすべてを話しました。迷惑をかけることになって本当に申し訳ないけど、自分が生まれ変わるためにどうしても必要なことだと……何時間も必死に訴えて何とか理解してもらえました」

「本当にいいんですね？」

充血した目を向けて「はい」と史恵が大きく頷いたところで映像が止まる。

「そういうわけで……彼女に贖罪(しょくざい)の場を提供することにしたの」

その声に、スマホの画面から美鈴に視線を移す。

「それで……野依さんやブレイクニュースが激しく非難されても、あんな動画をアップしたんですね」

詩織の言葉に美鈴が頷く。

「どんなに世間から責められたとしても、わたしもそれをするべきだと思ったから。わたしにとってもブレイクニュースは贖罪の場だから」そう言った美鈴の目に陰りのようなものが宿る。

「どういうことですか？」

「わたしは人を見捨てたことがあるの。自分に勇気がなかったばかりに大切なものをなくしてしまった。その後悔の結晶がブレイクニュースなの」

美鈴を見つめ返しながら、以前彼女から言われたことが脳裏によみがえる。

あなたが考えている以上に世の中は優しくない。死ぬ気になって闘わなきゃ、大切なものも守れない。そればかりか本当に自分が死ぬことになる――

「どうして宇都さんの取材をする前に彼女の気持ちを教えてくれなかったんですか？」

最初から話してくれればよかったではないか。

「簡単よ。あなたは演技が下手そうだから」

美鈴の言葉に、詩織は苦笑した。

「そういうわたしも演技には自信がない。それであなたに取材してもらうことにしたの。これから付き合ってくれるわよね？　カメラマンが必要だから」

「わかりました」詩織は頷いた。


重厚なドアを押し開いて店内に足を踏み入れると、すぐに「いらっしゃいませ」と黒服に出迎えられた。

「失礼ですが、当店は初めてでいらっしゃいますか？」

黒服に訊かれ、「ええ」と真柄は頷いた。

「高級なお店であることは存じています。一見客はダメでしょうか？」

「いえ、そんなことはございません。どうぞこちらへ」

黒服に続いて高そうな装飾で彩られたフロアを歩く。奥のソファ席で数人のホステスと飲んでいる夏八木の姿を捉えて黒服から離れる。

「あの……お客様……そちらではなく……」

黒服の言葉を無視してソファ席に近づいていくと、ホステスと談笑していた夏八木がこちらに顔を向けた。

「よくわたしがいるところがわかったね」夏八木がそう言って微笑む。

「一応記者ですから」

「テーブルチャージがいくらかかるかも?」

真柄は頷いた。

「夏八木さんがこのお店に入られるのを見届けてから近くのATMに駆け込みました。少しご一緒させていただいてよろしいでしょうか」

「半月分の給料をはたく価値はないと思うけど」

「いえ、自分にとってはじゅうぶんに価値があります。以前夏八木さんがおっしゃっていたように、どうしても知りたいことを知ることができるのであれば」

「無下に断るわけにはいかなそうだね」

夏八木がそう言って向かいの席を手で示したので、真柄は遠慮なく座った。

「野依美鈴とはどういうご関係なんですか?」

真柄の質問に何ら動揺することなく、「友人だよ」と夏八木が答えた。

「師匠ではなく?」さらに真柄は訊いた。

どういう経歴の持ち主なのかは知らないが、野依がひとりでブレイクニュースを立ち上げてここまで影響力を持つ存在になったとは思えない。ブレーンがいるはずだ。

「師匠ではないね。人生の先輩というだけだよ」はぐらかすように夏八木が言う。

「彼女がブレイクニュースをやっている目的は何ですか?」

「数分の付き合いではそこまでは話せないよ」

「半年でも、一年でも、いくらでもお付き合いします」

それを知ることができるのであれば。

「それは嬉しいね。若い飲み友達がほしかったから。ただ、そうするまでもなくわかると思うよ」

「どういうことですか?」

「ユーチューブの総視聴回数が十億回に到達したら動くと言っていたから」

「動く?」

何をしようというのだ。

「もうすぐ届くだろう。わたしに言えることはそれだけだよ」夏八木が笑ってグラスの酒をうまそうに飲んだ。


史恵のアパートの前でタクシーが停まり、詩織は車から降りた。続いて降りてきた美鈴がアパートに向かう。

タクシーが走り去ると、詩織は預かっていたスマホのカメラを動画モードにして美鈴のほうに向けた。

もう片方の手を突き出し、三本、二本、一本と指を折る。オッケーマークを出すと美鈴が口を開いた。

「皆さん、こんばんは。ブレイクニュースの野依美鈴です。現在の日時は十一月六日の午後九時四十八分です。わたしは今、宇都史恵さんが住むアパートの前にいます。この二週間ほどにわたってブレイクニュースをご覧いただいていた皆さんにどうしてもお伝えしたいことがあり、ここにやってきました。これから宇都さんを訪ねたいと思います」

美鈴がこちらに背を向けてアパートの階段を上っていく。その後ろ姿をカメラに収めながら詩織も足を進めていく。

美鈴が二〇三号室の前に立ってインターフォンを鳴らした。中から応答がない。断りもなくドアを開けて玄関に入っていく美鈴に詩織も続く。

台所の奥にある部屋に史恵の姿があった。ローテーブルの前に座り込み、憔悴した表情をこちらに向けている。

「宇都さん、部屋に上がらせてもらってもよろしいでしょうか」

かろうじてここから確認できる小さな動作で史恵が頷き、美鈴が靴を脱いで部屋に上がる。美鈴の背中にスマホのカメラを向けながら、詩織も靴を脱いで後に続く。

「宇都さん、ありがとうございます」

美鈴がそう言って史恵に頭を下げる。そしてこちらを振り返る。

「おそらくこれをご覧の皆さんは、どうしてわたしが彼女にお礼を言ったのか理解できないと思います。引き続き、この映像をご覧ください……」

美鈴がそう言って小さく息を吐いたのがわかった。おそらくこの間に先ほど見せられた史恵の映像を後で差し込むのだろう。

「……ジャーナリストを名乗る者としては、視聴者を騙すような虚偽の映像を流したことを深く反省しています。ただ、その後に宇都さんが受けたネットでの激しい誹謗中傷や、悪質な嫌がらせはすべて現実のものです。たしかに宇都さんや津村さんがＳＮＳに書き込んでしまったことはどう考えてもよくないことです。ただ、正義の名のもとに彼女たちを誹謗中傷し、人の尊厳を踏みにじり、貶めることもとうぜん許されることではありません。わたしたち誰もが、他者を罰する……私刑に処していい権利など持ってはいないのです！」

美鈴が史恵のほうを向く。

「今回、宇都さんはご自身の身をもってたくさんの人たちに大切なことを伝えてくださいました。人に刃を向ける者は、いつか自分にもその刃が返ってくることになると……」

詩織はスマホのカメラを美鈴から史恵のほうに向けてズームする。

「今までさぞかしお辛かったでしょう」

美鈴の問いかけに、身体を震わせながら史恵が小さく頷く。

「敦子が感じた苦しみが少しだけでもわかったような気がします。同時に自分が犯してしまった過ちの重さも……何度も死んでしまったほうが楽だと考えました……実際にそうしてしまおうと思いかけたこともあります……」

「何があなたを思い留まらせたんですか？」美鈴が問いかける。

「敦子からＬＩＮＥが届きました……」

「彼女は何と？」

「退院したら……またわたしと一緒にケーキを食べたいから……絶対に……絶対に……」

その後の言葉は嗚咽にかき消されて詩織には聞き取れなかった。

ハッシュタグ

「週刊現実の真柄と申します」

オートロックのインターフォンに向けて真柄が告げると、「どうぞ……」と女性の声が聞こえてドアが開いた。

真柄はドアを通り抜けてエレベーターに乗り、十二階のボタンを押した。エレベーターを降りると一二〇一号室に向かう。インターフォンを鳴らすとすぐにドアが開き、三十歳前後と思える女性が顔を出した。きれいな女性だったが、目もとにうっすらとクマが浮かび、表情にも疲れが滲んでいる。

「新藤尚美さんでしょうか？」

真柄が訊くと、「はい……」と尚美が小さく頷いた。

「わざわざお越しいただいてありがとうございます。それに時間の指定までしてしまって申し訳ありません」

ふたりの子供がいるので、幼稚園に預けている時間帯に来てほしいと尚美に頼まれていた。

「どうぞ、お上がりください」

尚美に促され、真柄は玄関に入った。すぐに靴入れの上に置かれた写真立てが目に留まる。

夫婦と小さな子供ふたりが一緒に写った家族写真を見て胸に鈍い痛みを覚えながら、靴を脱いで用意されたスリッパを履く。尚美に続いてリビングダイニングに入った。

きれいに整理整頓された部屋の窓から周辺の街の眺望が広がっている。

マンションの外観を見たときにも感じたが、建てられてまだ数年といったところだろう。

「あらためまして、週刊現実の真柄です。ご心痛のところ、ご連絡いただきありがとうございます。あの……つまらないものですが、よろしければお召し上がりください」

菓子折りを入れた紙袋を差し出すと、恐縮するように尚美が受け取って礼を言った。

「お話を伺う前にご主人にお線香を上げさせてもらってもよろしいでしょうか」

真柄の申し出に「ぜひお願いします」と尚美が答えた。隣にある和室に通されると、尚美に促されて仏壇の前で正座した。

遺影の中の男性がこちらに向かって微笑みかけてくる。

自分と同世代に思える男性の顔を見つめながら、火をつけた線香を香炉に立てて、両手を合わせて目を閉じた。

線香を上げて戻ると、尚美にダイニングテーブルの椅子を勧められて真柄は座った。すぐに尚美がお茶と菓子を出して、向かい合わせに座る。

「これからお話しされることを録音させていただいてもよろしいでしょうか」

尚美が頷いたのを見て、真柄は鞄からボイスレコーダーを取り出した。録音ボタンを押してテーブルの端に置く。

とりあえず出されたお茶をひと口飲んで真柄は切り出した。

「先日いただいたお電話で概要はお聞きしましたが、あらためてお聞かせください。まず、ご主人の良晴(よしはる)さんがお亡くなりになった経緯からお願いできますか」

真柄の言葉を聞いて、目の前の尚美が辛そうに顔を伏せた。

「こちらの時間はいくらでもありますので、新藤さんの時間が許すかぎりゆっくりでかまいません」

「主人が亡くなったのは今年の八月二十二日です……」

およそ三ヵ月前だ。

「主人が出勤のために家を出て行った数時間後に警察から自宅に連絡があって、ご主人と思われる男性が高円寺駅のホームから飛び込み自殺を図ったと……すぐに警察署に駆けつけると、霊安室につれていかれて……主人でした……」声を震わせながら尚美が言う。

「遺書などは残されていたんですか？」

真柄の問いかけに、尚美が小さく首を横に振る。

「どうして自殺してしまったのか、そのときのわたしにはまったくわかりませんでした。ただ……それまでの一年ほど、仕事がすごく忙しくて家にいるのは一日に五、六時間ぐらいでした。休みもほとんど取れなくて、顔を合わせたときはいつも疲れ切った表情をしていて……わたしも心配で『大丈夫？　無理しないでね』って言ってたんですけど……でも、主人はいつも『大丈夫だから』と……それに、『ちょっと大変だけどマサトとハルカのために踏ん張らなきゃ』って、そのときは笑って……」

息子と娘だろう。

「ご主人はお医者さんということですが」

「京北医科大学病院で消化器外科医をしていました。医者になって八年目で……」

四谷にある日本有数の大学病院だ。

「自ら死を選ぶほど苦しんでいたのに、わたしはわかってあげられなかった。しかも、彼がどんなことに苦しんでいたのかさえわからない……いずれにしても、妻であるわたしのせいだと、ずっと自分を責めていました。葬儀の間もずっと『わたしのせいでごめんなさい』と泣き崩れていました」

どんな死も家族にとっては辛いものだ。ましてや自ら死を選んだとあってはなおさらだろう。さらにどうして亡くなってしまったのかがわからなければ、残された家族は自分のせいではなかったかと永遠に苦しめられることになる。

「……葬儀の後、ひとりの女性がわたしに声をかけてきました。主人と同じ職場で働いていた看護師で、彼女はご主人が亡くなったのはあなたのせいではない、だから自分を責めないでくださいと言って励ましてくれました」

「その看護師はご主人が自殺をした理由に心当たりがあると?」

真柄が訊くと、尚美が頷いた。

「主人は亡くなるまでの一年ほど、松下孝雄（まつしたたかお）という外科部長からひどいパワハラを受けていたそうなんです。その松下はもともと同僚の医者や看護師に対するパワハラやセクハラがひどい人で、まわりの人も苦しめられてきたそうなんですけど、その一年ほどは特に主人が嫌がらせの標的にされていたと」

「具体的にはどのような?」

「毎日のように自尊心を踏みにじるような暴言を浴びせ続けられたり、ときには同じ職場で働く若い女性の看護師にわいせつな内容のメールやＬＩＮＥを送るよう強要されることもあったそうです。主人の帰りが極端に遅くなったのも、休みがなくなったのも松下のせいで、彼は毎晩のように赤坂のクラブに同席させられてホステスの前で屈辱的な思いをさせられたり、休日には松下の使い走りのようなことをさせられていたんです。わたしはそれまでそんなことを全然知りませんでした。おそらく子育てに追われているわたしに余計な心配をさせないよう、必死に耐えていたんでしょう」

「たとえ外科部長という立場であったとしてもそれだけ問題のある人物なら、ご主人にかぎらず同僚のかたも大学病院の上層部に訴えるなどしなかったんでしょうか」

「無駄だと思ったんでしょう」

尚美の言葉に、「どうしてですか?」と真柄は首をひねった。

「松下孝雄は病院長の息子なんです。上層部に訴えるようなことをすれば、さらなる嫌がらせや圧力を受けて病院を辞めなければならなくなるでしょう。その看護師のかたの話によると、病院長の松下康則(やすのり)は医学界でも絶大な影響力を持っているそうなので、その人に睨まれたら他の病院でも働きづらくなってしまうと、誰も不満を口に出せないでいたということです」

「先ほど、ご主人は亡くなるまでの一年ほど外科部長からパワハラの標的にされていたとおっしゃっていましたが、どうしてご主人にだけ嫌がらせが向けられるようになったんでしょう?」

「松下が若い看護師にセクハラしているのを主人が軽く諫(いさ)めたのがきっかけだったと、彼女は言っていました。さらに主人はよく家庭の……わたしや子供たちの写真を同僚たちに見せたり話したりしていたそうで、そのことも気に障っていたんだろうと。四十歳の松下はとても女性に好かれるタイプではなく独身だったからと。ひどいパワハラを受けて主人はきっと病院を辞めたかったと思います。ただ、三年前にこのマンションを購入して、さらにわたしや子供たちを養っていかなければならないと……大学病院に残るしかないとギリギリまで我慢してしまったんじゃないかと」

三年前に購入したということは、団体信用生命保険に入っていれば自殺で亡くなってもその後のローンは帳消しになるだろう。

せめて家族のためにこの家を残して、自分は楽になりたいと思ったのだろうか。

「医者なんか辞めてしまってもよかったのに……主人と一緒だったら別に小さなアパート暮らしだって……あの人が生きてさえいてくれれば……」

尚美の訴えが嗚咽に変わっている。

真柄は次の質問を焦らず、出されたお茶に口をつけながら尚美が落ち着きを取り戻すのを待った。

尚美がハンカチで目もとを拭い、「取り乱してすみません」と言って顔を上げたので、真柄は少し身を乗り出して口を開いた。

「あなたにそれらの話をした看護師に会うことはできるでしょうか？」

真柄の問いかけに、尚美が口もとを歪めてから話した。

「もしかしたら真柄さんに会ってくれるかもしれませんが、自分がした話が記事になるのは拒まれるかもしれません。このままではわたしの気持ちもとても収まらないので、警察に訴えることや、松下を相手に民事訴訟を起こすことも考えて、そのときには先ほどしてくれた話を証言してもらえるか訊きました。でも、申し訳ないけどそれはできないというお答えだったので」

「そうですか……」落胆が胸に広がり、真柄は思わず顔を伏せた。

だが、尚美や子供たちの無念を思うと、このまま簡単に諦めたくはない。

「四年前にも自殺されたかたがいたんです……」

その言葉に反応して、真柄は顔を上げた。

「京北医科大学病院で？」

「そうです。主人と同じ消化器外科のお医者さんでした。たしか……和田さんとおっしゃる主人の三年先輩で、ずいぶんお世話になったかただったと言って当時はかなり落ち込んでいました」

「和田さんのご家族の連絡先などはわかりますか？」

「独身だったそうですが……あっ、ちょっとお待ちください」

尚美がそう言って席を立ち、隣の部屋に入っていく。しばらくすると戻ってきて、真柄の前に一枚のハガキを置いた。葬儀に参列した人たちへの礼状だ。

「遠方での葬儀でしたが、お世話になった先輩だったので主人は参列しました。ただ、職場のかたの参列は少なかったそうです」

「失礼します」と真柄は尚美に断ってハガキを手に取った。

亡くなったのは和田智樹という男性で、喪主は和田玉枝となっている。和田智樹は独身とのことだから母親ではないか。住所は北海道江別市弥生町――とある。

「こちらを写真に撮ってかまわないでしょうか」

「もちろんどうぞ」と尚美が頷き、真柄はスマホを取り出して差出人が書かれた面を写真に収めた。

女子更衣室のドアを開けると、泣き声が聞こえた。

きっとその主は看護師の相原だろうと思いながら、芦名みどりは部屋に入って自分のロッカーに向かった。

案の定、部屋の奥のほうで泣きじゃくっているのは相原だった。その傍らに座っている同僚の根岸と瀬戸が相原を慰めている。

今日も相原は外科部長の松下孝雄から執拗なセクハラを受けていた。

みどりはロッカーを開けて、脱いだ白衣をハンガーに掛けて吊るした。上着を羽織ってバッグを手にすると、「芦名先生」と呼びかけながら根岸がこちらに近づいてくる。

「松下部長、いい加減どうにかなりませんか!?」

悲痛な表情で訴えてくるが、「どうかしたの？」とみどりはとぼけた。

「芦名先生もご覧になってたでしょう。相原さんに対する松下部長のセクハラ」

新藤が亡くなってからしばらくの間はおとなしくしていたが、最近になって医師や看護師へのパワハラやセクハラが復活した。

今日は手術の準備をしている相原に、彼氏とエッチしているときにどんな声を上げているのか実演してみろと強要していた。

「どうにもならないことはあなたたちにもわかっているでしょう。嫌だったら辞めるしかないわよ」

みどりが冷ややかに言うと、こちらを見つめる根岸の眼差しが鋭くなった。

敵意というよりも軽蔑だと感じた。

みどりはロッカーを閉めると、「おつかれさま」と言って彼女たちに背を向けた。焼けつくような視線を背中に感じながら部屋を出てドアを閉める。

京北医科大学病院の建物を出ると、みどりは肌寒さを感じながら地下鉄四ツ谷駅に向かった。

改札が近づいてきてバッグからＩＣ乗車券を取り出そうとしたとき、「あの、すみません」と後ろから声をかけられた。

立ち止まって振り返ると、すぐ目の前に背広姿の男性が立っている。自分と同世代の三十代半ばぐらいに思える。

「京北医科大学病院で働いていらっしゃる芦名さんでしょうか」

男性に訊かれ、警戒しながらみどりは頷いた。

「実は、わたくしこういう者でして……」男性がそう言いながら上着のポケットから取り出した名刺を差し出す。

受け取った名刺に目を走らせる。『週刊現実　記者　真柄新次郎』とある。

「わたしに何の用でしょうか？」

名刺を返そうとしたが、受け取らないまま真柄が口を開いた。

「同僚だった新藤良晴さんのことについてお訊きしたいと思いまして」

その名前を聞いて胸に鈍い痛みが走った。

「同僚といっても彼のことはよくわからないので」みどりは返した。

「新藤さんは三ヵ月ほど前に自殺されましたが、その理由の一端が外科部長である松下孝雄さんのパワハラによるものではないかという情報を得まして、実際に働いていらっしゃるかたから職場の様子をお聞かせ願えないかと」

「わたしにはよくわかりませんね」

「少しだけでけっこうですのでお話を伺えないでしょうか。ここでは何ですので、どこか同僚のかたの目につかないところで。もちろんお聞きした話を記事にする場合は匿名にさせてもらいます」

「お話しすることは何もありません。天国のような職場だとは言いませんが、どこで働いていたとしても大なり小なり気に入らない上司はいるでしょうし、ストレスを抱えることはあるでしょう。お宅の職場はいかがですか？」

「そうですね。直属の上司はいい人ですが、その上はクソですね」真柄がそう言って笑った。

「でも、うちの会社ではわたしの知るかぎり自殺者は出ておりません。そちらの外科では四年前にも和田智樹さんという医師が自殺されていますよね」

そこまで知っていることに驚いた。

「当時の外科部長も松下孝雄さんだったというのは存じております」

こちらを見つめる真柄の眼差しに妙な圧力を感じ、みどりは思わず顔を伏せた。腕時計を見て真柄に視線を戻す。

「時間がないので失礼します」

真柄に背を向けると、「新藤さんには――」とすぐに声が聞こえた。

「……奥さんとふたりの小さなお子さんがいらっしゃいます。ご存じでしょうか？」

みどりは振り返って「知っています」と答えた。

松下のひどいパワハラが始まるまでは、休憩中によくスマホで撮った家族の写真を同僚に見せていた。みどりにはその幸せそうな家族写真を一回も見せることはなかったが、代わりにいつも励ましや家族を気遣う言葉をかけてくれた。

優しい後輩だったのを思い出す。

「他の関係者にも話を聞いてるんですか？」

みどりが訊くと、「ええ」と真柄が頷いた。

「みんなだんまりですが」

それならばすでに松下の耳にも入っているだろう。松下孝雄のことを好きだという人間は外科内でひとりもいないだろうが、彼の恩恵にあずかろうとしてすり寄る人間は少なからずいる。

「ご健闘を祈ります。それでは……」みどりはそう言うとふたたび真柄に背を向けて改札に向かって歩き出した。

普段は抑えるよう努めていたが、腹の底からふつふつとした怒りが湧き起こってくる。

たしかに松下孝雄はどうしようもなくゲスな男だ。

だからといって、自殺した和田や新藤に同情はしない。

どんなに苦しくて辛くても自ら死を選んではいけないのだ。守るべき人がいるならなおさらだ。

みどりは怒りを抑えきれないまま改札を抜けた。

新大塚駅に降り立つと、みどりは近くにある洋菓子店でプリンを三つ買ってから自宅マンションに向かった。

マンションのエントランスに入ってオートロックのドアを開け、廊下の一番手前の一〇一号室の前で足を止める。鍵を取り出してドアを開けると、すぐに奥のリビングから夫の力哉が出迎えに現れた。

「おかえり。おつかれさま」力哉が微笑みながら声をかけてくる。

その顔に癒されながら、「ただいま。俊哉は?」とみどりはバッグとプリンが入った紙袋を力哉に渡しながら訊いた。

「先に食事してもう寝てるよ。腹ペコだから早く夕飯にしよう」

みどりは頷き、靴を脱いで玄関を上がった。洗面所で手洗いとうがいをしてからすぐ左側にある部屋のドアを開ける。真っ暗な中ベッドに近づいていき、気持ちよさそうに眠っている六歳の息子の頰を撫でてからリビングダイニングに行った。

ダイニングテーブルの上にはふたり分の食事が用意されている。今夜はみどりの好きなビーフシチューだ。力哉と食卓を囲む。

「今日、小石川(こいしかわ)植物園に散歩に行ってきたよ」食事しながら力哉が報告する。

「いい天気だったもんね。どんな花が咲いてた?」

「コダチダリアが開花してたよ」

その花がどういうものかはわからないが、みどりは「そうなの」と相槌(あいづち)を打った。

小石川植物園はここから一キロほどのところにある。みどりも家族三人で何度か足を運んだことがあるが、毎週のようにそこを訪れている力哉の知識にはとうてい及ばない。

一キロほどの道のりとはいえ、車椅子に乗った俊哉を押していくのでそうとうな重労働だ。

「いつもありがとう。今日のビーフシチューもとってもおいしい」

自然と感謝の言葉を漏らすと、力哉が口もとに笑みを浮かべながら首を横に振った。

「おれは大好きな俊哉とずっと一緒にいられるからさ。おれこそ、いつもありがとう。仕事、大変なんじゃない? ここのところずっと疲れてるように見えて心配だ」

「うちの病院は人使いが荒いからね。でも、仕事はとても楽しいし、それなりのお給料ももらってるから贅沢(ぜいたく)は言えないよね」力哉に心配をかけないように嘘をつく。

「そうか。それならいいんだけど。あっ、そうだ……」

力哉が何か思い出したように席を立って冷蔵庫に向かう。中に入れていたワインを取り出してコルクを抜くと、ふたつのグラスと一緒に持って戻ってくる。

「記念日だから、奮発してちょっといいやつを買ったんだ」

その言葉を聞くまで、今日が何の日だったのかをすっかり忘れていた。

十一月二十六日——今日はふたりが付き合いだした日であり、結婚記念日でもある。

力哉がグラスにワインを注いで、ひとつをみどりの前に置いた。グラスを持ち上げて力哉と乾杯する。ワインを味わい力哉と楽しく語らいながら出会った頃のことを思い返す。

力哉と出会ったのは今から九年前だ。

医師免許を取得した後に研修医として二年過ごし、ようやく麻酔科医としてスタートラインに立ってから一年ほど経った頃だった。

仕事に対してやりがいや充実感はあったものの、一日に何度となく緊張する手術の現場に立ち会わなければならないプレッシャーに苛まれて、夜も眠れないことが多かった。

何かストレスを発散できる趣味でも見つけなければと思ってはいたが、子供の頃から勉強漬けの日々で巷(ちまた)にあふれているような娯楽に疎く、これといって何も思いつかないままあいかわらず擦り切れるような毎日を送っていた。

そんなときにたまたま目についた近所のフィットネスジムに、みどりは興味を抱いた。

正直なところ身体を動かすのは子供の頃から苦手だった。それまでであれば何を好き好んで金を払って苦しいことをするのだと思っただろう。ただそのときは、仕事帰りに少し身体を動かせば疲れ果てて安眠できるのではないかと期待してジムに入会することにした。

力哉はそのジムでエアロビクスを教えているインストラクターだった。入ったばかりの頃は知らなかったが、力哉はその世界ではかなり有名な人物で、国内で最大と言われる大会の優勝経験者だった。

　力哉は初心者で何もできないみどりを優しく丁寧に指導してくれた。さらにエアロビックの世界大会で優勝することを目標に頑張っている彼の前向きな姿に触れ、一歳下であったものの次第に力哉に惹かれていった。力哉も自分に好意を抱いてくれていたようでふたりは付き合い始め、その一年後に結婚した。

　結婚してからも夫婦それぞれの道で共働きをしていたが、俊哉が生まれたことでそれが難しくなった。

　出産して一年ほど経った頃から俊哉の様子に異変を感じるようになり、夫婦で病院に連れて行ったところ脳性麻痺だと診断された。しかも症状はかなり重いということだった。

　身体を自由に動かすことができず、ひとりで食事や入浴や排泄(はいせつ)を行うことが困難になる可能性があると医師から告げられ、みどりは胸に抱いた俊哉を見つめながら悲嘆に暮れた。

　病院から家に戻ると、「落ち込んでたってしょうがないよ」という力哉の言葉に背中を押され、これからのことを夫婦で話し合った。

　みどりのほうが収入は高かったが、力哉にはエアロビックの世界大会で優勝するという自分には持ちえない大きな夢があった。ただ、力哉はあっさりとその夢を諦めて、これから俊哉の介護と家事を受け持つために主夫になると自分から言い出した。

　力哉は家族を守るために夢を捨てた。自分もどんなに嫌で理不尽なことだらけの職場であっても高収入を得られる仕事を手放すわけにはいかない。

　家族のために。

ファミレスに入ると、詩織は店内を見回した。奥の窓際の席に向かい合って座る美鈴と樋口を見つけて、そちらのほうに向かっていく。

「お待たせしました」と言いながら、詩織は樋口の隣に腰を下ろした。

「急に呼び出して悪かったわね」

向かいに座った美鈴に言われ、「いいえ」と小さく首を振る。

正午頃にスマホに美鈴から連絡があり、これから会えるかと訊かれた。大丈夫だと答えると、午後三時に川越駅東口前にあるファミレスに来てほしいと言われた。

やってきた店員にドリンクバーを頼み、詩織は美鈴に向き直った。

「樋口さんがいらっしゃるということはこれからブレイクニュースの取材ですか？」

「取材というのとはちょっと違うわね。正確には取材の依頼をふたりにしてきてほしいの」

「してきてほしい？」意味がわからず、詩織は小首をかしげた。

「今度、ブレイクニュースで京北医科大学病院について取り上げようと思ってるの」

偏差値が日本の医大で一番高いと言われる名門大学の付属病院だ。

「あの……京北医科大学病院のどんなことを取り上げようと？」詩織は訊いた。

「簡単に言うと医療過誤。この近くに住んでいる柚木日菜(ゆずきひな)さんという二十一歳の女性のお母さんが、五年前に京北医科大学病院で手術を受けて亡くなってるの。そのときの話をブレイクニュースでしてもらえるかどうか、取材の依頼をしてきてほしい。本人の承諾を得られるのであれば、その場で撮影も済ませてきて」

美鈴はそこまで言うと、バッグからファイルをふたつ取り出して詩織と樋口にそれぞれ渡す。ファイルにはワープロで文字が印刷された紙が入っている。

「彼女とお母さんについての情報と、こちらがしたい質問事項が書いてある。もちろんあなたのアドリブで質問は変えてもいいから」

「その柚木日菜さんというかたから野依さんのもとに、ダイレクトメッセージがあったんですか？」

今までのパターンであれば、ブレイクニュースに届いた情報をもとに取り上げるかどうかを吟味している。

「今回はそういうわけじゃない。だから懇切丁寧に説明しないと変な勧誘じゃないかと怪しまれるかも。柚木さんは土曜日のこの時間にはたぶん家にいると思うから。じゃあ、後はよろしくね」美鈴が伝票をつかんで立ち上がる。

「あの――」と詩織が呼び止めると、美鈴がこちらを見た。

「野依さんは一緒にいらっしゃらないんですか？」

美鈴が頷く。

「どうしてわたしたちだけで？」

さらに詩織が訊くと、美鈴が微笑みかける。

「それをしてもらっている間にわたしもやらなきゃいけないことがあるから。それに最近の視聴者の反応を見てもわかるでしょう？」

「たしかに詩織ちゃんをもっと観たいってコメントが多いよね。大衆は移り気だから若くてかわいい子が出てくるととたんにそっちに目がいっちゃう」樋口がそう言って笑った。

「わたしは若くなくてかわいくないと言いたいの？」

美鈴に睨まれ、「いえいえ、そんな……」と樋口がたじろぐ。

「まあでも、そんなところよ。もっと視聴回数を稼いでお互いにいい生活をしましょう。今回の取材のギャラは弾んでそれぞれ二十万円出すから、心して頑張ってきてね。終わったら連絡をちょうだい」

美鈴がこちらに背を向けて後ろ向きに手を振りながらレジに向かっていく。

「なんか今日の野依さん……様子が変じゃないですか？」樋口に顔を向けて詩織は言った。

「あの人はいつも変じゃん」

その言葉は否定できない。

「まあ、いいじゃん。二十万円の仕事なんてありがたい」

それから三十分ほどファイルに入っていた書類に目を通して、詩織と樋口はファミレスを出た。

書類に記されていた柚木日菜の住所は『川越市南通町――スカイコーポ川越一〇三号室』とある。スマホの地図を頼りに十五分ほど歩くと、目当てのアパートにたどり着いた。

自分が住んでいるところとあまり変わらない古くて小さなアパートだ。

詩織は樋口とともに一〇三号室の前に立ち、ベルを鳴らした。しばらくすると、「はい」とチェーンロックをかけたままドアが少し開き、隙間から女性が顔を覗かせる。

「あの……突然、申し訳ありません。柚木日菜さんでしょうか」

詩織が訊くと、女性が小さく頷いた。

「わたくしはブレイクニュースの北川詩織と申します」

「ブレイクニュース？」日菜が怪訝そうな顔で訊く。

ブレイクニュースの存在を知っていれば話が早いと思ったが、美鈴が自負しているほど世間に浸透していないみたいだ。

「インターネット上でやっているニュースです。実は今、京北医科大学病院についての取材をしておりまして」

その言葉に反応したように日菜が目を見開いた。

「それで……柚木さんにぜひお話を聞かせてもらえないだろうかと」

「どうしてわたしに？」硬い声音で日菜が訊く。

「五年前にお母様が京北医科大学病院で手術を受けてお亡くなりになったと聞きました。そのときのことについてお話を伺いたいのですが」

「何かのいたずらか嫌がらせですか？　ブレイクニュースなんて聞いたことがない。迷惑です！」

そう言ってバタンとドアが閉じられた。

自分が初めて美鈴から取材を申し込まれたときにしたのと同じような反応だ。

樋口の落胆の声が聞こえる。

「もうちょっとうまくやってよお……二十万円のお金がパーじゃん」

「そんなお金お金って言わないでくださいよ。実家暮らしなんだからお金に困っているわけではないでしょう？」

いつだったか、のんきな実家暮らしをしていると聞いた。

「桃香ちゃんのためにお金が必要なんだよ」

詩織は小さな溜め息を漏らし、バッグからメモ帳とボールペンを取り出した。自分の携帯番号を書いた紙を破り、ドアに備え付けられた郵便受けから部屋の中に入れる。

「今、わたしの携帯番号を書いたメモを部屋に入れました。わたしたちは決して怪しい者ではありません。ネットでお調べいただけたら、今までに取材をしてきたニュース動画が観られます。

それをご覧いただいて、もしご協力いただけるようでしたら、わたしの携帯にご連絡ください。よろしくお願いいたします」

以前自分がされた方法でドア越しに説得すると、詩織は樋口に目配せしてアパートから離れた。


テーブルに置いたスマホが震えた。登録していない携帯番号からの着信だ。

詩織はスマホを手に取って、「もしもし……北川です」と電話に出た。

「柚木です……さっきは乱暴な言動をしてすみませんでした」

日菜の声が聞こえた。

「いえ。お気持ちは非常によくわかりますから」詩織は穏やかな口調で言った。

「あの……お話ししてもかまいません」

「ありがとうございます。どちらでお会いしましょうか？　喫茶店などでもかまいませんが」

「できればうちに来てもらえますか？　母の遺影の前で話したほうがうまく説明できるような気がするので」

「わかりました。すぐに伺います」

電話を切ると、詩織は「行きましょう」と樋口を促して立ち上がった。レジで会計を済ませてふたりで喫茶店を出る。

五分ほどでアパートにたどり着き、一〇三号室のベルをふたたび鳴らす。今度はドアが全開になって日菜が顔を出した。

「狭くてちらかっていますけど、どうぞ……」

日菜に促され、詩織と樋口は玄関を上がった。自分の部屋と同じく、玄関先にミニキッチンが置かれ、その奥に六畳ほどの洋室がある。

　部屋に入ってすぐに壁際に置かれた整理棚が目に留まった。一番上の段にふたつの遺影と位牌が置いてある。年配の男性と女性なので、おそらく彼女の両親ではないか。その下の段には医療関係の本がびっしりと並んでいた。

「医学を学んでらっしゃるんですか？」

　詩織が訊くと、日菜が棚のほうに目を向けて頷いた。

「ええ。小学生の頃から医者になるのが夢だったので。今、西条大学の医学部に通っています」

　学部は違うが自分が通っている大学と同じだ。

「わたしも西条大学なんです。法学部ですけど」

「そうなんですか!?」

　もしかして美鈴が同行せずに詩織と樋口だけでここを訪ねさせたのは、そのほうが同じ大学の仲間として話を引き出しやすいと思ったからではないか。

「あっ、お茶も出さずにすみません。どうぞ、こちらに座ってください」

　日菜がそう言いながらローテーブルの前にクッションをふたつ敷いて、ミニキッチンに向かう。冷蔵庫から取り出したペットボトルのお茶をふたつローテーブルの上に置き、詩織たちが座った向かいに腰を下ろす。

　日菜に勧められ、詩織と樋口はペットボトルのお茶に口をつけた。

「不躾（ぶしつけ）なことをお訊きしますが、お父様ですか？」ちらっと棚の遺影を見て詩織は訊いた。

「ええ。わたしが小学校四年生のときに交通事故で亡くなりました。父が医者だったので、わたしも自然と同じ道に進みたいと……そう思えないときもありましたが」日菜がそう言って寂しそうに笑う。

「ご兄弟は？」

「いません。父が亡くなってから、母は保険の外交員をしながら女手一つでわたしを育ててくれました。わたしが十六歳のとき、仕事中に母が体調を崩して、知り合いに紹介してもらった京北医科大学病院で検査してもらうことになりました。大腸の病気だということで入院して手術することになったんです」

「大腸のどんな病気だと？」

「そのときには母からそれ以上のことを聞いていませんでした。ただ、たいした病気ではないから、少し入院して手術をすれば治るから心配しないでと母に言われました。担当の先生も看護師のかたもとてもいい人たちだったので、何の不安も持っていませんでした」

「でも、お母様は亡くなられた」

「そうです。手術した翌日に亡くなりました」

「医師からは何と説明されたんですか？」

「母はもともと大腸がんで、合併症のために亡くなったと言われました。ただ、そう説明した先生の顔を見て直感的に不審を抱いたんです。そのときの先生は終始暗い表情をしていましたが、患者が亡くなった悲しみというよりも、わたしには後ろめたさのように感じられたんです。わたしは思わず『何か隠していませんか？』『本当のことを言ってもらえませんか？』と先生に訴えました。すると先生はしどろもどろになって、自分ではうまく説明できないので手術に立ち会った他の医師に話させますと言って逃げるように部屋から出ていきました」

「他の先生からはきちんと説明してもらえたんですか？」

詩織が訊くと、日菜が強く首を横に振った。

「その後、外科の責任者という人が来ましたが、先ほどの先生と同じ説明をして、うちの病院には何の落ち度もないと言うだけでした。それでも食い下がっていろいろと訊くと、不審に思うなら裁判でも何でも起こせばいいとあしらうように言って、ただそうであればこちらも逆に名誉毀損で損害賠償請求を起こすと威嚇(いかく)されました」

「実際に裁判は起こされたんですか？」

「いえ……身寄りもない十六歳の自分にそんな大それたことはできませんでした。あのときどんなことをしてでも闘うべきだったのかもしれませんが、わたしは自分の無力さと家族を失った寂しさと将来への不安に押しつぶされて、その現実から逃げることしか考えられなくなりました」

「逃げる？」

「自殺を考えました」

日菜の言葉にぎょっとする。

「どうせ死ぬなら腹いせにあの病院の中で死んでやろうと、わたしは母を担当した医者や看護師を名指しで恨み言を綴った遺書を用意しました。母が入院していた階にあるトイレに忍び込んで、個室で手首をナイフで切りました。ただ、異変を感じたのか看護師に発見されて未遂に終わりましたけど」

「今でも京北医科大学病院はお母様の死に対して何か隠しているとお思いですか？」

「そう確信しています」日菜がきっぱりと答えた。

「どうしてそう？」

さらに詩織が問いかけると、日菜が立ち上がって棚に向かった。一番下の段に置いてある小箱を開き、何かを取り出して戻ってくる。詩織の前に分厚いふたつの紙束を置いて、ふたたび向かいに座った。

テーブルに置かれたのは現金書留用の封筒の束だ。

意味がわからないまま、詩織は日菜に視線を戻した。

「母が亡くなって一年半近く経った頃から、わたしのもとに毎月一回これが届くようになりました。途中で引っ越したこともありましたが、どこで調べたのかわかりませんが今まで一月も欠かさずに。中にはいつも五十万円の現金と、一枚の紙が添えられていました。そのときによって添えられた紙に書かれていることは違いましたが、『ごめんなさい』とか『がんばって』とか……そんなような言葉です」

「差出人は？」

「まったく覚えのない名前です。一度、書かれている住所を訪ねたことがありましたが空き地でした。こんなことをするのはあの病院の関係者としか考えられません」

たしかによほどの高収入を得られる職に就いているか、もしくは金持ちでなければ毎月その金額を送り続けるのは難しいだろう。

「おそらくこれを送っている人は母の死への罪悪感に苛まれながら今も医者を続けているのでしょう。本当はそんなお金に手をつけたくはありませんが、それでもこのお金を使って闘おうと三年前に決心したんです」

「闘いですか？」

「ええ。母のことがあってから医者になる夢など自分の中で砕け散っていましたが、これを送ってくる人間よりもはるかにいい医者になってやろうと」

「応援しています。あの……今まで聞かせていただいたお話を撮影させていただいて、ブレイクニュースで流したいのですが。もちろんあなただとわからないように顔や声は加工しますし、お名前も出さないので」

詩織が頼むと、「わかりました」と日菜が頷いた。

「ただ、ひとつお願いがあります」

「何ですか？」詩織は訊いた。

「顔や名前は隠さないでください。声もそのまま流してください」

「いいんですか？」

「自分の肉声でないと、伝えたい本当の思いは誰にも届かないと思うから」

詩織は強く頷きかけて、隣にいる樋口に顔を向けて目配せした。樋口が立ち上がって少し後ろに下がり、取り出したスマホを操作してこちらに向ける。もう片方の手を突き出し、三本、二本、一本と指を折って、オッケーマークを作ったのを見て詩織は口を開いた。

「皆さん、こんにちは。ブレイクニュースの北川詩織です――」

札幌駅で空港からの快速電車を降りると、冷たい風が頰を撫でた。

思っていた以上にこちらは寒い。

真柄は両手で頰を撫でながら、乗り換えのために函館(はこだて)本線のホームに向かった。

もっと早くに和田智樹の実家を訪ねたかったが、他にもやらなければならない仕事があり、新藤尚美の話を聞いてから一週間が経ってしまった。

だが、東京にいるときにも松下のことについて調べていなかったわけではない。京北医科大学病院に勤める医師や看護師の名簿を入手して、手当たり次第に外科の関係者から話を聞こうとしたが、誰からも松下のパワハラやセクハラに関する情報は得られなかった。

札幌から八駅目の江別駅に降り立ち、スマホの地図を頼りに和田の実家を探す。

実家に向かう前にアポイントを取っておきたかったが、礼状には電話番号は記されていなかった。手紙を出すべきかとも考えたが、直接会って話をしたほうがこちらの真意がより伝わるような気がしてやめた。

何しろ自殺してしまった息子の話を聞こうというのだ。いっさい触れられたくないと思ったとしても不思議ではない。

住所として記された番地に小さな二階建ての家があった。雪国特有の造りのようで、玄関の前にガラス張りの小部屋が設けられ二重扉になっている。ガラス越しに見ると、玄関ドアの横に『和田』と表札が掛かっていた。

真柄はガラスの引き戸を開けて、小部屋に入った。誰かいてほしいと願いながらドアの横についているインターフォンを押す。

しばらくすると、「はい」と女性の声が聞こえた。

「あの……突然、申し訳ありません。わたくし、週刊現実という雑誌の記者をしております真柄と申します」

インターフォン越しに名乗ったが、相手からは「はあ……」という気の抜けた返事しか返ってこない。

「和田智樹さんのことについてお話をお聞かせいただきたいのですが」

そう告げると、インターフォン越しにも相手が息を呑んだのがわかった。

その後、いくら呼びかけても相手からの応答は返ってこない。インターフォンが切られてしまったのかともう一度呼び出しボタンを押そうとしたときに、ドアが少し開いて年配の女性が顔を覗かせた。警戒心を滲ませた表情だと感じた。

「和田玉枝さんでしょうか」

真柄が訊くと、探るような眼差しをこちらに据えながら女性が頷いた。

「あの……週刊誌の記者さんが、いったい智樹の何の話を……？」動揺したように玉枝が訊く。

「智樹さんは東京にある京北医科大学病院にお勤めでしたよね」

「ええ……それが……？」

「実は、わたくしは今、京北医科大学病院内で行われている可能性のある不正について調べております」

「不正？」

「ええ。三ヵ月ほど前にその病院で外科医をしていた男性が電車に飛び込んで自殺しました」

その言葉に弾かれたように、玉枝が少し身を引いた。

「新藤良晴さんという男性で、智樹さんがお亡くなりになった際に葬儀に参列されたそうです」

「どうしてそのかたは自殺を？」

「新藤さんの奥様が同僚のかたから聞いた話によると、上司の外科部長からひどいパワハラを受けていたことが原因ではないかと。同じ外科で四年前に自殺された医師がいたと知り、ぜひお話を聞かせていただきたいと、失礼を承知でまいりました」

こちらを見ていた玉枝が顔を伏せた。迷っているようだ。

「新藤さんにはふたりの小さなお子さんがいらっしゃいます。もし、上司によるひどいパワハラが自殺の原因であるなら、そのことを公にして何かしらの社会的制裁を加えるべきだと考えております。その人物は智樹さんがお亡くなりになった際にも外科部長をしていました」

玉枝が顔を上げた。自分を納得させるように小さく頷き、「中にお入りください」と言ってドアを大きく開いた。

家に上がると、一階にある和室に通された。仏壇が目に留まり、玉枝を見る。

「お線香を上げさせていただいてもよろしいでしょうか」

玉枝が頷いたのを見て、真柄は仏壇の前に正座して線香を上げた。

合わせていた手を解き、目を開けて立ち上がると、玉枝が座卓にお茶を用意していた。玉枝と向かい合うようにして座る。

「智樹さんがお亡くなりになったのはおいくつのときでしょうか」

礼状に享年は書かれていなかった。

「三十三歳です」

自分よりも若いのを知り、やるせない思いに苛まれる。

「自宅で大量の睡眠薬を飲んで亡くなりました。警察から連絡があってすぐに東京に行き、智樹の遺体を確認しました。胸が張り裂けるほど苦しかったですが、その新藤さんというかたの奥様はもっと辛い思いをされたのかもしれませんね」

電車に飛び込んだとなれば、遺体はかなり損傷していただろう。

「遺書などは残されていたんですか？」

玉枝が首を横に振る。

「一ヵ月に一回ぐらいは電話でやり取りをしていましたが、悩み事などは特に言っておりませんでした」

自殺の原因はわからない、か。

「……ただ、昔からそういう子でした。幼い頃から父親がおりませんでしたので、わたしに心配をかけないように学校でいじめられても黙って我慢しているような子で……親思いの優しい子でした。早く立派な医者になって、わたしを東京に呼んでいい暮らしをさせてやると……だけど……立派な医者にならなくても、いい暮らしなんかできなくてもいいから、ただ……生きていてほしかった……」絞り出すような声で言って玉枝がうなだれる。

「東京にいる智樹さんの友人や仲のよかった同僚などはご存じありませんか」

真柄が訊くと、「いえ……」と玉枝が首を横に振る。

「……ただ、恋人はいると話していたことがありました」

「お名前や、何をされているかたかは？」

「聞いておりません。そのうちこっちに連れてきて紹介するとしか」

智樹と付き合っていた女性であれば、彼の自殺の原因について何か知っているのではないか。

「あの……智樹さんが持っていた写真や、友人の連絡先がわかるようなアドレス帳などはありますか」

「ええ。ちょっとお待ちください」

玉枝が立ち上がって和室から出ていった。しばらく待っていると、数枚の写真を手にして玉枝が戻ってくる。

「東京の智樹の部屋にあったものです。持っていたスマホはロックが解除できないままで……」と玉枝が言って、真柄の前に数枚の写真を置く。

真柄は写真を手に取って一枚ずつ見ていった。職場で同僚の医師や看護師と一緒に写っているものや、飲み会での楽しそうな智樹の姿など。

ふと、何かが引っかかり、真柄は同僚たちと職場で撮った写真に戻った。他の写真を座卓に置き、その一枚をじっと見つめる。

智樹のまわりに四人の白衣を着た男女と、三人の女性の看護師がいる。智樹の隣にいるショートカットの若い女性を凝視する。

自分が知っている誰かとかすかに面影が重なるような気がした。

休憩室で弁当を食べていると、「芦名さん――」と声をかけられ、みどりは顔を向けた。すぐ近くに同僚の医師の朝倉（あさくら）が立っている。

「今日のブレイクニュース、観た？」

朝倉に訊かれ、「ブレイクニュース？」と首をひねる。

「ユーチューブでやってるニュースなんだけど、知らない？」

「ええ」

ブレイクニュースなど聞いたことがない。

「うちの病院のことをやっていて、五年前のことをほじくり返してるんだ。ヤバいよなあ」

その言葉を聞いて、胸がざわつく。

五年前のこと――

「まあ、素人がやってるニュースもどきだから気にすることないかもしれないけど。食事中にごめん」朝倉がそう言って休憩室から出ていく。

ドアが閉まってひとりになったが、弁当に箸を伸ばせなくなっている。

ブレイクニュース――

ユーチューブで素人がやっているニュース――

どうしてそんな番組でうちの病院のことが報じられているのだ。

みどりは箸を置くと弁当にふたをして、バッグからスマホを取り出した。ユーチューブを起動させ、『ブレイクニュース』と検索する。いくつかのサムネイル画像が縦並びに表示され、一番新しく公開されたものをタップする。

ネットゲームのＣＭが流れ、それが終わるとどこかの室内の映像に切り替わった。ローテーブルに向かい合ってふたりの若い女性が座っている。

「皆さん、こんにちは。ブレイクニュースの北川詩織です。今日はあるかたのお宅からお送りさせていただきます。よろしくお願いします」

北川と名乗った女性が向かいに座る女性に顔を向けて言うと、「こちらこそ、よろしくお願いします」と女性が頭を下げる。

「お名前を聞かせていただけますか」

「柚木日菜といいます。二十一歳の学生です」

柚木――という名前に反応する。

「柚木さんはブレイクニュースでどうしても訴えたいことがあるそうですが、どのようなことでしょうか」

「今から五年前……わたしの母は四十六歳のときに体調を崩して、四谷にある○×病院で検査してもらうことになりました」

病院名には加工音が施されている。だが、四谷にある病院と言われればかなり限定されるだろう。

「……大腸の病気と診断され、手術することになりました」

「大腸のどんな病気だと?」

「そのときには母からそれ以上のことを聞いていませんでした。ただ、たいした病気ではないから、少し入院して手術をすれば治るから心配しないでと母に言われました。担当の先生も看護師のかたもとてもいい人たちだったので、何の不安も持っていませんでした。ただ、母は手術した翌日に亡くなりました」

画面がふたりの姿から部屋にある棚に移動する。棚の一番上の段にあるふたつの写真立てに向けてアップしていく。

写真に写る女性の顔を見て、心臓が跳ね上がった。

どういうことだ。このブレイクニュースというのはいったい何なのだ。

動揺しながら何とか最後まで動画を観ると、みどりはユーチューブを閉じた。ネットでブレイクニュースについて検索する。

ネットの情報によると、ブレイクニュースは野依美鈴というフリーのジャーナリストを名乗る人物が始めたものだという。ユーチューブやSNSに寄せられるコメントやダイレクトメッセージをもとにして、事件と思われるものや社会問題などを独自に取材し、発信しているとあった。

野依美鈴とはどんな人物なのか。

自分たちに何の恨みがあってネット上にあのことをさらすのか。

みどりはふたたびユーチューブを起動させて、ブレイクニュースにアクセスした。サムネイル画像の中で先ほどとは違う女性が映っているものをタップする。

CMに続いて、ひとりの女性の姿が画面に浮かび上がる。

明るい日差しの中、人気のないホテルの前に黒い長髪の女性が立っている。紺のパンツスーツの中に着たブラウスのボタンは上からふたつが外してあり、胸もとがはだけている。とてもジャーナリストには見えない。だが、こちらにまっすぐ据えられた眼差しは凜としていて、強い意志を感じさせる。

「……皆さん、こんにちは。ブレイクニュースの野依美鈴です。わたしは今、渋谷の円山町にいます。一昨日の夜九時頃、わたしがいるこの場所で二十一歳の女性が男に殴られるという傷害事件が発生しました……」

彼女の声を聞きながら、なぜだか懐かしい思いに駆られた。

以前、どこかで聞いたことがある声だ。

どこだろう。どこで自分は彼女に会ったのだろう。

みどりは画面の中の彼女を食い入るように観た。

まさか……

皆川靖子(みながわやすこ)——？

キーボードに向かっていると、誰かに肩を叩かれて真柄は顔を上げた。デスクの佐野が立っている。

「ちょっと行かないか？」煙草を吸う仕草をしながら佐野が言った。

「やめたんじゃなかったんですか？」

「ちょっと吸いたくなった。一本くれ」

真柄は頷いて立ち上がると、佐野とともに喫煙室に向かった。中に入ると佐野に煙草を勧めてライターで火をつける。

「何か嫌なことでもあったんですか？」煙草をくわえながら真柄は訊いた。

「京北医科大学病院の件、ボツになった」

その言葉に、「えっ？」とくわえていた煙草を口から落とした。

「どういうことですか!?」

「編集長の上のさらに上のさらにその上の判断だ」

「どうして……」それしか言葉が出ない。

「芳子さん案件ってことだよ」

「何ですか、それ？」

「江本首相の奥さんの芳子さんのお兄さんが病院長の松下康則だ」

そういうことかと、床に落ちた煙草を靴で踏みにじる。

「悔しい気持ちはおれも同じだが、おれたちにはどうにもならん」

昂った気持ちを少しでも落ち着かせようと、ふたたび煙草をくわえて火をつける。

「そういえば、今朝ユーチューブに公開されたブレイクニュースで京北医科大学病院のことをやっていたが観たか？」

「いえ。どんな内容ですか」

ここしばらく慌ただしく、ブレイクニュースをチェックしていない。

「五年前に起きたとされる医療過誤についてだ」

佐野が苦々しそうに言いながら灰皿に煙草を押しつけて喫煙室から出ていった。

野依美鈴——

やはり彼女は京北医科大学病院と何か関係があるのだろうか。

真柄は煙草を灰皿に捨て、ポケットからスマホを取り出して保存している写真を表示させた。

和田智樹の実家で撮らせてもらった写真だ。

智樹の隣にいるショートカットの若い看護師を見つめる。

髪型も顔も雰囲気も今とはまったく別人に映るが、かすかに野依美鈴の面影と重なるように感じた。


池袋駅に降り立つと、真柄は南池袋公園に向かって歩き出した。

佐野から記事のボツを告げられた後、喫煙室でユーチューブに公開されたばかりのブレイクニュースの動画を観た。

自分が追っていた件とは違うが、それでも野依と京北医科大学病院との関係が気になって、彼女に『会いたい』とメールを送った。

彼女からの返信は、今日の午後三時に南池袋公園で——だった。

公園の中に入ると、真柄はあたりを見回した。まだ野依は来ていないようだ。

背後からヒールの音がして真柄は振り返った。こちらに近づいてくる野依と目が合い、確信した。

あの写真の看護師は彼女だと。

そして、今回の件で自分が調べた資料に出ていた人物も彼女ではないかと。

凜とした眼差しをこちらに据えながら一メートルほど手前のところで立ち止まり、野依が口を開いた。

「おひさしぶりね。まだ週刊現実の編集部にいらっしゃるのかしら」

「ええ。こっちはあいかわらずです」

野依の視線をじっと見つめ返しながら真柄は答えた。

「てっきり記者をお辞めになって探偵にでも鞍替(くらが)えしたのかと思っていました」

自分の尾行に気づいていたか、もしくは夏八木から伝えられたのだろう。

「それで……わたしに何の用?」野依が訊いた。

「あなたと、京北医科大学病院との関係について訊きたい」

直截(ちょくせつ)的に言うと、野依の眼差しがかすかに反応した。

「わたしと京北医科大学病院との関係?」すぐにはぐらかすように野依が首をひねる。

「ごまかさないでほしい。四年ほど前にネットのニュース記事で京北医科大学病院の医療過誤を告発した看護師のA子さんというのは、あなたじゃないんですか?」

真柄が訊くと、野依がこちらから視線をそらして鼻で笑う。

否定も肯定もしない。

ネットで京北医科大学病院に関する情報をしらみつぶしに当たっている中で、そのニュース記事を見つけた。

インタビューの一ヵ月前に京北医科大学病院を退職したという元看護師のA子が、その一年前に同病院で行われた大腸がんの手術に立ち会った際に医療過誤があり、その翌日に四十六歳の女性患者が亡くなったと告発しているネットニュースだ。

病院長は手術に関わったスタッフに医療過誤を隠蔽するように指示し、カルテは改竄されたという。だが、A子の恋人で執刀に当たっていた消化器外科の若い医師はその罪悪感に苦しみ続け、やがてうつ病を発症し、手術から約一年後に自殺した。A子自身も亡くなった患者やその家族への罪悪感を抱き続けており、今は亡き恋人の執刀医が本当は公にしたかった事実を自分が伝えるべきだと考えて、告発に踏み切ったという。

「自殺した和田智樹さんの恋人だったという看護師のA子さんというのは、野依美鈴さん――あなたじゃないんですか？」

もう一度訊くと、びくりと肩を震わせて野依がこちらに視線を戻した。

表情に先ほどまでの余裕は窺えない。眼差しの奥に怒りの感情をあらわにしている。

「それを知ってどうしようというの？」

ようやく彼女が口を開いたが、何と答えていいかわからない。

「週刊現実で記事にしてくださるのかしら？」

挑発するような声音だ。

「……残念ながら今は無理です」そう答えるしかない。

京北医科大学病院に関する記事は上の判断で書けない。

「今は……ではなく、今までも、これからも無理でしょう。夏八木さんがいた時代とは違うようね」

「どういう意味ですか？」

「……週刊現実にもわたしの訴えを載せてもらえるよう連絡して話を聞いてもらいました」

初めて知る話だった。もっとも彼女が告発記事を出した四年前には自分は週刊現実ではなく他の写真週刊誌の編集部にいた。

「何という記者だったか覚えていますか？」

「たしか……佐野さんといったかしら」

その名前を聞いて、喫煙室での佐野の苦々しい表情が脳裏をよぎった。

今朝公開された動画を観て、そのときのことを思い出したからかもしれない。

「確固たる証拠もない状況で、看護師ひとりの話だけで記事にすることはできない。そう言われた。お宅だけじゃなくて、他の週刊誌やテレビ局にも片っ端から連絡したけど、どこも同じような反応だった」

「それであんな胡散臭いネットニュースで告発したというわけですか？」

「心底後悔してる。だけど、あのときには他に方法がなかった」

こちらを見つめる眼差しの奥にある怒りはまだ収まっていない。

ネットニュースの記事は彼女の告発だけでは終わっていなかった。

記事では当の京北医科大学病院の見解も載せていて、彼女の訴えは事実無根であることと、A子が退職する前に医療過誤があったと強弁して、手術の責任者であった外科部長に対して暗に金銭の要求をほのめかしていたなどと綴られていた。

さらにA子を知るという同僚や知人のコメントもあり、そこには『自殺した執刀医は付き合っていた恋人との関係に悩まされていた』とか『彼女は夜遊びが激しくて金銭的に困窮していた』とか『彼女は普段から妄言が多かった』など、彼女の人格そのものを否定するような事柄が列挙されていた。

ネット記事の中には、まともな取材や裏を取ることもせずに無責任に発信されるものもある。

いや、あの記事を書いた人間に対してはその言いかたは生温いかもしれない。記事のそこかしこに書いた人間の悪意がにじんでいる。

おそらく耳目を集める記事になると飛びついた後に、裏を取ろうとしてその内容を知らせた京北医科大学病院の関係者から、金か何かで懐柔されたのだろう。

「正直なところ、うちでは記事にすることはできない。だけど、記者のはしくれとして事実を知りたい。そしていつかは何らかの形で……」

真実を公にしたい――

「あなたには関係のないことでしょう。そもそも記事にできないのにどうして京北医科大学病院について知りたがっているのよ」

「いつか新藤良晴さんと、残された妻子の無念を晴らしたい……」

「新藤良晴さんって……消化器外科の？」

野依に訊かれて、真柄は頷いた。

「残された妻子の無念を晴らしたいって……どういうこと？」

「知らなかったか？　良晴さんは三ヵ月ほど前に電車に飛び込んで自殺したんだ」

驚いたように野依が目を大きく見開いた。

「うそ……ど、どうして……」

あきらかに動揺しているようで、野依が顔を伏せて肩をすくめる。

「外科部長の松下孝雄からひどいパワハラを受けていたそうだ。良晴さんの奥さんから四年前に同じ消化器外科の医師が自殺したと聞いて、和田智樹さんの実家に行ってお母さんから話を聞いた。そのときにあなたの写真を見た」

今、目の前にいる彼女とはまるで別人のような、ショートカットのおとなしそうな女性の姿がよみがえった。

「もしかして……」

真柄の声に反応したように、野依が顔を上げた。

「もしかしてブレイクニュースを始めたのは和田さんのためなのか？」

どのマスコミからも無視されて、唯一報じたネット記事では歪曲(わいきょく)された事実を自分の力で伝えるために――

野依は答えなかったが、そうなのだろうと思った。

「記事が書けなくなったのは上からの指示だが、いずれにしても裏を取るのは難しかった。誰もがふたりの自殺や、病院内で行われていた悪質な行為に口をつぐんでいる」

執刀していた和田智樹は亡くなっていたとはいえ、手術室には野依以外にも立ち会っていたスタッフがいただろう。野依ひとりで告発したということは、他の誰もが彼女の味方ではないことを意味している。

「これからどうするつもりなんだ？　ユーチューブやSNSであんな発信を続けていても、医療過誤の決定的な証拠を示さないかぎり、世間の人たちは聞く耳を持ってくれないだろう。そればかりか、名誉毀損罪で訴えられることも考えられる」

「そんなことは百も承知よ」

野依の眼差しを見て、真柄は思わず息を呑んだ。

揺るぎない強さを感じる。

「わたしはわたしのやりかたで真実を伝える。ただそれだけ」野依はそう言うとこちらに背を向けた。

公園の出口に向かって歩いていく彼女の背中を見つめながら、何もできない自分に対して忸怩たる思いを噛み締める。


休憩室で文庫本を読みながら食事をとっていると、急にまわりの雑談がやんでその場が静まり返った。

どうしたのだろうと、みどりは顔を上げた。

外科部長の松下孝雄が厳めしい顔でこちらに近づいてくる。

部下をいじめているとき以外にこの男の笑顔は見たことがないが、今日は一段と機嫌が悪そうだ。

「芦名くん、病院長がお呼びだ」

用件に察しがついて溜め息が漏れそうになったが、必死に押し留めながら弁当箱に蓋をして鞄にしまうと立ち上がった。

休憩室を出て、松下に続いてエレベーターに向かう。上階に向かうエレベーターのドアが開くと、乗っていた数人のスタッフがみどりの隣に目を向け、慌てて会釈しながら降りてくる。

空になったエレベーターに乗り込むと、松下が最上階のボタンを押した。

「ブレイクニュースは観たのか?」

抑揚のない声で松下に訊かれ、みどりは「ええ」と頷いた。

「どう思った?」

画面のこちら側に向かって切々と訴える若い女性の姿に胸が詰まりそうになった。

「別にどうも思いませんが」

「そうか……他のブレイクニュースは観たか？　野依美鈴という派手な女がリポートしている」

「いえ。興味がないので」

嘘だった。

「うちの看護師だった女だろう」

松下も気づいたようだ。

「名前は忘れたが……あの手術のときに器械出しをしてた」

名前は忘れたというのはこの男の口癖だ。本当は覚えているのかもしれないが、自分が価値を認める人間以外にはよくそういう言いかたをする。

「皆川靖子ですか？」

「そうだったかな。ここにいるときも使えないやつだったが、今では恥ずかしげもなく胸もとをさらけだしながらフェイクニュースを流して金を稼いでいる。ずいぶんと落ちぶれたもんだな」

フェイクニュースと強調して言っているあたり、こちらの反応を試しているのかもしれない。

「そうなんですか。今度、観てみます」

最上階でドアが開き、松下に続いてエレベーターを降りた。廊下を歩いて病院長室の前で立ち止まり、松下がノックする。

「どうぞ――」

中から病院長の声がして、松下がドアを開ける。

部屋に入るとすぐに正面の大きな机に向かっている病院長と目が合った。猛禽類(もうきんるい)を思わせるような鋭くて気の抜けない目をしている。

「お待たせしました」とみどりは頭を下げて、室内を見回した。

看護師の持田彩と臨床工学技士の佐藤健一が両手を前に組んで萎縮するように壁際に立っている。

自殺した和田智樹と看護師の皆川靖子以外、あの手術を担当したメンバーが揃っている。

「職務で忙しい中、集まってもらって恐縮だ。ちょっと話したいことがあるのでそこに並んでくれたまえ」病院長が席を立って目の前に手を向ける。

持田と佐藤が壁際から離れて、病院長の正面に立っているみどりと松下を挟むようにして並ぶ。

「中には知っている者もいるかもしれないが……昨日、ユーチューブというネットでやってる動画サイトの……何て言ったかな？」病院長が息子の外科部長に目を向けて訊く。

どうやら物覚えが悪いのを装うのは親子ともども同じようだ。

「ブレイクニュースです。一応ニュースとついてますが、やっているのは素人で、内容もとてもいい加減なものです」

「そう。そのブレイクニュースとやらで、うちの病院に向けたと思われる悪質なデマが流された。五年前にうちで大腸がんの手術をした柚木恵子という患者の娘が、母親は医療過誤によって亡くなったとありもしないことを訴えていてな」

ここにいる誰もがありもしないことではないのを知っていたが、自分も含めて誰も何も言わなかった。

「その手術を担当したきみたち四人に今一度確認したい。あの手術で医療過誤はあったのか？佐藤くん、どうだ？」

いきなり名指しされて、自分の隣に立っていた佐藤が身体を震わせたのがわかった。

「あ……その……患者さんがお亡くなりになったのは不幸なことでしたが……医療過誤はありませんでした……」

「持田くん、どうだ？」

「ありませんでした……」

か細い声が聞こえてくる。

「芦名くん、どうだ？」

病院長の鋭い視線がこちらに向けられたが、画面の中の患者の娘の姿が脳裏をよぎり、すぐに言葉が出てこなかった。

「どうなんだ？　芦名くん」

あれはあきらかな医療過誤だった。

「……やましいところはありません」

絞り出すようにみどりが言うと、こちらに据えられていた病院長の視線がようやく外れた。

「外科部長、きみはどうだ？」

「医療過誤などありえません。佐藤くんも言っていたように亡くなられたことは不幸でしたが、我々は最後まで患者さんのために最善を尽くしました」

松下の言葉に、「そうだろう」と病院長が満足そうに頷く。

「昨日、さっそくユーチューブの運営者に対して名誉毀損に相当することを伝え、動画の削除を申し入れた。こちらとしては法的な措置も辞さないと。あと、もしかしたら他のマスコミもおもしろがってきみたちに話を聞こうとしてくるかもしれないが、言動にはじゅうぶん注意してくれたまえ。わたしがしたかった話は以上だが、せっかくこうやって直に顔を合わせたことだしね……佐藤くん、お父さんの最近の調子はどうだい？」

いきなり違う話題を振られて戸惑っていたようだが、「まあ……あいかわらずといったところです。お気遣いいただきありがとうございます」と佐藤が返した。

佐藤の父親は六年ほど前から重度の認知症を患っていて、施設に入所しているという。費用がかなりかかるうえにふたりいる子供もまだ成人前だから、家計のやりくりが大変だと以前こぼしていた。

「持田くんのお子さんは何歳になったのかな？」続けて病院長が訊く。

「十六歳と十四歳です」

「これからさらにお金がかかる年頃だね。女手一つでふたりの子供を立派に育てていて、本当に頭の下がる思いだよ。そういえば芦名くんにもお子さんがいたよね。名前は何と言ったかな？」

病院長がこちらに視線を向けて訊いた。

「俊哉です」

「いくつになったのかな」

「六歳です」

「たしか旦那さんが付きっきりで介護してるんだったよね」

脳性麻痺の息子の世話をするために夫の力哉が主夫をしていることも知られている。

「いろいろと大変な事情を抱えながらも、この病院と患者さんのために働いてくれているきみたちを心から誇りに思っているよ」

病院長がかけた言葉は自分たちに対する気遣いではなく、優しさを装った脅迫であることをこの場にいる誰もがわかっているだろう。

病院を裏切れば、家族ともども過酷な生活が待っていると——

コンビニに入ってカゴを手に取ると、詩織はまっすぐ総菜コーナーに向かった。

しばらく棚を眺めながら吟味して豪華な幕の内弁当に惹かれたが、けっきょく一番安い海苔弁当をカゴに入れた。

五日前にしたブレイクニュースの取材で美鈴から二十万円という高額の報酬を渡されたが、油断してはいけない。

あいかわらず新しいバイトは見つからないままだし、今月は後期の授業料を納めなければならないのだ。

それでも少しぐらいは贅沢してもいいのではないかという誘惑に駆られて、スイーツのコーナーに立ち寄ってプリンをひとつカゴに入れてからレジに行った。会計を済ませてコンビニを出ると、薄暗い道を進んでアパートに向かう。

背後から足音が近づいてくるのが聞こえて、詩織は振り返った。

五メートルほど後ろにキャップを目深にかぶった男が歩いていたが、急に歩調を速めてこちらに迫ってくる。

「ブルーハイツ一〇二号室に住んでる北川詩織だな」

いきなり男に訊かれ、身構えるよりも先に呆気にとられた。

「あんまりデタラメなことばかりユーチューブでほざいてるとそのうち後悔するぞ」

男はそう言うとすぐにこちらに背を向けて、来た道を走っていった。

遠ざかっていく男の背中を呆然と見ていたが、すぐに鼓動が激しくなって詩織はアパートに向かって駆け出した。

アパートにたどり着くとすぐに鞄から鍵を取り出して鍵穴に差し込んだ。鍵を回してドアノブをひねったが開かない。

どういうことだと、もう一度鍵を差し込んで回すとドアが開いた。

おかしい。家を出るときにちゃんと鍵をかけたはずなのに。

詩織は警戒しながらゆっくりとドアを開けた。

電気をつけて、何かあったらすぐに逃げられるように靴を履いたまま玄関を上がった。

突き当たりにあるドアを開けて部屋の電気をつけた詩織は愕然とした。

荒らされたような形跡はなかったが、テレビとローテーブルの位置が変わっている。


「待たせてごめんなさいね」

その声に弾かれたように、詩織は顔を上げた。目の前に美鈴が立っている。

この席でずっとうつむいたままでいたので、美鈴がファミレスに入ってきたことにも気づかなかった。

向かいの席に座った美鈴に店員が近づいてきて注文を訊く。

「ホットコーヒーをお願いします」

店員が去っていくと、美鈴が少しこちらに身を乗り出してきて「盗(と)られたものは?」と訊いた。

「ありません」

空き巣に入られたことを確信すると詩織はすぐに一一〇番通報した。それからその直前に会った男のことを思い返して美鈴に連絡を入れた。

警察がやってくると盗まれた物がないか確認をしたが、テレビとローテーブルが移動されていること以外に被害はなかった。

詩織は先ほど見知らぬ男から脅迫めいたことを言われたことを告げたが、現場検証を終えて警察が帰っていくと、ひとりで部屋にいるのが怖くなって近くにあるファミレスに避難した。

「あなたを脅すことが犯人の狙いね。家に帰る前に声をかけてきた男はいくつぐらいだった？」

「そんなに年配じゃないことぐらいしか……暗い道で顔もはっきりわからなかったし、それにいきなりのことだったんで頭の中が真っ白になっていたから」

警察にも同じようなことを話した。

「さっき樋口くんに連絡して、あなたの家に空き巣が入ったことや男から脅迫されたことを話して注意するよう伝えた」

「何て言っていましたか？」

「かなりのショックを受けていたわ。怖いからブレイクニュースの仕事はもうしたくないと……」

自分も同じ気持ちだ。

金に釣られて怪しげなことに関わりすぎたと後悔している。

「すべてはあなたたちを頼ったわたしのせい。あなたにもブレイクニュースから離れてもらうわ。ごめんなさい」美鈴がそう言って頭を下げる。

顔を上げた彼女と目が合って、詩織は動揺した。

こんな弱々しい美鈴の表情を初めて見る。

「……とはいっても、あの部屋にはもう戻れないでしょう」

美鈴に言われ、詩織は頷いた。

窓は破られていなかったので、おそらく犯人はピッキングで部屋に侵入したのだろう。鍵を替えたとしてもまたいつ何時ピッキングされるかと思うと不安だ。安アパートなので防犯性の高い鍵をつけられるかどうかもわからない。

「責任を持って新しい部屋を探す。もちろんそれにかかる費用も出す。それまであなたが泊まるホテルを予約するわ」美鈴がそう言ってスマホを取り出した。

それでも不安は拭えない。少なくとも今夜はひとりになりたくない。

「どうしたの？」こちらの様子を窺っていた美鈴が訊いてくる。

「まだドキドキしていて……今夜は一緒にいてもらえませんか」

「じゃあ、わたしの部屋に来る？」

「いいんですか？」

「けっこう散らかってるけど、ふたりが寝られるスペースくらいはある」

運ばれてきたコーヒーに口をつけることなく「行きましょう」と美鈴が伝票をつかんで立ち上がった。

会計をしてファミレスを出ると、ふたりで大きな通りに向かう。やってきたタクシーに乗り込んだ。

「ちょっと行き先を迷っているので、しばらく適当に流してもらえますか？」

後部座席から美鈴が告げると、怪訝な表情で運転手が頷いた。タクシーが走り出すと、美鈴は後ろを振り向いてリアガラス越しに外の様子を窺う。

尾行されていないかどうか確認しているのだろう。

十分ほどタクシーを走らせた後に美鈴が正面に顔を戻し、「飯田橋に向かってください」と告げる。

大きな白いマンションの前で美鈴がタクシーを停めさせた。

先に車から降りた詩織は目の前にある瀟洒なマンションに近づいた。

エントランスやロビーがガラス張りになっていて、高級そうなソファが置いてあるのが見えて思わず溜め息が漏れる。

いったい家賃はいくらぐらいするのだろうか。いや、美鈴はユーチューブでかなりの収入があるはずだから、もしかしたら賃貸ではないかもしれない。

エントランスに向かっていこうとする詩織に、「そこじゃない」と美鈴が言ってマンションの横にある細い路地に入っていく。

路地の両側には小さな民家が立ち並んでいるが、自分たちが向かう先にマンションらしきものは見当たらない。

古びたアパートの前で美鈴が立ち止まってこちらを振り返った。

「ここがわたしの自宅よ」と言われ、詩織は信じられない思いでアパートを見上げた。

二階の壁に書かれたアパート名らしきものはところどころ剝がれていて『春壮』と読める。おそらく『椿荘』というのが本当の名称ではないか。

自分や、先日会った柚木日菜が住んでいるのもずいぶんと古いアパートだが、あきらかに目の前のアパートは年季が違う。

「驚いた？」と美鈴に訊かれ、詩織は正直に頷いた。

「安心して。シャワーはついてないけどお風呂はあるから」

美鈴に続いてギシギシと軋む階段を上っていき、二階の一番奥にある部屋の前で立ち止まる。ドアを開けて中に入った美鈴に促され、詩織は靴を脱いで部屋に上がった。玄関を入ってすぐのところが六畳ほどの台所になっている。美鈴がその奥にある襖を開けると、十畳ほどの和室があった。

天井から吊り下げられた古めかしい蛍光灯が目に入り、あまりにも美鈴の印象と結びつかないと感じる。

「寒いでしょう。お茶を淹れてくるからここに座ってて」美鈴がそう言いながら座卓の前に座布団を置き、台所に向かった。

詩織は言われたとおりに座卓の前に座り、あらためて部屋を見回した。

座卓と本棚と布製のカバーがついたワードローブが置かれていたがテレビやエアコンはなく、質素な部屋だという印象を抱いた。

この部屋の中にユーチューブで活躍する彼女と多少なりとも結びつけられるものがあるとすれば、目の前にあるノートパソコンぐらいだろう。

ふと、本棚に置いてある写真立てが目に留まり、詩織は立ち上がって近づいた。

白衣を着た男性と看護師用のユニフォームを着たショートカットの女性が並んで写っている写真だ。

その下の段には『看護師国家試験問題集』など、何冊かの看護師についての本が並べられていた。

あらためて詩織は写真立てに目を向けて、そこに写る化粧っ気のない純朴そうな女性の顔を見つめてはっとする。

今の美鈴とは髪型も顔も雰囲気もまったく違うが、写真の女性は彼女だろう。

美鈴は看護師をしていたのか――

そう思うのと同時に、ここしばらくの間に経験したことが脳裏を駆け巡り、やがてひとつの大きな像を形作っていく。

「今まであなたに嘘をついていたことがある」

ふいに声が聞こえて、詩織は振り返った。

「何ですか?」

「わたしの名前は野依美鈴ではなく、皆川靖子というの」美鈴がそう言って茶碗をふたつ置いた座卓の前に座る。

ユーチューブやSNSをやるのに本名を使う必要はない。だけど、別の名前を名乗る理由は何なのか、自分なりに推測しながら美鈴の向かいに腰を下ろした。

「柚木日菜さんとはどのようなご関係なんですか?」詩織は訊いた。

樋口とともに日菜の取材を頼まれたときに、わずかではあるが違和感を抱いた。

今まででであればユーチューブやSNSに届いた情報をもとに、ブレイクニュースで扱うかどうか吟味していたが今回はそうではなく、さらに日菜の自宅の近くにいながら美鈴はその取材に同行しようとしなかった。

「わたしは日菜さんのお母さんの手術に立ち会っていた」

想像していたことではあるが、美鈴の口から直接その言葉を聞いて、胸に鈍い痛みが走った。

「日菜さんが訴えていたような医療過誤があったんですか?」

見つめ返しながら詩織が訊くと、美鈴が頷いた。

「どうしてそれを隠したんですか？」

「弱い人間だったから。わたしも、手術を担当した誰もが……」

そう口にした美鈴を見て、詩織はどうしようもなく寂しくなった。

自分は美鈴の強さに憧れていたのだ。

世間の反応に臆することなく、真実を伝えようとする彼女の姿に。

「当時、わたしが付き合っていた人は京北医科大学病院の消化器外科の医師だった」

「写真の男性ですか？」

「そう。今までの人生でわたしが唯一愛した人だった」

「唯一、ですか？」

「わたしは幼い頃に親に捨てられて、高校を卒業するまで児童養護施設で育ったの」

美鈴の言葉を聞いて、詩織は驚いた。

「だからかどうかはわからないけど、それまでのわたしは男性と付き合うことに臆病だった。もちろんそれまでにも付き合った人がいなかったわけではないけど、自分の心を完全に開くことができないままいつも自然消滅ばかりだった」

境遇は違うが、自分にも少しその気持ちがわかる気がする。

前の恋人だった涼介の存在は付き合っていた当時、自分にとって唯一の心のオアシスだったが、そんな彼にさえ完全に心を開けなかったのを思い出す。

「あなたが家庭裁判所の調査官を目指して大学に行ったように、わたしも看護師になりたいと思って学校に入り、看護師の資格を取って京北医科大学病院で働きだした。そして同じ職場で働く彼と知り合った。彼はとても優しい人だった。わたしにも、同僚にも、そして遠方でひとり暮らしをしているお母さんに対しても。彼には自分の生い立ちも含めてどんなことでも正直に話せた。そして受け入れてくれた。だけど今から思えば彼のその優しさが仇になってしまったのかもしれない」

「仇……？」詩織は首をひねった。

「日菜さんのお母さんの手術の執刀は外科部長だった松下という人が行う予定だった。だけど朝方まで深酒していたということで、急遽彼が執刀するよう命じられた。もちろん彼はまだ手術の経験が浅かったから、介助医としてその外科部長がそばについて指示を出すということだったけど」

「その手術でミスが起こってしまったんですか？」

「ええ。経験の浅い彼は切ってはいけないところにメスを入れてしまい、それでパニックになってしまった。そばにいた外科部長も適切な対応ができたとは言い難い状態だった。何とか処置をして手術を終えたけど、その翌日に日菜さんのお母さんは亡くなってしまった」

「そのミスが原因で日菜さんのお母さんは亡くなったんですか？」

「ええ……病院長には手術中にミスがあったことを報告したけど、そのことはいっさい口外しないよう箝口令が敷かれ、日菜さんにもその事実が知らされることはなかった」

日菜が事情の説明を求めた際にしどろもどろになったという医師は、美鈴の恋人だったのだろう。

「もちろん彼もわたしも本当のことを公にするべきではないかと、それからずっと悩んで苦しんでいた。だけど、それをするということは京北医科大学病院を辞めるに等しい。そればかりではなく病院長は江本首相の義理の兄にあたる人で、医学界でも絶大な影響力を持っているから、その人に睨まれたら京北医科大学病院だけでなく他の病院でも医師として働くのが難しくなると思えた。何より彼はミスをした張本人だから、刑事的な責任を問われる可能性もある。彼は幼い頃から女手一つで育てられてきて、お母さんは三つの仕事を掛け持ちして経済的に大変な思いをしながら息子を医師にした。早く立派な医師になってお母さんを東京に呼び寄せて楽をさせてやりたいというのが彼の口癖だった。そしてわたしと一緒に幸せな家庭を築きたいというのも……心の中では本当のことを公にしたかったはずだけど……」

「お母さんを悲しませたくないという思いからそれができなかった？」

「そうね……死なせてしまった柚木恵子さんと娘の日菜さんへの罪悪感に悶え苦しんでいる彼をそばで見ていて、わたしも本当のことを公にするべきだと思ったけど、自分に勇気がなかったばかりに彼にそう告げて背中を押してあげることができなかった」

「勇気がなかった？」

詩織の言葉に反応したように美鈴が頷き、そのまま顔を伏せる。

「そんなことを言ってしまったら彼が自分のもとから離れてしまうんじゃないかと不安だった。彼を失うのが怖かった……だけど、あのとき勇気を持つべきだった。そうしていればきっと一番大切なものをなくさないで済んだはずなのに……」

目の前でうなだれる美鈴を見つめながら、以前彼女が言っていた言葉を思い出した。

わたしは人を見捨てたことがあるの。自分に勇気がなかったばかりに大切なものをなくしてしまった。その後悔の結晶がブレイクニュースなの——

「そのかたは今どうされているんですか？」

嫌な予感に胸を締めつけられながら詩織が問いかけると、美鈴が顔を上げてこちらを見つめた。

「手術から一年ほど後に亡くなった」

どんよりと暗い眼差しだった。

「その手術があってからの彼は日に日にやつれていって、精神的にもあきらかに不安定だった。日菜さんが病院のトイレで自殺を図ったのを知って、さらにひどい状態になっていった。そして……家で大量の睡眠薬を飲んで自殺した」

「もしかしてトイレで自殺を図った日菜さんを発見した看護師というのは……」

「わたしよ。そばに置いてあった遺書も目にした。ただ、彼にはその内容は言えなかったけど……でも、彼女が自殺を図ったという事実だけで、どうにも耐えられなくなってしまったんでしょう。彼が亡くなってしまったことで、わたしは本当のことを公にしようと決意した。少しでも日菜さんの無念を晴らし、彼が本当は望んでいた思いを叶えようと。わたしは病院長に面会を求めて、退職届を提出しながら医療過誤を公にすると告げた。その頃はまだ病院自らが事実を公表することを期待していた。だけど『おまえの存在などチリのようなもので誰も相手にしない』と病院長に一蹴された」

そのときの無念さを思い返しているのか、美鈴が唇を噛み締めた。しばらくして話を続ける。

「実際に病院長の言ったとおりだった。確固たる証拠も他の人たちの証言もない状況で、看護師ひとりの話だけでは信憑性がないと、どのマスコミからもわたしの訴えは無視された。唯一取り上げてくれたネットニュースではことごとく事実をねじ曲げて伝えられ、自分の無力さを思い知らされた」

「日菜さんに毎月お金を送っていたのは野依さんですか?」

本名は皆川だと知らされたが、今はまだそう呼べそうもない。

「ええ。日菜さんは唯一の肉親を失ってこれからひとりで生きていかなければならない。そのときの自分にできることといえば、お金を送ることとぐらいだった。とはいっても、どこかで看護師を続けていても、彼女が望んでいることをさせてあげられるような金額を送るのは難しい。わたしは結婚式の資金の足しにしようと思って貯めていたお金で、少しでも男性受けしそうな顔にしてもらおうと整形して、銀座にあるクラブで働き始めた」

以前、弁護士の西村が話していたブルーダイヤモンドというクラブだろう。

「決して社交的ではないわたしにとっては楽しい仕事ではなかったけど、そこで働く日々の中で貴重な人脈を作ることができた」

「貴重な人脈というのはお金を落としてくれるお客さんですか?」

詩織の問いかけに、今日初めて美鈴が笑みを見せた。

「それもたしかに違わないけど、今やっていることにつながる貴重な人脈よ」

「ブレイクニュースにとっての?」

美鈴が頷く。

「いろんなお客さんがいた。IT企業の社長や弁護士、中には日本中に支店がある信用調査会社の経営者なんていう人もいたわね。その人たちはネットの世界や法律に疎かったわたしにいろんなことを教えてくれた。信用調査会社の経営者からは人の捜しかたや尾行の仕方なんかもね」

たしかにブレイクニュースをやるためには必要な知識かもしれない。

「お客さんの中には自分が忌み嫌っていたマスコミ関係の偉い人たちもいて、その中のひとりがわたしの人生を変えたの」

「どんな人ですか?」

「夏八木さんというその年配の紳士はすでにリタイアしていたけど、かつてはスクープを連発していた有名週刊誌の編集長をしていて、その後社長にまでなった人物だった。その人のアフターに付き合ったときに珍しくひどく酔ってしまって、マスコミの人間は信用できないというようなことを口走ってしまったの。夏八木さんからどうしてそのように思うんだと訊かれて、わたしは自分が経験したことを正直に話した。そして自分も無力だけど、自分のような力のない人間の味方になってくれるはずのマスコミも無力だと恨み言を口にした……」

「その人は野依さんの言葉に何と返したんですか？」

「そういうときがあるのも事実だと頷いていた。自分も週刊誌の現場にいるときに何度か圧力に屈して真相を追求しきれなかったことがあると。ただ、こうも言われた。『きみはすべてを諦める前に死ぬ気になって闘ったことがあるのかな』と。『きみの言葉が届かないのは死ぬ気になってでも伝えようとしていないからじゃないか』と」

詩織ははっとした。

以前、詩織も美鈴から似たような言葉を投げかけられたことがある。

死ぬ気になって闘わなきゃ、大切なものも守れない——と。

「たしかにそうだと思った。ネットニュースに出してもらうときも、わたしは自分の顔や名前をさらすのをためらってそうしなかった。どのマスコミからも相手にされなかったとき、他に自分の訴えを伝える手段を考えることもなく諦めてしまった。わたしは何か言い訳を見つけて、けっきょくは逃げているだけで、自分の信念を貫くために、自分にとって大切なものを守るために、死ぬ気になって闘っていなかった」

「それでブレイクニュースを始めることにしたんですね」

「誰も発信してくれないなら、自分で発信するしかないと思った。今は誰もが自分の思いを世界中に発信できる時代だから。そんな当てにならないマスコミなんか叩き壊せる存在を自分の手で作ってやろうと」

そんな当てにならないマスコミなんか叩き壊せる存在――

ブレイクニュース――

「だけど、当時のわたしがネットを使っていくら医療過誤について訴えたとしても、世の中のほとんどの人たちには届かなかったでしょう。わたしはチリのような存在だったから」自嘲するように美鈴が言う。「だから、わたしの発言を無視させないように、とにかくひとりでも多くの人にわたしの存在を知ってもらってから、本当に伝えなければいけないことを伝えようと思った」

およそジャーナリストを名乗るには似つかわしくない露出の多い身なりも、賛否両論を巻き起こす過激な内容も、そのための手段だったのだろう。

「ただ、本名の皆川靖子でブレイクニュースを始めれば、京北医科大学病院の関係者に気づかれて警戒されてしまうかもしれない。いや、そればかりか圧力や妨害を受けて世の中に広まるまでに潰されかねないと思って偽名を使うことにしたの。機が熟すまでは、わたしは世間を騒がせるジャーナリストもどきの野依美鈴でいようと」こちらを見つめながら美鈴が言った。

ジャーナリストもどき――と美鈴は卑下して言ったが、自分はそうは思わない。

ブレイクニュースを通じて美鈴が訴えかけてきたものは、今の社会にとってとても大切なことだったと感じている。それによって救われた人たちもいるだろう。

自分もそのひとりだ。

「ところで……その夏八木さんはブレイクニュースに協力してくださったんですか?」

今のように多くの視聴者を持ち、ユーチューブやSNSのコメントやダイレクトメッセージでたくさんの情報が寄せられている状況ならまだしも、ジャーナリストとしては素人でしかない美鈴がひとりでニュース番組を立ち上げるのはさすがに難しいのではないかと思った。

「ネタの集めかたや取材の仕方なんかをみっちりとレクチャーしてもらった。夏八木さんだけでなく、ブレイクニュースが軌道に乗るまではいろんな人たちに協力を求めた。あなたも会ったことのある弁護士の西村先生もそのひとり」

今ではユーチューブのブレイクニュースの視聴回数は、二千万回を超えることもざらにある。そこで発せられる美鈴の言葉が無視されることはないだろう。

ただ、確固たる証拠がない状況での名誉毀損とも受け取られかねない発言を、ユーチューブで流すことができるかどうかは自分にはわからない。

「わたしをブレイクニュースに引き入れたのは、いずれ日菜さんの取材をさせるためだったんですか？」

美鈴と日菜は病院で会ったことがある。顔を整形しているといっても実際に会えばあのときの看護師だと気づくかもしれない。

いくら真実を公にするのを目的にしているとはいえ、自分の母親の死の原因になった手術に携わり、今までそのことを隠していた美鈴に協力するとはかぎらないだろう。

「たしかにそれもある」

「それも？」詩織は訊き返した。

「一番の理由はあなたのことが眩しく思えたから」

その言葉の意味がわからず、詩織は首をひねった。

「素顔や名前をさらして自分の思いを多くの人たちに伝えたあなたの勇気が眩しかったの。今まであなたに偉そうなことを言ってしまったけど……でも、本当の……皆川靖子であるわたしはそんなに強くない。現に今だって本当は怖くて怖くてしかたがない。でも……あなたと一緒にいたら怯みそうになる自分を鼓舞してくれるように思えた」

そんなふうに美鈴から思われていたと初めて知り、胸に熱いものがこみ上げてくる。

「だけど、あなたの役割はもうおしまい。これ以上迷惑をかけるわけにはいかない。これからはわたし自身の闘いだから」

「最後まで近くで見届けさせてくださいよ」

自分でも意外なほどに自然とその言葉が口から漏れた。

「……そうしたいんです」

こちらに向けた美鈴の眼差しが潤んでいるのがわかった。

「ありがとう……明日取材をする予定だけど、カメラマンがいなくてどうしようかと思っていたところなの」美鈴がそう言って手で目もとを拭った。

ブレイクニュース——

どこからともなくその言葉が耳に入り、吊り革につかまっていた真柄はあたりを見回した。

自分から少し離れたところで並んで座っている若い学生風のふたりの男がその話をしているようだ。

真柄は吊り革から手を離して、吊り広告を見に行くふりをしながら男たちに近づいた。

「マジで今回のブレイクニュースはさすがにヤバいでしょう」

「違反警告だけじゃ済まないかもな」

どうやら新しい動画が投稿されたようだが、男たちがしている会話がどうにも気になった。

次の駅で地下鉄を降りると、真柄はベンチに座ってスマホを取り出した。イヤホンをつけて耳にはめ、ユーチューブを起動させる。

公開されたばかりのブレイクニュースの動画をタップすると、ビールのCMに続いて見覚えのある室内が映し出された。

仏壇の前で向かい合うようにしてふたりの女性が正座している。ひとりは野依美鈴で、もうひとりの顔にはモザイクがかかっていた。

女性を見ていた野依がカメラのほうに顔を向けて口を開く。

「皆さん、こんにちは。ブレイクニュースの野依美鈴です。本日はブレイクニュースでどうしても取り上げてほしいことがあると連絡をくださった女性のお宅に伺っています。プライバシー保護のためにA子さんとお呼びいたします」

野依が女性のほうに顔を向けて、「よろしくお願いします」と頭を下げる。

「こちらこそよろしくお願いします」

女性の声は機械で加工されていたが、見覚えのある室内の風景から、モザイクのかかった女性が新藤尚美だと確信した。

「A子さんが取り上げてほしいというのはどのようなことでしょうか」

野依の問いかけに、尚美が仏壇のほうに顔を向けて「夫の死に関することです」と答える。

「旦那様というのはこちらの遺影の男性ですか?」

「そうです」

「旦那様がお亡くなりになったのはいつでしょう」

「今年の八月二十二日です」

「どうしてお亡くなりになったんですか」

「自殺です。高円寺駅のホームから電車に飛び込みました」

「自殺の理由はおわかりでしょうか」

「遺書などはなかったので、その時点ではわかりませんでした。ただ……それまでの一年ほどは仕事がすごく忙しくて家にいるのは一日に五、六時間ぐらいでした。休みもほとんど取れなくて、顔を合わせたときはいつも疲れ切った表情をしていました。心身ともに疲弊していたでしょうが、わたしやふたりの子供のために無理をして働いてくれていたんだと思います」

「旦那様はどのようなお仕事をされていたんですか？」

「京北医科大学病院で消化器外科医をしていました」

尚美の言葉を聞いて、動悸が激しくなった。

病院名が自主規制音で消されていない。

「先ほど自殺の理由をお訊ねしたとき、その時点ではわかりませんでしたとおっしゃっていましたが……」

「ええ……夫の葬儀の後にひとりの女性がわたしに声をかけてきました。京北医科大学病院で働いている看護師だと告げて、自殺するまでの夫の職場での様子を聞かせてくれました」

「どのようなことをお聞きになったんですか？」

「夫は亡くなるまでの一年ほど、上司である外科部長からひどいパワハラを受けていたそうです。その外科部長はもともと同僚の医師や看護師に対するパワハラやセクハラがひどい人だったそうですが、その一年ほどは夫への嫌がらせが集中的に行われていたということです」

「嫌がらせというのはたとえばどんなことでしょう？」

「毎日のように自尊心を踏みにじるような暴言を浴びせ続けられ、職場の若い女性看護師にわいせつな内容のメールやＬＩＮＥを送るように強要されることもあったそうです。夫の帰りが極端に遅くなったのも、休みが取れなかったのもその外科部長のせいで、毎晩のように無理やり赤坂のクラブに同席させられてホステスの前で屈辱的な思いをさせられていたり、休日には使い走りのようなことをさせられていたというのです。わたしはそれまで夫がそんな目に遭わされていることなど全然知りませんでした。どうして話してくれなかったのかと……」尚美が嗚咽を漏らす。

「ご家族に心配をかけたくなかったのかもしれませんね。その外科部長の名前はご存じですか？」

「松下孝雄です」

心臓が跳ね上がった。

「たしか京北医科大学病院の病院長も松下さんというお名前だったと記憶していますが……」

「松下孝雄は病院長の松下康則のひとり息子です」

「松下康則さんといいますと、現首相の夫人である芳子さんのお兄さんですよね」

「そうです。その看護師のかたの話によると、病院長は医学界でも絶大な影響力を持っているということで、その息子である松下孝雄のひどい行いに対して誰も何も言えない状況だったそうです」

「旦那様が受けていたパワハラをお知りになって、松下孝雄さんを警察に訴えたり、民事訴訟を起こすことはお考えにならなかったのでしょうか」

「もちろんできることならそうしたかったです。ただ、その看護師のかたに協力してもらえるか訊いたところ、断られました。先日、今回と同じお話をさせていただいた週刊誌の記者のかたからも、夫へのパワハラについて誰からも話を聞くことができず、記事にするのは難しいとお詫びの連絡をいただきました」

自分のことについて尚美に触れられ、胸に刺すような痛みを感じていると、画面の中の野依がこちらを向いた。彼女の顔に向けてアップしていく。

「先日、ブレイクニュースでお伝えした、柚木日菜さんのお母様が五年前に手術を受けてその翌日に亡くなられた件ですが、その手術を担当したのは京北医科大学病院の消化器外科でした。また、その手術には外科部長の松下孝雄氏も立ち会っていたことがわかっています。ブレイクニュースでは今後も京北医科大学病院内で行われていたいくつかの問題を追及していきます。以上、野依美鈴がお伝えしました」

彼女の射貫くような鋭い眼差しを見つめながら、背筋が粟立つのを感じる。

わたしはわたしのやりかたで真実を伝える――

だが、確固たる証拠がない中でこのような内容の動画を公開して、果たして彼女に勝算はあるのだろうか。

ユーチューブを確認したが、ブレイクニュースのチャンネルは停止したままだ。

病院長の力がそうさせたのだろうか。

いや、さすがにあれだけの巨大な企業が一個人の思惑で動かされることはないだろう。

二日前に公開された動画の内容を問題視してユーチューブ側が自主的に規制したにちがいない。

みどりはスマホの画面を見つめながら、安堵の気持ちの片隅にわずかな落胆があるのに気づいて戸惑った。

自分は皆川靖子に何を期待していたのだろう。

ノックの音が聞こえて、みどりはスマホに向けていた視線をドアに移した。

「何？」と訊くと、ドアが開いて力哉が部屋に入ってくる。

「これから俊哉を連れて小石川植物園に行こうと思ってるんだけど、一緒にどう？」

力哉の言葉に迷う。

ブレイクニュースで京北医科大学病院のことが報じられてからの十日あまり、心底疲れ果てている。

「せっかくの休みだから家でゆっくりしてたいかな？」

気遣うように力哉に言われ、みどりは首を横に振った。

大切な家族と一緒に青空のもとを歩けば、今の塞ぎ切った気分も少しは晴れるかもしれない。

外行きの服に着替えて部屋を出ると、玄関に置いてある車椅子と力哉と俊哉の靴がなかった。

すでに外の廊下でふたりは待っているのだろう。

みどりは家を出て鍵を閉めると、車椅子を押して歩く力哉に続いてエントランスに向かった。


小石川植物園に着いてから一時間ほど家族三人で園内を散歩した。車椅子に乗った俊哉は時折笑みを浮かべ、力哉も楽しそうに微笑んでいる。

ふと、ふたりの目には自分の姿はどのように映っているのだろうと思った。

きれいな花々を見ていても何も感じられない。

それはふたりとは違い、自分の心が澱んでしまっているからではないか。車椅子を押す力哉と並んで遊歩道を歩いていると、少し先にあるベンチに座っていた女性が立ち上がるのが見えて胸がざわついた。

皆川靖子——

近づいていく自分たちに靖子が会釈をする。

「お知り合い？」こちらに目を向けて力哉が訊いた。

「う、うん……」

いつか自分の前に現れるだろうと予感していた。

「ちょっと彼女と話していきたいから、先に家に戻っててくれるかな」みどりは力哉に言った。早々にケリをつけておいたほうがいいだろう。

「うん。わかった」

「俊哉くん、大きくなりましたね」

力哉は靖子に笑顔で会釈すると、車椅子を押して遊歩道を進んでいく。靖子はその姿を目で追っていたが、やがてこちらに顔を向けて口を開く。

たしか俊哉が生後半年ぐらいのときに、靖子を含めた数人の同僚を家に招いたことがあった。

「あのときとは家が違うのに、どうしてわかったの？」

俊哉が脳性麻痺だとわかってから、近くに自然の恵みがあってなおかつ車椅子の出し入れがしやすいあのマンションに移った。

靖子はこちらを見つめながら何も言わない。

以前は自分と向き合う度におどおどしたようにうつむいていた気弱な女性だったのに。

「ネットを席巻してるジャーナリストさんならそんなことは朝飯前か」みどりはそう言って苦笑した。

「家族団欒の時間を邪魔したくはなかったのですが、携帯番号もメールアドレスも変えてらっしゃったので、他にふたりだけでお話しする方法が思いつきませんでした」

靖子が病院を去ってからも、いつかこんな日が来るのを予感して彼女との糸を断ち切っておきたかった。

「わたしと一緒に医療過誤があったことを世間に話してください」こちらを見据えて靖子が言った。

「何言ってるのよ。そんなことできるわけがないじゃない。さっきの俊哉の姿を見たでしょう。わたしには守らなきゃいけない家族がいるのよ！」

「柚木日菜さんには守るべき家族さえもういないんです」

「真実をさらしたいならあなたひとりで勝手にやればいいじゃない。そのためにあんなマスコミもどきのことを始めたんでしょう？」

「わたしひとりでは駄目なんです。真実を話してくれる人がせめてもうひとりいなければ大きな岩は動かせないんです」

医療過誤の証拠は残っていない。だが、たしかに手術に立ち会っていた中のふたりがそれを認めれば、信憑性は格段に増すだろう。

――何を考えているんだ。そんなことできるわけはない。そんなことをすれば自分たち家族は今よりも不幸になる。

――そうだろうか？

自分が麻酔科医として働かなければ家族が崩壊してしまうほど、力哉は頼りない夫だというのか。

そんなことは決してない。

それに今のわたしたちは不幸なんかじゃない。力哉と俊哉に囲まれてじゅうぶん幸せではないか。この幸せは簡単に崩れるものではない。

――ただ、言い訳にしているだけではないのか。

家族のためだと思い込むことで、心に絡みついた罪悪感を少しでも薄めようとしているだけではないのか。

「持田さんにも佐藤さんにもお会いしてお願いしましたが、医療過誤の事実なんてないと一蹴されました。だけど、芦名さんは医療過誤があったことを否定しなかった。もう、芦名さんしかいないんです。わたしたちが罪を償えるかもしれない最後のチャンスなんです」

「ユーチューブが使えなくなったあなたにいったい何ができるっていうのよ!?」

「まだSNSがあります。お願いします。どうか一緒に償ってください」靖子がそう言いながら頭を下げる。

「できない……そんなことできない……もう二度とわたしの前に現れないで!」

みどりは靖子に向かって叫ぶと、その場から駆け出して出口に向かった。

ふたたびあの靖子の眼差しに触れたら、自分の罪悪感にとても耐えられそうにない。

植物園を出ると、滲んだ視界の中に車椅子のグリップを握って立っている力哉の姿があった。

こちらに顔を向けた力哉がはっとしたのがわかった。

「どうしたんだ?」

力哉が車椅子を押して近づいてくる。俊哉の顔を見てさらに涙があふれ出す。

「何でもない。帰ろう」みどりは袖口で涙を拭って歩き出した。

無言のまま自宅に向かう。

「きみと知り合ってから九年、泣いているのを見たのは二度目だ」

ふいに力哉の声が聞こえた。

そうだ。はじめて力哉の前で泣いたのは病院で俊哉が重度の脳性麻痺だと知らされたときだ。

「だけど、おれたちならきっとすぐに笑顔を取り戻せるよ」

その言葉に弾かれて、みどりは力哉を見た。

力哉が立ち止まってじっとこちらを見つめている。

「……じゃないかな?」

そうだった。あのときも家に帰ってから力哉に励まされ、さらに俊哉の寝顔を見ているうちに胸の苦しみが収まった。

力哉を見つめ返しながら、みどりは頷いた。

ふたりがいてくれればどんな苦しいこともきっと乗り越えられる。

『本日の午後三時に南池袋公園において、わたくし野依美鈴から大切なお話をさせていただきたいと思っております。多くの方々にお集まりいただけることを心から願っております』

ＳＮＳに投稿されたメッセージを見た詩織はすぐに部屋の時計に目を向けた。

午後一時二十分を過ぎている。

ふたたびブレイクニュースのＳＮＳを見る。このメッセージが投稿されたのは今から二十分前だ。

おそらく誰かから妨害される可能性を考えて、早めに告知することをしなかったのだろう。

だが、こんな急な告知ではどれだけ人が集まるかわからない。

せめて自分は美鈴の覚悟を見届けなければならない。そして……

詩織はＳＮＳを閉じるとアドレス帳を開いた。樋口の携帯に電話をかける。

「もしもし……」

樋口の声が聞こえた。

「北川です。今日、ブレイクニュースのＳＮＳを見ましたか？」

「今日？　いや……」

「今日の午後三時に南池袋公園で野依さんが生でブレイクニュースをやるんです」

「生って、え？　何？」

意味がわからないというように樋口が訊き返す。

「とにかく南池袋公園に集まりましょう」

詩織が言うと、「いやあ……」と樋口が口ごもる。

少し前に詩織がブレイクニュースに関わるなと脅されて空き巣に入られたことが響いているようだ。

「おそらくこれが最後のブレイクニュースです。だからせめてわたしたちが……」

「精一杯盛り上げなきゃかな」詩織の言葉を遮るように樋口が言った。「ブレイクニュースのメンバーとしてさ」

電話なので相手には見えないが「そうです」と詩織は大きく頷いた。

「三時十五分前に池袋に来られそうですか？」

「すぐに家を出るから大丈夫」

「じゃあ、二時四十五分に池袋駅構内にある、いけふくろうっていう像がある待ち合わせスポットで。誰か人に訊いてもらえればすぐにわかると思います」

「わかった」

電話を切ると、詩織はスマホの通話履歴を表示させた。

美鈴が最もその話を聞かせたい相手に電話をかける。


いけふくろう像の前で待っていると、「お待たせ」と言いながら樋口が現れた。

スマホを確認すると二時四十分だ。

「行こうか」と歩き出そうとする樋口の袖口を詩織はつかんだ。「もう少し待ちましょう」と言うと、樋口が首をかしげた。

「柚木日菜さんにも連絡したんです」

「来るって？」

樋口に訊かれ、詩織は曖昧に首を振った。

「留守電だったので……三時から野依さんが南池袋公園で大切な話をするとブレイクニュースのSNSに告知していることと、十五分前にここでわたしたちが待ち合わせしていることをメッセージに入れましたけど……」

この時期にSNSであのような告知をするということは、おそらく京北医科大学病院の話だと察するだろう。

大切なお話――というのがどのような内容なのか。

日菜としては間近でその話を聞くのは怖いという思いもあるだろう。

それから五分ほど待っていると、日菜がこちらに向かってくるのが見えた。

「お待たせしました。あの……野依さんはこれからどのような話をされるんでしょうか？」戸惑った表情で日菜が訊く。

どんな話をするのか察していたが、自分から聞かせることではない。

「わかりませんが……おそらく京北医科大学病院に関することでしょう。どうしますか？」

「聞きたいです」と日菜が頷いたのを見て、詩織はその場から歩き出した。三人で駅を出て南池袋公園に向かう。

公園に入ると、詩織は広い園内を見回した。奥にあるベンチのそばでひとり佇んでいる美鈴を見つけて近づいていく。

美鈴がこちらに顔を向けた。

「他には？」

詩織が問いかけると、美鈴が首を横に振る。

「それなりに集まってくれるかと思ってたけど……ちょっと自惚れていたようね」美鈴が寂し気な笑みを浮かべて言う。

ユーチューブでは二千万の視聴回数を誇るとはいっても、家で気軽に観られるものと実際に出かけていくのとでは違うのだろう。

「柚木日菜さん、今日は来てくださってありがとう」

その言葉に導かれるように日菜が美鈴を見つめる。

「怖くてしかたがないけど……今日はあなたに向けて……」

美鈴を見つめ返しながら日菜が小首をかしげたとき、「あっ！　いた！」と背後から男性の声が聞こえて、詩織は振り返った。

「マジ！　ナマ美鈴さまだ。おまけにしおりんもいる！」

ふたりの若い男性が詩織たちを指さしながらこちらに近づいてくる。

これで聴衆は五人だ――


池袋駅に降り立つと、真柄は南池袋公園に向かった。

走りながら腕時計を確認する。すでに午後三時を過ぎている。

今日の午後一時頃にブレイクニュースのＳＮＳで野依が新しい投稿をしていたが、つい先ほどまでそのことに気づかなかった。

そこに書かれていた大切な話というのが何であるかはわからないが、おそらく京北医科大学病院に関することだろう。

自分が危惧したようにユーチューブのブレイクニュースのチャンネルは三日前から停止されている。それならば人を集めて直接話をしようということなのだろう。

公園に入ると奥の一角に三十人ほどの人だかりがあった。

真柄はそちらのほうに向かった。人の隙間から野依の姿が確認できる。

多くの人たちに囲まれて立つ野依の表情は、それまで自分が接してきた彼女とは大きく違っていた。緊張しているようにも怯えているようにも見える。

人だかりの多くは男性であったが、女性も何人かいる。その中に見覚えのある女性がいた。野依の代わりにブレイクニュースのリポーターを務めていた北川という女性だ。カメラマンの樋口もいる。さらにブレイクニュースで京北医科大学病院の医療過誤を指摘していた柚木という若い女性が緊張したような眼差しを野依のほうに向けている。

「もうとっくに三時を過ぎてるよ。美鈴ちゃん、早くやろうよ」

どこからかはやし立てる声がして、どっと笑いが巻き起こった。

「——ちょっと、そこで何をしてるんだ？」

その声に、真柄は振り返った。

ふたりの制服警官がこちらに近づいてくる。

「いったい何の集まりですか。ちゃんと許可は取ってるんですか？」

そう言いながら人だかりをかき分けて、ふたりの警察官が野依の正面で仁王立ちする。

「署まで来て話を聞かせてください」威圧するような目を向けながら警察官のひとりが野依に詰め寄る。

「ちょっとお待ちください」と真柄が言うと、ふたりの警察官がこちらを睨みつけてくる。

真柄は名刺を取り出して警察官に向けた。

「わたくし、週刊現実の記者をしております真柄といいますが、彼女を連行する理由をお聞かせいただけないでしょうか」

真柄が言うとふたりが困ったように顔を見合わせる。

「どうして彼女を連れて行くのか、納得のいく説明をしていただきたいです」

真柄の言葉に追随するように「そうだそうだ！」とか「江本首相の差し金で来たのか！」などの野次があちらこちらから上がる。

気づくと、ほとんどの人たちがスマホのカメラをこちらに向けていた。

警察官が決まりの悪そうな表情で咳払いをすると、「あまり騒がないでくださいね」と言ってもうひとりに行こうと目配せする。

ふたりの警察官がその場から立ち去ると、一斉にスマホが野依のほうに向けられた。

だが、野依は顔を伏せたままじっとしている。

「野依さん、どうしちゃったのよ。せっかくこんなところまで来たんだから早く楽しませてよ」

ふたたび野次が飛ぶ。

「わ……わたしは……わたしは……」

身体を小刻みに震わせ、なかなか次の言葉が続かない。

その様子を見ながら、これが本来の彼女なのではないだろうかと感じた。

今まで自分が接していた野依美鈴は必死に無理をして作り上げた姿だったのではないかと。

「どうしたのよ！　ふたりで大きな岩を動かすんでしょう！」

どこからか聞こえてきた女性の声に弾かれたように、野依が顔を上げた。

野依の視線の先を目で追うと、人だかりの外に見覚えのある女性が立っていた。

以前、話をしたことのある芦名みどりだ。

野依のほうに視線を戻すと、先ほどまで弱々しかった眼差しが凜としたものに変わっている。

「これから皆さんに、わたしがどうしても伝えなければならないことをお話しします。ただ、野依美鈴という仮の姿のままお話しすることは許されません。わたしの本当の名前は皆川靖子です――わたしは……四年前まで京北医科大学病院で看護師をしていました。今までブレイクニュースで報じてきた柚木日菜さんのお母様の恵子さんの手術を担当したひとりでした」

周囲からざわめきが巻き起こり、真柄は柚木に目を向けた。柚木は唇を引き結んで目の前に立つ野依をじっと見つめている。

その視線に怯んだように野依が顔を伏せた。

頑張れ——と、野依を見つめていると、ひとつ息を吐いて彼女が顔を上げた。

「これからこの場で真実をお話しします——」

野依の強い眼差しを見て、もう大丈夫だろうと真柄は背を向けた。公園の出口に向かって歩き出す。

野依美鈴とのそれまでのやり合いを懐かしく思い返しながら池袋駅にたどり着いた。

電車に乗った真柄は上着のポケットからスマホを取り出した。

ブレイクニュースのＳＮＳを覗くと、さっそく動画付きのコメントがひとつ寄せられている。

静止画像を見て先ほどまで自分がいた公園で撮ったものだとわかる。

『＃わたしはブレイクニュースを支持します』

次にネットを見たときにどれぐらいそのワードが広がっているだろうかと想像しながら、真柄はスマホをポケットにしまった。

初出　「小説すばる」二〇一八年五月号、
二〇一九年五月号、八月号、十一月号、
二〇二〇年一月号、三月号、五月号、九月号、十二月号、
二〇二一年一月号

＊単行本化にあたり、大幅に加筆・修正いたしました。

装幀　坂野公一＋吉田友美（welle design）
装画　西川真以子

薬丸 岳（やくまる・がく）

一九六九年兵庫県生まれ。二〇〇五年に「天使のナイフ」で第五一回江戸川乱歩賞を受賞しデビュー。二〇一六年『Aではない君と』で第三七回吉川英治文学新人賞、二〇一七年に「黄昏」で第七〇回日本推理作家協会賞（短編部門）を受賞。他の著書に「刑事・夏目信人」シリーズ、『悪党』『死命』『友罪』『神の子』『ガーディアン』『蒼色の大地』『告解』などがある。

ブレイクニュース

二〇二一年六月三〇日　第一刷発行

著　者　薬丸(やくまる)　岳(がく)

発行者　徳永　真
発行所　株式会社集英社
〒一〇一－八〇五〇　東京都千代田区一ツ橋二－五－一〇
電話　〇三－三二三〇－六一〇〇（編集部）
　　　〇三－三二三〇－六〇八〇（読者係）
　　　〇三－三二三〇－六三九三（販売部）書店専用
印刷所　凸版印刷株式会社
製本所　加藤製本株式会社

ISBN978-4-08-771752-5　C0093
定価はカバーに表示してあります。

集英社文庫

好評発売中